KB267157

FANTASY FRONTIER SPIRIT

Letenia Saga

Letenia Saga 5

ak.jin 판타지 장편 소설

초판 1쇄 찍은 날 § 2006년 2월 8일
초판 1쇄 펴낸 날 § 2006년 2월 18일

지은이 § ak.jin
펴낸이 § 서경석

편집장 § 문혜영
편집 § 최하나 · 문정흠

펴낸곳 § 도서출판 청어람
등록번호 § 제1081-1-89호
등록일자 § 1999. 5. 31
어람번호 § 제1-0675호

주소 § 경기도 부천시 원미구 심곡1동 350-1 남성B/D 3F (우) 420-011
전화 § 032-656-4452   팩스 § 032-656-4453
http://www.chungeoram.com
E-mail § eoram99@chollian.net

ⓒ ak.jin, 2004

ISBN 89-5831-978-x 04810
ISBN 89-5831-004-9 (SET)

FANTASY FRONTIER SPIRIT

ak.jin 판타지 장편 소설

완결 **5**

New Legend

Letenia Saga

레트니아 사가

도서출판 청어람

Contents

Arsnate If–lone

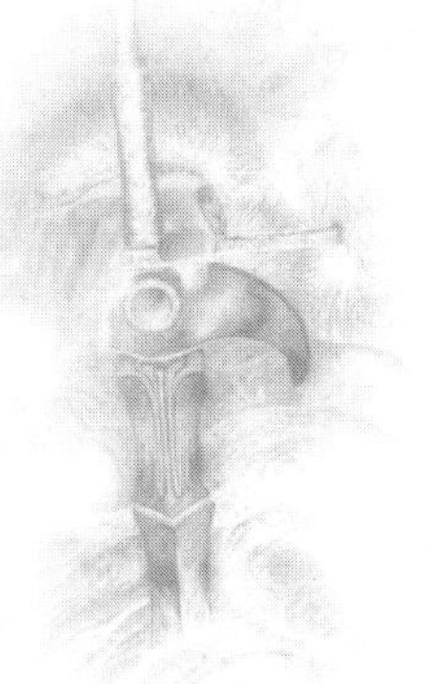

Leteniasaga

데이탄 헬마스터가 사라지자 그곳에 있던 사람들의 시선은 자연스럽게 자색 로브의 남자, 아스나트 이프론에게로 향했다. 씁쓸한 얼굴로 에바와 이야기를 나누던 그가 정신을 차린 듯하던 로엔의 이마에 손을 뻗는 순간, 로엔이 스르르 바닥에 쓰러지는 것을 본 프란이 당황해 로엔에게 달려갔다.

"로엔!"

[괜찮아요. 해를 끼친 것은 아니니 걱정하지 않으셔도 됩니다.]

실 끊어진 인형처럼 쓰러지는 로엔을 부축한 유스가 프란에게 대답했다. 하지만 안심할 수 없었는지, 프란은 로엔의 안색이 나쁘지 않은 것을 확인하고서야 유스에게서 물러났다.

"크으……."

한 고비를 넘긴 탓에 긴장이 풀렸는지 루세츠가 왼쪽 다리를 붙잡고 신음을 흘렸다. 그것을 본 하산이 급히 루세츠에게 달려가며 안쪽을 향해 외쳤다.

"급히 의사를, 의사를 모셔오거라!"

명령을 받은 전사가 건물 안으로 달려 들어가자 하산은 루세츠의 상세를 살폈다. 루세츠의 왼다리 정강이 아래쪽은 완전히 소멸한 상태였다. 하지만 그것보다 더 심각한 것은, 제때 지혈하지 못함으로 인한 과다 출혈이었다.

그때 바닥에 아무렇게나 떨어져 있던 로엔의 핸드건을 주워 든 이프론이 그들에게 다가왔다.

"제가 잠시 봐도 되겠습니까?"

하산이 뭐라 대답할 틈도 없이 이프론은 루세츠의 다리에 손을 가져다 댔다. 순간 이프론의 손에 순백의 빛이 머무르기 시작했다.

"오딘의 신성력?"

루세츠의 상처가 아물면서 새살이 돋아나는 것을 본 하산이 아연히 뇌까렸다. 세이레인의 신관이나 고급 신관 전사만이 사용할 수 있는 신성력을 사용하는 것을 봤으니 놀라는 것도 무리가 아니었다.

"내기 체스로 얻어낸 힘이니 놀라실 거 없습니다."

씩 웃으며 말하는 이프론을 보며, 하산은 자신이 잘못 들었기를 속으로 전신 토르에게 빌고 또 빌었다. 그런 하산의 심정을 아는지 모르는지, 이프론은 완전히 아문 루세츠의 다리를 살피며 중얼거렸다.

"어디… 완전히 아물었군. 소멸한 부분의 복구는 오딘이 직접 온다 해도 할 수 없으니 포기하는 게 정신 건강에 좋을 겁니다. 문제는 손실한 혈액이지만, 위태로울 정도로 피를 흘리진 않았으니 잘 먹고 푹 쉬면 해결될 일이고요.”

루세츠는 힘없이 고개를 끄덕였다. 초인적인 정신력으로 버티고 있었지만, 그 모든 상황이 종료된 지금 긴장이 풀린 여파로 쌓인 피곤이 한번에 몰려오고 있었다. 하지만 속 편히 뻗어 있을 때가 아니라는 것을 알고 있는 루세츠는 아직도 제정신을 차리지 못하는 아라엘에게 말했다.

“저기 쓰러져 있는 세겜을 확보하게. 중요한 증인이 될 터이니.”

“아, 네!”

황급히 정신을 차린 아라엘은 실신한 세겜을 붙들어 마차에 실었다. 물론 말고삐를 끊어 전신을 단단히 결박하는 것을 잊지 않았다.

체시아의 부축을 받아 일어난 루세츠는 비틀거리는 몸을 애써 가누며 하산을 돌아보았다.

“하렘의 일곱 번째 아드님께서는 지금 있었던 일을 폐하께 상신해 주시기 바랍니다.”

“문제없습니다. 맡겨주십시오.”

하산이 고개를 끄덕이는데 옆에서 이프론이 불쑥 한마디를 던졌다.

“아, 거기에 세이레인과의 연계 가능성도 같이 보고해야 할 겁니다.”

“네?”

대수롭지 않게 던진 한마디에 그곳에 있던 모두의 표정이 급변했다. 기절한 로엔을 들쳐 업던 프란이 떨리는 목소리로 이프론에게 물었다.

“그게 사실입니까?”

"그럴 수도 있고, 아닐 수도 있습니다."

알쏭달쏭한 대답을 하며 이프론이 미소 지었다. 그 말이 담고 있는 의미를 깨달은 듯 루세츠가 마주 웃었지만, 나머지 사람들은 그 대답에 더욱 고개를 외로 꼴 뿐이었다.

"대체 무슨 말씀입니까? 좀 이해할 수 있도록 설명해 주세요."

루세츠를 제외한 모두의 심정을 대변하듯 프란이 물었다. 이프론은 어깨를 으쓱하더니, 뜬금없이 엉뚱한 이야기를 꺼냈다.

"워프 게이트 이론은 제가 정립했습니다."

"그게 무슨……?"

"워프 게이트의 제작을 위해선 차원계 마법이 반드시 필요합니다. 마도보다 신성을 추구하는 세이레인에 차원계 마법을 익힌 사람이 있을 리가 없지요. 설령 있다 해도 제 이론대로 워프 게이트를 만들 수 있는 존재는 모든 차원을 통틀어 채 백을 헤아리지 못합니다."

프란은 더 더욱 이해하지 못한 얼굴로 이프론을 바라보았다. 지금 이 이야기가 세이레인의 연계 가능성과 무슨 관련이 있다는 것인가. 이것은 대충이나마 의미를 파악하고 있던 루세츠도 마찬가지여서, 지친 목소리로 이프론에게 물었다.

"저도 잘 이해하지 못하겠는데, 좀 간단히 설명해 주시겠습니까? 보시다시피 다들 지친 상태라 이곳에 오래 머물 만한 형편이 못 되거든요."

이프론은 빙긋 웃더니 검지를 세워 들며 결론을 말했다.

"간단합니다. 워프 게이트를 만든 게 바로 데이탄 헬마스터라는 이야기죠."

“아!”

이프론의 의도를 완전히 알아챈 루세츠가 낮은 탄성을 내질렀다. 확실한 증거를 손에 쥐고 있다면, 이프론의 말은 라비니어스 내에 있는 친 세이레인 세력의 입을 틀어막을 가장 좋은 방법이 될 것이 분명했다.

루세츠는 아까보다 한결 밝아진 목소리로 아직도 이해하지 못한 듯 멀뚱히 이프론을 바라보는 다른 이들에게 말했다.

“일단 돌아가세. 그리고… 아스나트 이프론님.”

“이프론이라고 불러도 됩니다.”

“네. 그럼 이프론님, 실례가 되지 않는다면 저희와 함께 가주실 수 있으십니까?”

조심스러운 루세츠의 질문에 이프론은 고개를 끄덕였다.

“애초에 그것 때문에 이곳에 온 겁니다.”

“그렇습니까. 그럼 돌아가도록 하지.”

모두에게 귀환을 선언한 루세츠는 마지막으로 하산 엘로힘 하타리를 돌아보았다.

“보다시피 모두 지쳐 버린 상황이라, 뒷정리를 부탁드리겠습니다.”

“집 앞을 청소할 의무는 주인에게 있는 것 아니었습니까?”

호탕하게 웃으며 대꾸하는 하산에게 루세츠는 미미한 미소를 지어 주었다.

이프론은 돌아가는 마차 위에 앉아 시원한 바람을 만끽하고 있었다. 짙은 보라색의 머리카락을 쓸어 넘기며 기분 좋은 얼굴로 앉아 있는데,

그의 눈앞에 회색 오라가 일어나는가 싶더니 사람의 실루엣이 나타났다.

"너도 환상계에 관심을 가지고 있는지 몰랐는데."

"뭐, 일단은 제게도 관계있는 일이니까요."

점차 형체를 갖춰가는 실루엣은 빙긋 웃으며 답했다. 허리까지 내려오는 플라티나 블론드의 머리와 갑옷이라기보다는 예장이라고 하는 게 더 어울릴 순백의 클로스 아머, 마지막으로 이마에 새겨진 기이한 문양. 예전에 로엔 일행을 도와준 적이 있는 타락 천사, 제크리스였다.

"하긴, 주신의 봉인에 관한 일이니 관계가 없다고 말할 순 없겠지. 그래서 계속 주시하고 있던 거였나?"

"하하, 눈치채셨습니까."

제크리스는 멋쩍게 웃었고, 이프론 역시 입가에 미소를 머금었다. 잠시 그렇게 두 사람이 서로를 마주 보고 있는데, 문득 제크리스가 굳은 얼굴로 물었다.

"그런데 세 번째 봉인을 여실 생각입니까?"

"그래야겠지."

"하지만 이프론, 그건……."

"그만 하지. 내가 얼마나 지쳐 있는지, 너도 알지 않나."

이프론이 웃으며 말을 끊자 제크리스는 그를 바라보았다. 세상을 만끽하듯 두어 차례 길게 호흡한 이프론은 마치 손자를 타이르듯 제크리스에게 말했다.

"단 하나의 개체 때문에 수많은 생명이 죽고, 두 종족이 멸족했다. 존재만으로도 파멸을 불러오는 불길한 존재라면, 그런 존재는 사라지는 것이 더 낫다고 생각하지 않아?"

제크리스는 침묵했다. 이프론의 말에 담긴 무게는 아직 천 년의 세월도 살지 못한 그가 알 수 있는 부류의 것이 결코 아니었다.

"2천 년이라는 세월은 인간에게는 과분할 정도로 긴 시간이야. 그만큼 긴 시간 동안 살아왔다면, 이제는 분명 퇴장하는 것이 도리에 맞는 일이겠지."

잠시 침묵이 두 사람 사이를 맴돌았다. 끈적하게 달라붙는 침묵의 불쾌함을 떨쳐 버리려는 듯 부르르 몸을 떤 제크리스는 화제를 다른 쪽으로 돌렸다.

"그나저나 리스나르트의 소년 말입니다. 어떻습니까?"

"글쎄. 시간이 고정된 상태에서 주신의 봉인이 각성한 탓에 더 이상 신체적인 성장은 없을 거야. 주신의 봉인이 주변의 마나를 강제로 안정화하니 마법은 아예 잃어버렸다고 봐야 할 거고, 남은 건 검 기술 하나뿐인데 어떨지."

거기까지 말한 이프론은 제크리스를 바라보며 피식 웃었다.

"어때, 가르쳐 보겠어?"

"관두십쇼. 리스나르트에게 검을 가르친다니 지나가던 개가 웃을 일입니다."

제크리스가 툴툴거리자 이프론은 다시 킥킥 웃었다.

"그 지나가던 개가 웃을 일을 내가 했었지."

"콜록, 콜록!"

상쾌한 바람을 맞으며 크게 기지개를 켜던 제크리스가 사레들린 듯 기침을 해대기 시작했다. 간신히 기침을 진정시킨 제크리스가 황당한 듯 이프론을 바라보자, 그는 어깨를 으쓱하더니 이야기를 계속했다.

"30년도 넘게 지난 이야기야. 웬 귀여운 아이가 혼자서 열심히 검을 휘두르기에 리스나르트의 후예인 줄도 모르고 2년 정도 머물면서 검을 가르쳤어. 뭐, 그렇다고 해도 어긋난 길로 가지 않도록 기초만 바로잡아 준 정도였지만, 지금은 어느 정도일까 궁금하군."

"그럼 그때 잠시 놀러 간다던 게."

"응, 이 일이었어."

태평한 이프론의 대답에 제크리스는 고개를 절레절레 흔들었다. 그 모습을 재미있다는 듯 바라보던 이프론은 파란 하늘로 시선을 돌리며 중얼거렸다.

"그리운 시절이군. 과거로의 회귀를 바라는 건 인간 본연의 바람인 걸까."

마차가 사절단이 숙소로 머무는 여관에 도착했을 때, 그곳에는 이미 기별을 받았는지 압둘 무하드가 초조한 모습으로 사절단 일행을 기다리고 있었다. 피로에 지친 모습으로 잠든 루세츠를 안아 내리는 프란을 본 압둘 무하드는 황급히 그에게 다가가 물었다.

"이게 대체 어떻게 된 겁니까?"

"대단한 일은 아닙니다… 라고 하면 거짓말입니다만, 지금 여기서 말씀드리긴 좀 무리가 있을 것 같군요. 저희를 통솔하고 책임지는 분은 엔트레아 백작님이시니까요."

쓴웃음을 머금으며 프란이 대꾸하자, 압둘 무하드는 그제야 자신이 너무 서두르고 있다는 것을 깨닫고 수행원들에게 명령했다.

“백작님을 모시고 올라가는 걸 도와라.”

심리적으로든 육체적으로든 다들 지칠 대로 지쳐 있던 상황인지라, 프란은 별말없이 루세츠와 로엔, 그리고 세겜 하타리를 방으로 옮기는 역할을 그들에게 넘겼다.

“웃차!”

“으악!”

압둘 무하드가 말고삐를 여관 주인에게 넘긴 후 흙먼지를 털어내는 사절단 일행을 바라보는데, 무언가 보라색 그림자가 그의 앞으로 털썩 떨어져 내렸다. 깜짝 놀란 압둘 무하드가 뒤로 물러나며 비명을 지르자 그 보라색 그림자 역시 깜짝 놀란 듯 마주 비명을 지르며 뒤로 물러났다.

“으악!”

갑작스런 비명 소리에 사람들의 시선이 압둘 무하드에게로 향했다. 그가 놀란 가슴을 진정시키며 눈앞의 보라색 그림자를 살피려는데, 그림자가 떨어져 내린 마차 위에서 뚱한 목소리가 들려왔다.

“그렇게 갑자기 떨어져 내리면 놀라잖아요.”

제크리스였다. 그가 마차 지붕에 걸터앉은 채 아래를 내려다보며 말하자 보라색 그림자 이프론이 인상을 찌푸리며 대꾸했다.

“놀라긴 내가 더 놀랐다고. 하여튼 새천년 뉴 웨이브를 주도하는 미남은 어딜 가도 고생이라니까.”

“그 인정하기 힘든 미남이라는 발언은 일단 제쳐 두더라도, 그런 이상한 말은 또 어디서 주워들은 거예요?”

어처구니없는 얼굴로 제크리스가 반문하자 이프론은 엣헴 하고 가슴을 펴며 대답했다.

"그야 당연히 물질게지. 근데 내가 미남이라는 말이 어디가 어때서? 이 정도면 어딜 가도 빠질 데 없는 빼어난 미모잖아?"

"가슴에 손을 대고 생각해 보시죠? 아, 양심에 털 났었지?"

"…너 맞고 싶냐?"

제크리스가 어깨를 으쓱하자 이프론은 사납게 노려보며 팔을 치켜들었고, 제크리스는 겁난다는 듯 과장스럽게 몸을 움츠렸다.

느닷없이 나타나 만담을 해대는 그들을 모두 황당한 얼굴로 바라보던 압둘 무하드의 눈에 문득 제크리스의 등 뒤에서 펄럭이는 한 쌍의 회색 날개가 눈에 들어왔다.

"처, 천사?!"

경악이 가득한 그의 외침에 모두의 시선이 제크리스에게 집중되었다. 갑자기 집중된 시선에 쑥스러운 듯 제크리스가 뒤통수를 긁적이자, 얼마 전에 그를 본 적이 있었다는 사실을 기억해 낸 프란이 중얼거렸다.

"분명 얼마 전 우리를 도와준……."

"기억하고 계셨군요. 맞습니다."

제크리스가 고개를 끄덕이자 프란은 혼란을 감추지 못한 채 그를 바라보았다. 단 한 개체만으로도 세계의 균형을 깨뜨릴 수 있을 강력한 존재, 그가 마음먹는다면 이곳을 날려 버리는 것은 손바닥 뒤집는 것만큼 쉬울 것이었다. 혼란스러운 마음을 진정시키려 노력하던 프란은 그가 이프론과 만담을 나누는 모습에 일단 나쁜 의도를 가지고 나타나진 않았을 것이라 생각하며 다시 입을 열었다.

"무슨 일로……."

"이야기를 나누는 것도 좋습니다만, 일단 자리를 옮기는 건 어떨까요?"

말을 끊으며 제크리스가 제안하자 프란은 정신을 차리고 주위를 돌아보았다. 그들에 관한 이야기를 나누기에는 확실히 너무 많은 사람들이 몰려 있다고 판단한 프란은 고개를 끄덕이며 제크리스에게 말했다.

"확실히 여긴 사람이 너무 많군요. 일단 들어가도록 하죠."

통째로 쓰고 있는 2층의 빈방에 로엔과 루세츠를 제외한 사절단 전원과 아스나트 이프론, 제크리스를 위시한 천사 군단, 마지막으로 압둘 무하드 하타리가 둥근 탁자를 사이에 두고 마주 앉았다. 자신의 앞에 차를 내려놓는 유스에게 가볍게 목례한 프란이 굳은 얼굴로 제크리스를 바라보았다.

"서론은 제쳐 두고, 무슨 목적으로 강림하신 것인지 알고 싶습니다."

어찌 보면 꽤 무례하다고 할 수 있는 말이었으나 제크리스는 멋쩍게 웃을 뿐 별다른 반응을 보이지 않았다. 마치 자긴 관계없다는 투로 차를 음미하는 이프론을 흘겨본 제크리스는 낮게 한숨을 쉬며 대꾸했다.

"무슨 큰 목적을 가지고 온 것은 아닙니다. 타천사는 자칭 선도, 자칭 악도 아닌 그저 관조하는 존재. 그런 만큼 더욱 목적이 있을 수 없지요. 그럼에도……."

잠시 말을 끊은 제크리스는 쓴웃음을 지었다.

"굳이 이유를 대라면, 역시 흥미있기 때문입니다. 저와도 전혀 관계가 없다고는 할 수 없는 일이니……."

제크리스의 대답에도 프란은 긴장을 늦추지 못했다. 제크리스가 언급한 관계, 그 관계가 어떤 종류의 것인가에 따라 레트니아 대륙의 판도가 크게 달라질 수 있기 때문이었다. 그것을 눈치챈 제크리스가 여전히 쓴웃음을 머금은 채 다시 말을 이었다.

"걱정하지 않으셔도 됩니다. 여러분이나 저쪽이 어떤 일을 하든 전 관여하지 않을 테니까요. 제가 관심을 갖는 건 단 하나, 리스나르트의 소년뿐입니다."

"로엔… 말입니까?"

카렌이 조심스럽게 물었다. 평소엔 순진한 듯 능글맞은 듯 알 수 없는 행동을 하는 이 청년도 천사라는 이름 앞에서는 조심스러울 수밖에 없는 모양이었다.

"네, 그 소년입니다."

고개를 끄덕인 제크리스는 자신의 이마를 살짝 가리고 있는 머리카락을 쓸어 넘기며 모두에게 물었다.

"이게 무엇인지 아시겠습니까?"

"그건—!"

체시아가 자리에서 벌떡 일어나며 외쳤다. 놀란 것은 그녀만이 아니었다. 이미 모든 것을 알고 있는 이프론과 유스, 에바, 그리고 전혀 상황을 알지 못하는 압둘 무하드를 제외한 모두가 놀란 얼굴로 제크리스를, 아니, 그 이마에 새겨진 문장을 바라보고 있었다.

"이 정도면 충분히 이유가 설명되었으리라 믿습니다."

머리에 대고 있던 손을 내리며 제크리스가 담담히 말했다. 머리카락이 자연스럽게 흘러내리며 이마의 문장을 가리자, 놀란 기색을 감추지 못하며 프란이 물었다.

"그 문장이 대체 무엇이기에……."

"주신의 낙인."

이프론의 무거운 목소리가 프란의 말을 끊었다. 담담한 얼굴로 들고 있던 찻잔을 내려놓은 이프론은 설명을 요구하는 좌중의 시선에 답하기라도 하듯 말을 이었다.

"주신 오딘이 인간을 위해 세계에 내린 세 개의 낙인. 오딘의 힘이 녹아 있기 때문에 봉인이라고도 부릅니다. 시작의 인, 전환의 인, 멸망의 인으로 구성된 세 개의 봉인은 무엇보다 강력한 고리로 이 차원에 연결되어 있지요."

방 안은 침묵에 휩싸였다. 그것은 할 말을 찾지 못했다기보다 이해하지 못한 데서 비롯한 침묵에 더 가까웠다. 그것을 아는지 모르는지 이프론은 무거운 목소리로 이야기를 계속했다.

"최초의 리스나르트인 레온 리스나르트가 시작의 인을 열었을 때 세 이레인이 건국되었고, 저기 있는 전환의 인이 제크리스에게 나타났을 때 두 개의 고대 종족이 멸족했습니다. 그로 말미암아 억제력의 소멸로 인간의 문화는 부흥하기 시작했고……."

"잠깐, 그거……."

그의 말에서 무언가 알아챈 듯 카렌이 이프론을 바라보았다. 이프론은 말없이 고개를 끄덕였고, 카렌은 벌떡 일어나며 경악한 얼굴로 외쳤다.

"그럼 이스카 폰 블릭스가 300년 전에 쓰러뜨린 드래곤이ㅡ!"

"최후의 드래곤, 블랙 드래곤 아스카론이다."

"드래곤이라고 해도 그 힘의 근원을 잃어버린 허약한 녀석이었으니, 드래곤이라기보단 드레이크에 더 가깝다고 봐야겠지만."

이프론의 대답에 제크리스가 부연 설명을 덧붙였다. 마치 옆집 꼬맹이 부르듯 가벼운 어조였으나, 그 말에 담긴 의미가 무엇인지 모를 사람은 아무도 없었다.

"그렇다면, 멸족했다는 두 개의 고대 종족 중 하나가 드래곤이란 말씀이십니까?"

"그렇습니다."

아라엘의 물음에 제크리스는 고개를 끄덕였다.

"약 5백 년 전, 에이션트 드래곤 로드 카이저는 오딘의 의지를 거슬러 신수대전을 일으켰습니다. 스스로의 힘만으로는 역부족이란 것을 충분히 알고 있던 카이저는 봉인되어 있던 다른 고대 종족, 트랜……."

"제크리스."

나직한 이프론의 목소리가 제크리스의 말을 끊었다. 그곳에 있는 모두의 시선이 순간 제크리스에게서 이프론에게로 옮겨갔고, 이프론은 말없이 제크리스를 바라보며 고개를 가로저었다.

제크리스는 긴 한숨을 내쉬었다.

"휴, 쓸데없는 이야기는 빼도록 하죠. 아무튼 그 결과로 드래곤은 멸족했습니다. 그와 동시에 현인류, 그러니까 인간들의 지나친 확장을 억누르고 있던 억제력이 사라졌죠. 애초에 드래곤은 그것을 위해 창조된 생물이니까요."

제크리스의 말은 인간의 역사엔 기록되지 않은, 말 그대로 숨겨진 진실이었다. 그 진실에 압도된 일행의 주위로 싸늘한 침묵이 감도는 찰나, 이프론이 제크리스에 이어 입을 열었다.

"지금 중요한 건 그게 아닙니다. 중요한 것은, 단 하나의 봉인이 열린 것만으로도 세계에 돌이킬 수 없는 영향력이 퍼진다는 겁니다."

"그래서 날 죽이기라도 해야 한다 그겁니까?"

코웃음 치는 소리에 모두의 고개가 문으로 돌아갔다. 어느샌가 활짝 열린 문, 거기에 기댄 채 로엔이 싸늘한 얼굴로 이프론을 노려보고 있었다.

로엔은 천천히 이프론의 앞으로 다가갔다. 자신을 바라보는 이프론에게 시선을 맞추며 로엔은 한 자 한 자 또박또박 끊어서 내뱉었다.

"무슨 생각으로 그런 말을 하는지는 모르겠지만, 전 그렇게 쉽게 넘어가 줄 정도로 마음 좋은 놈이 아닙니다. 세계에 미치는 영향력? 그런 것, 나와는 상관없겠죠."

당돌한 로엔의 태도에 이프론의 입가에 슬그머니 미소가 걸렸다.

"레너스에 있을 때."

순간 로엔의 어깨가 움찔했다. 그것을 짐짓 모른 척, 이프론은 고개를 돌려 창밖을 바라보며 중얼거렸다.

"…길리언이 뭐라고 말했더라?"

"…빌어먹을."

로엔이 투덜거리며 고개를 돌렸다. 그 모습이 귀여워 보였는지, 이프론이 낄낄 웃으며 다시 로엔에게 시선을 돌렸다.

"상황 파악 못하고 설치면 자신보다 주변이 먼저 무너지기 마련이지. 너 하나로만 끝날 일이 아니라는 걸 명심해 두는 게 좋아.”

말이 끝날 즈음의 눈빛은 이미 진지하게 변해 있었다. 그 속에 담긴 진심을 알았는지, 로엔도 뚱한 얼굴을 펴며 대꾸했다.

“이미 알고 있다고요, 그 정도는.”

“저기, 진짜 알고 있는 거야?”

“알고 있다니까!”

호기심을 참지 못한 카렌의 물음에 로엔이 버럭 소리를 질렀다. 그 모습을 바라보던 프란이 결국 웃음을 터뜨렸다.

“푸풋―!”

“웃지 마요!”

신경질적인 로엔의 외침에 프란은 억지로 웃음을 주워 담았다. 심각한 이야기가 나올 때보다 한층 부드러워진 분위기였지만 단 한 사람, 압둘 무하드 하타리만큼은 긴장을 늦추지 못한 채 이프론을 바라보고 있었다.

‘단 한 순간에 페이스를 이끌어 분위기를 바꿔 버렸다.’

화술에서 가장 중요한 것은 자기가 원하는 대로 분위기를 자유자재로 이끄는 것이다. 로엔이 깨어나 등장한 것을 계기로 딱딱해진 분위기를 부드럽게 바꾸면서, 그와 동시에 자신과 제크리스를 향한 경계심조차 풀어버린 이프론은 압둘 무하드가 긴장을 늦추지 못하게 만들고 있었다.

“뭐, 그렇게 긴장하실 필요는 없습니다.”

순간 들려온 목소리에 압둘 무하드는 움찔하며 고개를 돌렸다. 느슨하게 웃고 있는 제크리스가 그를 바라보고 있었다. 아예 주위와 작당한 채 말로 로엔을 골탕 먹이는 데 여념이 없는 이프론에게로 시선을 돌리며, 제크리스는 피식 웃었다.

"분명 대단한 사람이긴 하지만, 저래 봬도 본질은 변태 노인네예요."

"천 년을 넘게 산 너한테 그런 말 듣고 싶지 않은데."

딴 데 신경을 쓰면서도 들을 말은 다 듣고 있었는지, 이프론이 인상을 찌푸리며 제크리스를 노려보고 있었다.

"틀린 말 했어요? 증거 대볼까요?"

느긋하게 어깨를 으쓱하며 제크리스가 대답하자 이프론은 더욱 낯빛을 찌푸렸다.

"망할 놈. 저런 게 천사라니 말세야, 말세."

"그러니까 타락했죠."

"에휴, 어쩌다 내가 저런 놈을 만나서 이 고생인지."

어디까지나 제크리스의 대꾸는 여유작작이었다. 말로는 이길 수 없다는 걸 깨달은 이프론이 투덜거리며 다시 로엔 쪽으로 공격의 포문을 여는 사이로, 카렌의 조용한 의문이 의미없이 방 안에 흘렀다.

"근데 뭔가 중요한 것을 빼먹은 것 같은데……."

물론 그 의문에 신경 쓰는 사람은 아무도 없었다.

하산 엘로힘 하타리의 거처, 용전의 관에서 있었던 일의 뒷수습은 그리 오랜 시간이 걸리지 않았다. 워낙 상황이 분명하게 나타나 있던 데다가, 이미 반쯤 이성을 상실한 세겜 하타리가 모든 것을 늘어놓아 수사 및 처벌은 일사천리로 진행되었다. 거기에다 그들의 배후에 있던 악마 데이탄 헬마스터가 세이레인과 결탁하고 있다는 주장까지 제기되면서 라비니어스 내의 친 세이레인 파는 입을 다물 수밖에 없었다.

결국 최종 조약 문안에 조인을 마친 루세츠와 압둘 무하드는 마주 손을 내밀어 굳게 악수하며 서로를 바라보았다.

"본국에 좋은 소식을 전해줄 수 있게 되어 기쁘게 생각합니다."

"겸양의 말씀을, 이제 우방이 아닙니까."

한차례 인사치레를 나눈 압둘 무하드는 루세츠의 왼다리를 바라보며 안색을 흐렸다.

"본국에서 이런 불상사를 당하게 되어 유감스럽기 그지없습니다."

"아뇨. 그런 폭풍 속에서 다리 하나로 끝났으니 오히려 다행이라 생각하고 있습니다. 괘념치 마시길."

루세츠는 아직 어색한 왼다리의 의족에 흘낏 시선을 던지며 웃었다. 그 웃음은 다리를 잃은 데 대한 자조보다는, 무거운 짐을 벗어던진 듯한 후련함에 더 가까웠다.

한편 하산 엘로힘과 로엔 역시 이별의 인사를 나누고 있었다.

"이번엔 방심했지만, 다음에 검을 맞댈 때에는 쉽지 않을 걸세."

"하지만 저도 만만치 않을 겁니다."

문제는 그게 인사로 보기엔 심각한 무리가 있다는 거였지만, 거기에 개의치 않고 하산은 웃으며 로엔의 어깨를 두드려 주었다.

"출정할 군대의 지휘관은 아마도 내가 될 것이다. 자네의 능력, 전장에서는 어떨지 기대하고 있겠네."

"대륙에 이름을 떨치는 용전을 볼 수 있겠군요. 저야말로 기대되는

걸요."

입담만큼은 결코 하산에 뒤지지 않는 로엔이었다. 하산은 껄껄 웃으며 로엔에게 오른손을 내밀었다.

"전쟁이 일어나면 볼 수 있을 걸세. 전장에서 만나지."

"네. 그때까지 보중하시길."

그 손을 맞잡아 악수하며 로엔이 강렬한 눈빛으로 하산을 마주 보았다.

토라의 수도 카르이로 귀환하는 로엔의 일행은 처음보다 두 명이 더 늘어 있었다. 바로 이프론과 제크리스였다.

"데이탄 그 자식이 성마 협약을 깨고 직접 개입하는 걸 감시하기 위해서."

라는 게 이프론이 내세운 명분이었다. 데이탄 헬마스터의 압도적인 능력에 질려 있던 로엔 일행으로서는 강력한 전력이 우군으로 합류하는 것을 마다할 이유가 없었고, 그래서 두 사람—정확히 한 사람과 한 천사—은 자연스럽게 루세츠 일행에 합류할 수 있었다.

돌아가는 여정에서 로엔은 이프론에게 자신의 현재 상태에 대한 조언을 들을 수 있었다.

"마법을 쓰지 못한다고요?"

반문하는 로엔의 표정은 떨떠름하게 변해 있었다.

"그래. 네 이마에 각인된 멸망의 인의 영향으로 네 주위 일정 공간의 마나는 강제적으로 안정된다. 네가 아무리 많은 마나를 모아두고 있다 해도, 그걸 사용하는 것은 이제 불가능해. 물론 네 주위 일정 공간에 있는 사람들도 마찬가지지."

"그런 어처구니없는……."

로엔의 낯빛이 어두워졌다. 검과 마법, 장기로 삼고 있던 두 개의 기술 중 하나가 사라진 것에 대한 아쉬움과 불안감 때문일 터였다. 하지만 이프론은 그렇게 생각하지 않는지, 여유있는 목소리로 계속 이야기를 이어나갔다.

"하지만 바꿔 생각해 보면 반드시 손해라고는 볼 수 없어. 그 영향으로 네 주위에서 일어나는 어떠한 마법적 효과도 효력을 잃어버리거든. 뭐, 마법의 여파로 일어나는 물리력까지 막아주진 못하겠지만, 그것만으로 상당한 메리트 아냐?"

"하지만 세이레인은 신성제국이라고요. 마법에 맞설 일이 얼마나 된다고……."

로엔의 투덜거리자 이프론은 정색했다.

"데이탄과 맞설 때 도움이 될 거다. 그것을 위한 멸망의 인이기도 하고."

"무슨 말이죠?"

심각한 이프론의 표정에서 심상찮은 느낌을 받았는지, 로엔도 정색하며 그를 바라보았다. 이프론은 그동안 한 번도 보이지 않았던 어두운 얼굴로 입을 열었다.

"시작의 인, 전환의 인, 멸망의 인. 이 세 개는 하나의 목적을 가지고 주신 오딘이 직접 인계와 천계에 심은 것이다. 첫 번째는 최초의 리스나르트 레온 리스나르트, 두 번째는 저기 마차에서 자고 있는 제크리스, 그리고 마지막으로 너, 로엔 리스나르트."

꿀꺽— 마른침 넘기는 소리가 로엔의 목에서 울렸다.

"세 개의 봉인이 가지는 목적은 두 가지였다. 하나는 너무 뛰어나 어떻게 해볼 수 없는 자의 제어, 나머지 하나는 현재와 과거의 단절."

"현재와… 과거의 단절?"

로엔의 반문에 이프론은 고개를 끄덕였다.

"그래, 단절. 단순한 과거를 말하는 것이 아닌, 인간이란 종의 발생 이전의 먼 과거와 현재의 단절. 그것을 목적으로 한 것이 바로 전환의 인이다."

이프론은 흘낏 제크리스가 타고 있는 마차 쪽으로 시선을 준 후 더욱 무거운 목소리로 이야기를 계속했다.

"이건 이미 지난 이야기니 신경 쓸 필요는 없어. 중요한 것은 내가 지금부터 말할 시작과 멸망의 인에 관한 이야기다."

거기까지 말한 이프론은 길게 한숨을 쉬었다.

"약 천오백 년 전, 세이레인이 건국될 당시의 일이다. 한 마법사가 있었지. 그는 다른 이들에 비해 분명 뛰어난 재능을 가지고 있었고, 그래서 단순히 잡기(雜技)에 지나지 않았던 것을 하나의 법으로 체계화할 수 있었다. 하지만 재능이 있다는 것은 언제나 시기를 사기 마련, 그를 질투했던 유력한 권력자—그도 마법사였다—의 사주에 의해 마법사의 가족은 야만인과의 전쟁에서 공을 세우고 돌아오던 그의 눈앞에서 산 채로 불태워지고 말았다."

"그런 잔혹한 일이……."

로엔은 자신도 모르게 눈살을 찌푸렸다. 이프론은 공허한 눈으로 푸른 하늘에 시선을 두며 이야기를 계속했다.

"잔혹한 일이지. 맨 정신으로는 결코 직시할 수 없는 참혹한 광경에 마법사는 실성해 버리고 말았다. 정신을 제어할 수 없다면 마법사라고 할 수 없지. 실제로 그걸 노린 짓이기도 했고. 하지만 그 마법사는 그들이 의도한 대로 되지 않았다. 마법사는 미쳐 버렸지만, 그가 가진 마법의 능력은 그대로였다. 아니, 미쳐 버려서인지는 몰라도, 그전과는 비교할 수 없을 정도로 압도적인 마법을 사용할 수 있게 되었지."

하늘을 올려다보며 말하는 이프론의 목소리에는 회한이 담겨 있었다.

"미쳐 버린 마법사가 저지른 짓은 참혹했다. 어느 날 그가 문득 정신을 차렸을 때, 이미 대륙 남부의 삼분지 일은 폐허가 되어 있었고, 그를 저지하기 위해 달려든 수많은 용자는 싸늘한 시체가 되어 구천을 떠돌았다."

로엔은 아무 말 없이 이프론을 바라보았다. 누구의 이야기를 하는 것인지, 약간이나마 알아채고 있는 듯했다.

"자신이 저질러 놓은 참혹한 짓에 아연해하고 있던 그는, 때마침 그를 저지하기 위해 나타난 한 명의 검사와 조우했다. 바로 최초의 리스나르트, 레온 리스나르트였다. 주신 오딘이 내린 사명과 그 대가로 무(武)에 대한 천부적인 재질을 얻은 약관의 청년. 뛰어난 검술로 마인드 컨트롤을 잃고 당황하던 마법사를 제압한 레온 리스나르트는 그의 목에 검을 들이댈 수 있었음에도 수많은 도시를 멸망시킨 사악한 마법사를 결국 죽이지 못했다."

역사에 알려지지 않았던 비사, 리스나르트라는 가문을 연 존재에 대한 이야기가 이프론에게서 흘러나오고 있었다.

"그때 주신이 심어놓은 시작의 인이 발동했다. 마법사의 인격은 둘로 나뉘었고, 그와 동시에 마법사의 몸에 넘칠 정도로 쌓여 있던 마력의 일부가 또 하나의 마법사를 생성했다. 다량의 선과 소량의 악을 지닌 본체와 그 역으로 구성된 분체는 당연하게도 서로 대립하게 되었다. 하지만 본체와 분체의 관계였던 만큼 서로 타격을 입힐 수는 없었다. 상대의 소멸은 곧 스스로의 소멸로 이어지게 되니, 선이든 악이든 그것만큼은 어쩔 수 없었다. 그 후 주신의 사명을 완수한 레온 리스나르트와 본질적으로 선이 우위에 놓인 마법사의 본체는 천계로 불러 올려졌다. 하지만 분체는 달랐다."

이프론은 다시금 길게 한숨을 쉬며 시선을 바닥으로 떨어뜨렸다.

"그는 천계로의 이동을 거부한 채 마법사가 폐허로 만든 세이레인의 동남쪽에 성을 세우고 자리를 잡았다. 짙은 어둠의 안개로 가려진 그 성의 이름은 영혼의 성, 성주는……."

잠시 뜸을 들이던 이프론은 마음의 결심을 굳혔는지, 이내 성주의 이름을 밝혔다.

"데이탄 헬마스터, 바로 내게서 분리된 분체의 이름이다."

"……!"

이야기 끄트머리에서부터는 로엔도 짐작하고 있었지만, 직접 사실로 듣게 된 충격은 예상보다 훨씬 컸다. 로엔이 공황 상태에 빠진 채 뭐라 할 말을 찾지 못하고 있는데, 이프론은 쓰게 웃으며 다시 시선을 하늘로 돌리고는 천천히 중얼거렸다.

"이프론. 만약 혼자였다면, 만약 하나였다면 어땠을까. 두 개의 종족이 멸망의 길을 걷지 않았을 수도 있었겠지. 수많은 사람이 목숨을 잃지 않아도 되었겠지. 그리고 네가 이렇게 되는 일 또한 없었을 테지."

회한이 가득 담긴 목소리였다.

"진작 결정했어야 했다. 그 결과가 스스로의 소멸이더라도 했어야 했다. 이제 와서 괴로워하며 결정한 나는, 얼마나 바보 같은 존재인가."

"이프론."

로엔의 등 뒤에서 낮은, 하지만 아름다운 목소리가 들려왔다. 어느새 나왔는지 제크리스가 어두운 낯빛으로 이프론을 바라보고 있었다.

"자책할 필요는 없습니다. 바라서 일어난 일은 아니니까요."

"바라지 않았다고 책임이 없다면, 이 세상의 잘못 대부분은 책임을 물을 수 없어."

"그런 의미가 아니란 걸 알잖아요."

제크리스의 대꾸에 이프론은 입을 다물었다.

"사실 전 지금이라도 이프론이 마음을 돌리길 바라고 있지만, 바랄 수 없는 일이라는 걸 알고 그만두었습니다. 그러니 부탁이니 자책하지 말아요. 혼자 떠안고 가기엔 너무 무거운 짐입니다."

이프론은 대꾸하지 않았다. 하지만 그 낯빛에서 약간이나마 수긍의 기미를 읽어낸 제크리스는 엷게 미소 지으며 이프론에게 말했다.

"과거는 반성하기 위해, 또 추억하기 위해 존재합니다만, 후회하기 위해 있는 것은 아닙니다. 과거를 반복하지 않기 위해 미래가 있는 거죠. 제가 아는 이프론이라면 후회할 시간에 미래를 준비할 사람이었는데, 다른가요?"

"말은 잘하는군. 쓰레기 천사 녀석."

삐쭉거리며 투덜대는 이프론을 보는 제크리스의 얼굴에는 완연히 드러날 정도로 미소가 퍼져 있었다.

"그래야 이프론이죠."

"시끄러. 언제는 나 아니었냐."

불퉁대는 이프론과 그것을 어르는 제크리스. 둘이 잠시 티격태격하는 사이, 혼란한 머리 속을 수습한 로엔이 이프론에게 물었다.

"시작의 인으로 이프론과 데이탄 헬마스터로 나뉘었다면, 그럼 제 이마의 새겨진 멸망의 인은……."

"네 생각이 맞을 거다. 마음의 갈피를 잡지 못하고 있던 내가 결심을 굳힌 게 약 20여 년 전, 거기에 호응하듯 멸망의 인을 가진 네가 태어났으니."

착잡한 듯 로엔은 더 이상 아무 말 없이 앞을 바라보았다. 한 치 앞도 볼 수 없는 혼란한 미래라 해도 주저하지 않고 나아가면 해답은 나올 것이다. 그렇게 생각한 로엔은 마음을 다잡으며 말고삐를 힘껏 쥐었다.

카르이까지 이제 이틀, 한 달여에 걸친 라비니어스 사절단의 여정이 끝나가고 있었다.

Strategy for Victory

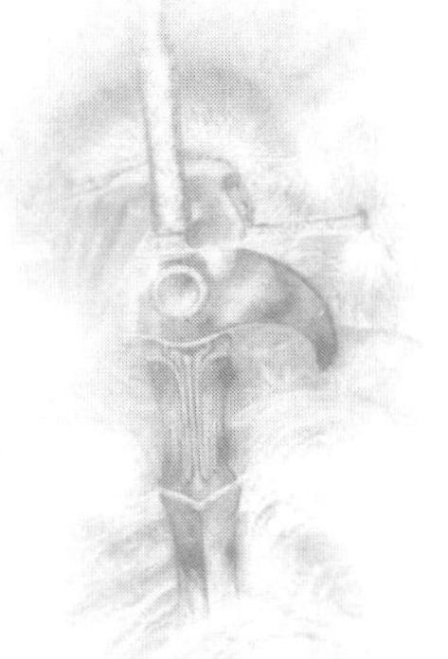

세이레인력 1441년 10월 30일, 토라의 수도 카르이는 바쁜 나날을 맞이하고 있었다. 비록 라비니어스와의 동맹이 성사되었다지만 그건 금방 발효될 수 있는 성질의 조약이 아니었고, 또 곧 혹한의 추위가 몰아닥칠 겨울에 군사를 움직일 수 있는 것도 아니라 세이레인과 토라, 양국은 군비를 정돈해 필승의 기세를 다지는 데 여념이 없었다.

그 바쁜 와중에도 토라 제국에 합류한 한 명의 마법사와 한 명의 검사는 누가 뭐라 해도 수도 카르이 최고의 화제가 되고 있었다.

"글러먹었어, 글러먹었어, 글러먹었어어어엇―!"

수많은 마법사들 앞에서 쉼없이 글러먹었어를 외치는 보라색 로브의 마법사는 두말할 필요 없이 아스나트 이프론.

"왜 설명을 해도 알아먹질 못하는 거야, 이 멍청한 대갈통들아! 설마

금강석마냥 굳어버린 대갈통이 경지에 도달했다고 생각해서 자신만의
술에 도전하고 있는 거라면, 만 년은 글러먹었어!"

아크 폰 라헬과 시아나 크라이스가 움찔 몸을 떨었다. 그 모습에 이
프론은 입가에 사악한 미소를 띠며 이미지 마법으로 허공에 거대한 수
식을 마구 휘갈겼다.

"술을 생각하기 전에 법을 고찰하라! 마법사의 가장 기본적인 자세
다! 이것을 잊어버린 놈은 마법사라 불릴 자격이 없다! 법이 왜 법인가
를 생각하면 술에 도전하겠다는 소리는 절대 나오지 않을 거다! 봐라!
이 글러먹은 놈들아!"

이프론의 손에 빛이 맺히는가 싶더니, 순간적으로 강대한 마력의 폭
풍이 휘몰아쳤다. 인산인해를 이루고 있는 마법사들의 사이에서, 이번
에 처음으로 강의에 참가하는 자들이 우오오— 하는 감탄을 터뜨렸다.

"법을 구성하지 않고 법을 이루는 수식의 연계만으로도 이 정도의
마력 구성은 충분히 이룰 수 있다! 경직된 공식과 조합에 얽매이지 마
라! 하나의 수식은 하나의 요소를 이룬다! 그 요소들의 순차적 구현에
서 마법은 완성된다! 알았냐? 멍청이들아!"

광장을 가득 메운 마법사들에게 연신 질타를 퍼붓는 아스나트 이프
론. 하지만 마법사들에게서 불만의 소리는 전혀 찾아볼 수 없었다. 상
대는 평생 가도 한 번 만날까 말까 한 '마법의 아버지' 아스나트 이프
론이었다. 그 어떤 기라성 같은 마법사가 나타난다 해도 이 이름에는
비할 바가 없을 터, 거기다 그 실력을 이미 체험하고 난 후다. 불만의
소리가 나오려야 나올 수가 없었다. 오히려 입소문을 타고 번져, 토라
전역에서 수많은 마법사가 몰려들어 강의실로 삼은 광장의 공간이 부

족해 더 넓은 곳으로 옮겨야 할 지경이었다.

한편, 그와 함께 나타난 천사, 제크리스의 경우도 이프론과 별 차이 없는 유명세를 치르고 있었다. 날개를 감췄기에 천사라는 것이 드러나진 않았지만, 그 미려하고 강력한 검술과 아름다운 외모는 가는 곳마다 화제가 되었다.

그들이 그렇게 유명세를 치르는 사이에도, 라비니어스에서 돌아온 로엔 일행은 쉼없이 바쁜 일과를 보내고 있었다. 새로 재편된 기사단의 정비와 훈련에 수확기를 맞은 각종 비축 물자의 축적까지, 몸이 열 개라도 부족했다. 소문에,

"캬아악! 카렌 놈 변태 노인네 강의에 갈 시간 있으면 일이나 좀 도우란 말이다!"

라며 로엔이 절규했다는 이야기가 있지만 그건 어디까지나 사소한 일이었다.

그렇게 바쁜 나날을 보내던 중 로엔은 제딘의 호출을 받았다.

"바깥이 소란스럽더구나."

산더미같이 쌓인 서류들 사이에서 결재 서류를 건네는 제딘이 여상스럽게 말을 건네자 로엔이 쓴웃음을 지었다.

"충분히 그럴 만한 존재들이니까요."

"그래? 잠시 시간이 났는데, 그들을 만나봐야겠군."

"유스와 에바보다 더한 괴물들이니 만나고 좌절하지 마세요."

로엔은 손을 흔들며 바삐 집무실을 빠져나갔다. 아니, 빠져나가려는 순간 그 뒷덜미를 우악스런 손이 붙들었다.

"어딜 가는 게냐?"

“저 바빠요!”

로엔이 바동대며 발악했지만 제딘에게는 씨도 먹히지 않았다.

“기사단 정비 완료 확인서 받아가면서 그런 말을 하면 설득력이 없단다, 아들아.”

“…쳇.”

로엔은 포기한 듯 어깨를 축 늘어뜨렸다. 그런 로엔이 귀여운 듯 피식 웃은 제딘은 로엔의 뒷덜미를 단단히 붙든 채로 사령부 밖으로 빠져나갔다.

이프론과 제크리스의 위치는 쉽게 찾을 수 있었다. 사람들이 웅성대며 몰려 있는 그곳, 그들은 바로 기사들의 연무장에 가 있었다.

“핫! 하앗!”

수십의 참격이 쉼없이 이프론을 압박해 들어갔다. 스치는 섬광이 그 참격의 스피드를 알려주고 있을 뿐, 결코 막을 수 없을 것 같은 압도적인 공격. 하지만 이프론은 그 공격을 한 손으로 막아내고 있었다. 뿐만 아니라, 느긋한 어조로 말까지 건네고 있었다.

“아직 몸이 덜 풀렸냐?”

“이 정도면 충분합니다.”

“그래? 그럼 시작하지.”

주변에서 보고 있던 기사들의 표정이 하얗게 질렸다. 그들로서는 단 일격조차 막아낼 수 없을 듯한 무시무시한 공격의 파도가 단지 준비운동이었다니, 이젠 경악을 넘어 부조리라고 생각될 정도였다.

거리를 두고 물러선 제크리스가 가볍게 팔을 돌렸다. 그 시선이 이프론을 향한다 싶은 순간, 제크리스는 모두의 시야에서 사라졌다.

“헉!”

지켜보던 크레시의 입에서 헛바람 들이키는 소리가 새어 나왔다. 순간 이프론의 주위에서 검과 검이 부딪치는 굉음과 함께 광포한 폭풍이 몰아치기 시작했기 때문이다. 쉴 새 없이 몰아치는 전방위 공격의 폭풍, 하지만 이프론은 익숙한 듯 느긋하게 오른손에 든 검으로 몰아치는 모든 공격을 막아내고 있었다.

멀리서 보고 있음에도 눈으로는 도저히 좇을 수 없는 공격에 로엔의 얼굴은 굳어 있었다. 제딘의 얼굴 역시 딱딱하게 굳어 있었다.

“그녀들보다 더한 괴물이라는 말이 이런 의미였더냐?”

“네.”

물어볼 필요도 없었다. 십여 미터는 떨어져 있는 그들에게까지 느껴지는 투기와 압력을 통해, 제딘은 이미 그들이 얼마나 강한 존재인지를 뼈저리게 느끼고 있었다.

잠시 말없이 그들을 바라보던 제딘은 낮은 한숨을 쉬며 앞으로 걸음을 옮겼다.

“하긴, 저분이라면 괴물이라 불리고도 남을 사람이지.”

로엔의 눈이 크게 뜨였다. 자신은 견디기조차 힘든 투기를 제딘은 마치 종잇장마냥 뚫고 들어가고 있었다. 그것을 본 것은 로엔만이 아니었는지, 반대편에서 보고 있던 프란이 경악해 외쳤다.

“마스터, 위험합니다!”

카앙―!

반사적으로 뽑혀 나온 제딘의 검이 강력한 기세로 왼쪽 어깨 부근을 올려쳤다. 순간 날카로운 금속성이 울리는 것과 동시에 자세를 잡은 제딘의 상체가 크게 휘청거렸다.

떨그렁.

반 토막 난 채 날아간 제딘의 검 윗부분이 허무한 울림을 남기며 바닥에 떨어졌다. 단 한 수에 공격의 맥을 끊긴 제크리스가 놀란 얼굴로 뒤로 물러나자, 자세를 바로잡은 제딘은 묵묵히 부러진 검을 바라본 후 쥐고 있던 나머지 반 토막 난 검을 뒤로 집어 던지며 이프론에게 다가 갔다.

"오래간만입니다, 스승님."

수많은 감정을 진하게 담은 제딘의 한마디는, 그대로 거대한 충격파 가 되어 연무장 전체로 퍼져 나갔다.

재건 토라 제국군의 고급 장교 숙사는 카르이 근교의 한적한 곳에 위치하고 있었다. 카르이 외각에 주둔하고 있는 중앙 기사단 본부와의 접근성을 고려해 지어졌지만, 중앙 기사단에 수도 방위군인 1, 2기사 단을 비롯한 다섯 개의 기사단이 주둔하고 있는 만큼 그 규모는 결코 작지 않았다. 그러다 보니 주로 호탕한 성격의 기사들을 위한 편의 시 설도 주변에 많이 생겨났고, 그들은 군인들의 헤픈 씀씀이에 힘입어 호 황을 누리고 있었다.

그중 하나인 고급 장교 전용 퍼브 '하얀 사슴'에 토라 제국군의 핵심 들이 모여들었다. 제국군 총사령관 제디스틴 리스나르트를 비롯, 제1 기사단장 겸 수도 방위 사령관 프라이슨 에션트, 제2기사단장 헥터 폰 스트라우스, 제4기사단장 맥마흔 이레이아, 제5기사단장 클레르프, 제6 기사단장 아크 폰 라헬, 제7기사단장 로엔 리스나르트 등 이름만 들어도 쟁쟁한 인물들이 이곳에 모여 있었다. 이유는 단 하나, 제디스틴 리스나르트가 스승이라 칭하는 사람에 대한 호기심, 그것이었다.

"역시 새천년 뉴 웨이브를 주도하는 미남은 어딜 가도 주목받는다니까."

"그 미남 운운 그만 좀 해요. 남부끄럽지도 않나."

핫핫 웃으며 가슴을 펴는 이프론을 제크리스가 한심한 듯 바라보았다. 항상 옆에서 정곡을 찌르는 제크리스를 이프론이 사납게 노려보는데, 손수 이프론의 잔을 채운 제딘이 조용한 목소리로 그에게 말했다.

"30년 만이군요."

"그래."

이프론 역시 감개무량한 얼굴로 제딘에게 대답했다.

"많이 늙으셨을 거라 생각했는데, 조금도 변하지 않으신 듯해 기쁩니다."

이프론은 대답하지 않았다. 조금도 변하지 않은 자신과 귀여운 꼬마에서 20대의 아들까지 둔 건실한 중년으로 변해 있는 제딘. 어느 쪽이 기뻐해야 할 일인지, 1500년을 살아온 이프론으로서도 그것만큼은 판단하기 힘들었다. 그때 로엔이 이프론에게 물었다.

"검의 달인이라는 것은 책에서 읽어 알고 있었는데, 아버지의 스승님이라는 건 모르고 있었네요."

"이름만으로는 네 아버지도 몰랐을 거다. 가명을 썼었으니까."

"솔직히 놀랐습니다, 설마 스승님이었을 줄은……."

"그런 것치곤 조금도 놀란 듯 보이지 않았는데?"

웃으며 대꾸하는 이프론에게 제딘 역시 담담히 웃으며 대꾸했다.

"그거야 스승님을 발견한 직후에 놀란 마음을 수습했으니까요. 부동심을 유지하라는 가르침, 아직 기억하고 있습니다."

검도에 대한 이야기가 나오기 시작하자 그곳의 모두는 바짝 긴장했다. 드넓은 대륙에서도 첫손에 꼽히는 천재 검사와 그를 가르친 스승의 대화였다. 들어두어서 나쁠 일은 결코 없을 터였다.

"어느 정도는 감정의 기복이 있는 것도 나쁘지 않아. 때로는 그게 실력 이상의 힘을 내주니까. 하지만 지나치면 화를 부르지."

"아까 보잘것없는 재주를 보여드렸습니다만, 어떠셨는지……?"

이프론은 잠시 눈을 감고 생각에 잠겼다. 그것도 잠시, 곧 눈을 뜬 그는 잔을 집어 들며 이야기를 계속했다.

"공격의 맥을 잡아낸 것은 굉장히 좋았다. 인간의 동체 시력으로는 잡을 수 없는 속도였을 텐데, 수비하는 내 검의 이동을 보고 다음 공격 루트를 계산해 낸 것은 분명 대단했지. 다만……."

"다만……?"

"아직도 힘을 흘리는 기술을 제대로 구사하지 못하고 있더군. 그때 제크리스는 전력을 다하지 않은 상태였다. 그 정도의 충돌이라면 검을 부러뜨리지 않고 끝낼 수 있었어. 상황을 제어하는 데 급급해 이후를 생각하지 않은 수였다고 봤는데, 어땠나."

제딘은 비어버린 자신의 잔에 술을 따르며 고개를 끄덕였다. 25년 만에 만난, 이제는 많이 따라갔으리라 생각했던 그의 스승은 여전히 까마득하게 높은 위치에서 그를 내려다보고 있었다. 그 생각을 읽기라도 한 듯 단숨에 잔을 비운 이프론이 말을 이었다.

"내가 아직도 높은 곳에 있는 건 인간을 벗어난 힘과 속도, 판단력이 있기에 가능한 일이지. 단순히 검기(劍技)만을 논한다면, 이미 넌 내 뒤를 다 따라왔다."

제딘을 바라보는 이프론의 눈은 엄한 스승의 그것이었다.

"현재보단 이후를 생각하는, 지금보다 더 앞을 내다보는 판단력을 가져라. 검만이 아니라, 모든 일에 도움이 될 것이다."

"감사합니다."

제딘은 진심을 담아 그의 스승에게 고개를 숙였다. 그 모습을 대견한 듯 바라보던 이프론은, 더 이상 끼어들지 않고 그들을 바라보는 로엔을 바라보았다.

"좋은 아들을 두었구나. 행복했겠다."

"변변찮은 녀석입니다. 속만 썩였지요."

스승의 잔에 술을 채운 후 돌아본 아들의 모습은, 아니나 다를까, 잔뜩 부루퉁한 채였다. 그 모습에 너털웃음을 터뜨리며 제딘은 한마디를 덧붙였다.

"그래도 제법 쓸 만하게 컸으니 다행입니다."

이프론이 말없이 들어 올린 잔에 제딘의 잔이 부딪친다. 평생의 목표가 되어 자신을 여기까지 이끌어준 분과의 만남. 이런 좋은 날 어찌 취하지 않을 수 있겠는가. 권커니 자커니 술잔을 기울이는 두 사람을 바라보며 프란이 로엔의 옆구리를 쿡 찔렀다.

"마스터가 저렇게 즐거워하는 날은 처음 보는 것 같은데."

"저도 처음 봐요."

"그렇지? 나도 처음 봐."

25년 만에 조우한 사제를 바라보며 클레르프가 신기한 듯 그들의 대화에 끼어들었다. 언제나 냉철해 조금의 틈조차 보이지 않던 나이트 길드의 전대 마스터가 처음으로 드러내는 흐트러진 모습, 그것은 언제나 제디스틴 리스나르트의 단면만 볼 수 있던 그들에게 있어 기적이라 여겨질 만큼 신선한 일이었다.

비어버린 자신의 술잔에 와인을 채우며 로엔이 투덜거렸다.

"대륙 최강은 우주 최강에게서 나왔다는 건가. 그럼 난 뭐지?"

"부러운가?"

누구를 향한 것도 아닌 투덜거림에 응답한 것은 제크리스였다. 단짝이라 할 만큼 이프론과 죽이 잘 맞는 제크리스였지만, 자신이 낄 때와 그렇지 않은 때 정도는 무리없이 구분하는 천사였다.

로엔은 고개를 끄덕였다.

"솔직히 부럽지 않다면 거짓말이죠. 아버지는 지금까지 '길은 스스로 걸어야 한다' 라며, 원론적인 이야기만 해주고 더 이상은 가르쳐 주지 않는걸요."

마치 어린애 같은 투정에 제크리스는 무심결에 픽 웃고 말았다.

"아마, 네 아버지 역시 그렇게 배웠기 때문이 아닐까?"

"네?"

의아한 듯 로엔이 반문하자, 제크리스는 웃음 띤 표정 그대로 설명을 계속했다.

"저 이프론이라는 사람은 열매를 따는 방법을 어떻게 찾아야 하는가는 가르쳐도, 열매를 어떻게 따는가는 가르쳐 주지 않아. 그렇기 때문에, 그렇게 배웠기에 네 아버지 역시 그렇게 가르치는 것일 거야. 애초에 리스나르트는 오딘의 축복을 받은 무재(武才)의 가문, 길을 인도하면 걷는 법 정도는 스스로 깨닫는 자들이 바로 리스나르트니까."

"무재의 가문이라는 이야기는 또 처음 듣네요."

제크리스의 말에 수긍하는 바가 있었는지, 로엔은 입을 삐죽이며 대꾸했다. 그 말에 담겨 있는 가시를 아는지 모르는지, 제크리스는 어린 아이를 다독이듯 로엔에게 말했다.

"원래 자신에게 맞는 전투 스타일은 자신이 찾아야 해. 남의 것을 배운다고 해도, 그건 아주 어린 시절부터 몸에 맞춰온 것이 아닌 이상 결코 자신의 것이 될 수 없어. 싸워가며, 이겨가며, 패배해 가며 자신에게 맞는 전투 방법을 익혀 나가는 것, 이게 가장 중요한 거야."

거기까지 말한 제크리스는 자신의 주위로 이프론과 제딘을 제외한 모두가 둘러서 있다는 것을 깨닫고 쓴웃음을 지었다. 좀 더 높은 곳으로 올라가는 계단은 혼자서 오르려면 오랜 세월 동안 각고의 노력을 해도 오를 수 없을 정도로 힘들다. 깨달을 수 있든 없든 일단 들어두면 나중에 도움이 될 것이라는 생각으로 이들은 모여 있는 것이리라.

이 안에는 빛나는 보석도 있고, 단순한 돌멩이가 상상할 수 없는 노력 끝에 보석으로 바뀐 사람도 있을 것이다. 모두 다른 존재들, 하지만 그들 사이에 공통으로 존재하는 열정, 그것 하나만큼은 누가 뭐라 해도 진짜였다. 그것을 느낀 제크리스는 길게 한숨을 쉬며 그곳에 있는 모두를 향해 말했다.

"내일부터 연무장에 있겠습니다. 시간이 되시는 분들은 해가 있는 동안 찾아오시면 나름대로 도움을 드리겠습니다."

"좋았어!"

헥터 폰 스트라우스가 특유의 호쾌한 목소리로 환성을 터뜨렸다. 클레르프는 주먹을 불끈 쥐며, 맥마흔은 프란과 하이파이브를 하며 기쁨을 표시했다. 이프론의 강의를 듣기 위해 휴가를 내어 올라왔던 아크폰 라헬은 그 자리에서 즉석으로 휴가 연장 신청서를 휘갈기고 있었다.

그야말로 '하늘이 내려준' 기회에 진심으로 기뻐하는 그들을 보며 제크리스는 느긋한 얼굴로 과실주를 마시고 있었다.

같은 날, 신성왕국 세이레인의 수도 세톤. 그 가운데에 위치한 왕성의 가장 넓은 방에서 세 남자가 이야기를 나누고 있었다.

"정말로 워프 게이트를 그냥 복구해 주신다는 겁니까?"

길리언의 물음에 검은 후드를 깊이 뒤집어쓴 남자는 고개를 끄덕였다. 후드 아래에서 아름다운 미성이 흘러나왔다.

"복구 자체는 문제없다. 하지만 작동이 제대로 되는가는 장담할 수 없다."

"그럼 복구하는 데 무슨 의미가 있다는 겁니까?"

탐탁찮은 표정을 지으며 길리언이 반문하자 남자가 고개를 들었다. 후드 아래에서 금발의 아름다운 얼굴이 드러났다. 바로 라비니어스에서 로엔을 손에 넣으려 하던 악마, 데이탄 헬마스터였다.

그 수려한 외모에 비웃음이 가득 일었다.

"사람 말은 원래 끝까지 듣지 않으면 오해하기 쉽지. 그 물음은, 내가 이대로 그냥 가도 좋다는 이야기인가?"

"제가 졌습니다. 그런데 말씀하신 작동이 제대로 되는가의 의미는 대체……?"

길리언은 짧은 한숨과 함께 어깨를 으쓱했다. 데이탄은 크큭— 하고 짧은 웃음을 흘리며 북쪽으로 시선을 돌렸다.

"아스나트 이프론, 그가 북쪽에 있다. 그러면 대륙의 전체는 무리라도 절반 정도는 충분히 아우를 수 있는 결계를 생성할 수 있지. 엔젤 게이트, 데몬 게이트를 포함한 모든 차원계 게이트 마법은 그 안에서 무용지물이 된다."

"그렇다면……."

길리언이 말을 흐리자 데이탄은 길리언 쪽으로 휙 몸을 돌렸다. 그 얼굴에 떠오른 것은, 단순히 보는 것만으로도 공포를 떠올릴 잔혹한 미소였다.

"보급선을 단축하는 역할 정도는 충분히 해낼 수 있겠지. 그리고 저들과 동맹을 맺었다는 라비니어스를 치는 것 역시."

"그렇군요. 그럼 부탁드리겠습니다."

길리언의 말이 떨어지자 데이탄은 워프 게이트의 앞에 섰다. 그 순간 이스카와 길리언, 둘 모두 제대로 서 있기도 힘들 정도의 마력 폭풍이 방 안에 휘몰아치기 시작했다. 마력을 끌어올리고 있다는 증거였다.

주변의 말이 들리지 않을 정도로 집중을 시작한 그를 뒤로하고, 길리언과 이스카는 몸을 돌려 방에서 빠져나갔다.

"마음에 들지 않습니다."

길리언에게서 한 걸음 뒤처진 상태로 그의 뒤를 따르던 이스카가 탐탁지 않은 표정으로 워프 게이트가 있는 방을 돌아보며 말했다.

"뭐라 해도 저자, 데이탄 헬마스터는 악마입니다. 그런데 그 악마의 힘을 빌린다는 것은……."

"이스카님."

나직한 길리언의 목소리가 이스카의 말을 끊었다.

"앞으로 4개월 남았습니다. 그동안 군비를 정비해 봄이 시작될 시점에 군사를 일으킬 수 있도록 만반의 준비를 갖춰주십시오."

"전하."

멈춰 서 그를 부르는 이스카에게 길리언은 대답하지 않았다. 이스카에게 등을 보인 채 잠시 멈춰 서 있던 길리언은, 이 말을 남긴 채 이스카를 두고 앞으로 걸어갔다.

"너무 많은 것을 잃었습니다. 그 잃은 것을 위해서라도 전 그만둘 수 없습니다. 그게 비록 악마의 힘을 빌린 거라 하더라도 말입니다."

길리언의 차가운 목소리에, 이스카는 망연한 얼굴로 멀어지는 길리언의 뒷모습을 바라보고 있었다.

세이레인력 1441년 11월, 토라 제국은 대대적인 군제 재편을 완료했다, 8기사단 13로군구로 이루어진 이번 개편은, 지난 전쟁에서 별 재미를 보지 못했던 기존의 기사단+징집군의 편제를 분리해 기사단의 독립 운영을 꾀한 것이 가장 큰 특징이었다.

우선 각 지역을 13개 군구로 나누어 각 군구마다 그 지역에서 징집한 상비군 1만과 예비군 3만으로 담당하는 로컬 디펜스 체제를 확립하고, 요충지인 가르미슈, 시뤼나갈, 카시나에는 각각 1개 기사단을 추가 배치함으로써 강력한 방어력을 갖출 수 있도록 했다. 나머지 5개 기사단은 비상시 어느 쪽으로라도 빠르게 지원을 갈 수 있도록 수도에 상주, 언제 있을지 모를 적습에 대비하도록 했다.

한편으로 기사단 체제 역시 개편되었다. 기사단 3,000+징집군 12,000으로 편성된 기존 체제에서 벗어나, 징집군을 군구로 돌리고 기사단을 확대 편성, 기사단 6,000+마법사단 500이라는 체제를 확립함으로써 좀 더 뛰어난 전투력과 기동력을 가질 수 있도록 보강되었다.

내년 봄으로 예비된 전쟁에 대비해 충실하게 전력을 갖춰가던 수도 카르이에 한바탕 난리가 난 것은 세이레인력 1441년 11월 13일에 있었던 전략 회의에서였다.

"그게 사실입니까!"

13개 군구 사령관과 8개 기사단 단장이 모두 소집된 대규모 전략 회의에서, 카시나 군구 방위 사령관 아레나 키렌더스가 경악한 얼굴로 자리에서 벌떡 일어났다. 다른 사람들도 사정은 마찬가지여서 불신 가득한 표정으로 제딘의 배려로 배석한 마법사, 아스나트 이프론을 바라보고 있었다. 다만 제디스틴 리스나르트만이 평상시와 마찬가지로 서류를 검토하고 있을 뿐이었다.

"사실이네. 세이레인은 워프 게이트를 복구했어."

시선을 집중한 것에 만족한 듯 이프론은 웃으며 고개를 끄덕였다. 주변에서 보고 있는 장군들의 속에서는 천불이 나고 있는 걸 아는지 모르는지, 마치 염장을 지르는 듯 느긋한 웃음이었다.

"이러고 있을 때가 아닙니다. 어서 각 군구에 전령을 보내 방어를 강화해야—!"

"쓸데없는 짓."

다시 느긋한 이프론의 한마디가 제5기사단장 클레르프의 말을 끊었다. 일그러진 얼굴로 클레르프가 그를 돌아보자, 그때까지 조용히 앉아 있던 제국군 총사령관, 제디스틴 리스나르트가 이프론에게 물었다.

"이미 조치를 취해두신 겁니까?"

"당연하지."

엣헴— 하고 가슴을 펴며 이프론이 대꾸했다. 마치 '나 잘했지? 칭찬해 줘' 라고 말하는 듯한 그 표정에 뒤에 서 있던 제크리스가 실소를 흘렸다. 얄미운 듯 제크리스를 잠시 흘겨보던 이프론은 자신이 조치한 사항에 대한 설명을 시작했다.

"이미 토라 전역을 커버하는 대 게이트 결계를 풀어놓은 상태야. 워프 게이트를 비롯, 엔젤 게이트, 데몬 게이트까지 모든 차원계 게이트 마법은 토라 제국령 내에서는 무용지물이다."

아마 다른 마법사가 이런 말을 했다면 말도 안 되는 소리라며 미친 놈 취급했을지도 모를 엄청난 소리였다. 광활한 레트니아 대륙, 그 대륙의 절반을 커버하는 결계. 그것은 '마법의 아버지' 라 불리는 최고의 마법사, 아스나트 이프론이었기에 가능한 일이었다.

"그럼 흥분할 필요도 없었던 거군요. 처음부터 그렇게 설명하셨으면 되었을 것을."

아레나 키렌더스와 클레르프는 허탈한 듯 자리에 앉았다. 그들과 교차하듯 제7기사단장, 로엔 리스나르트가 자리에서 일어났다.

"비록 워프 게이트를 통한 직접 침투가 불가능해졌다고는 하나, 여전히 워프 게이트에 대한 위협은 남아 있습니다. 결계로 커버되지 못한 지역에서 물자와 인력의 빠른 수송을 통한 병참선의 축소가 그 하나고, 다른 하나는 이번에 동맹을 맺은 우방국, 라비니어스에 대한 문제입니다. 라비니어스가 워프 게이트에 의해 큰 피해를 입는다면 동맹을 맺은 의미가 사라진다고 봐도 무방할 터, 이에 대한 대책은 반드시 세워야 할 것입니다.”

“워프 게이트에 대한 대처라면, 아무리 빨라도 이미 늦었다.”

담담한 목소리로 제딘이 대답했다. 로엔이 제딘 쪽으로 고개를 돌리자, 제딘은 서류에 사인을 하며 이야기를 계속했다.

“하지만 세이레인이 아직 행동을 개시하지 않았을 가능성도 배제할 수 없지.”

제딘은 말을 끝낸 후 사인한 서류를 옆에 있는 부관에게 내밀며 명령했다.

“이 서류를 외교부의 엔트레아 백작 각하께 보내라. 한시를 다투는 일이다. 백작 각하라면 시간에 맞출 수 있을 것이다.”

“네!”

서류를 건네받은 부관이 달려나가자 제딘은 턱을 쓰다듬으며 제장들을 바라보았다.

“워프 게이트의 복구로, 여러 가지 면에서 아군은 적에 비해 불리한 위치에 놓이게 되었다. 하지만 전략의 우위가 곧 전투의 승리로 이어지지 않는다는 것쯤, 제장들은 다 알고 있으리라 믿는다. 그 불리함을 극복하고 전투를 승리로 이끄는 것이 바로 제장들이 해주어야 할 일이다. 워프 게이트에 너무 집착한 나머지 전략, 전술을 소홀히 하는 우를 범하지 않도록. 다음 의제를.”

Infernal Battle Field

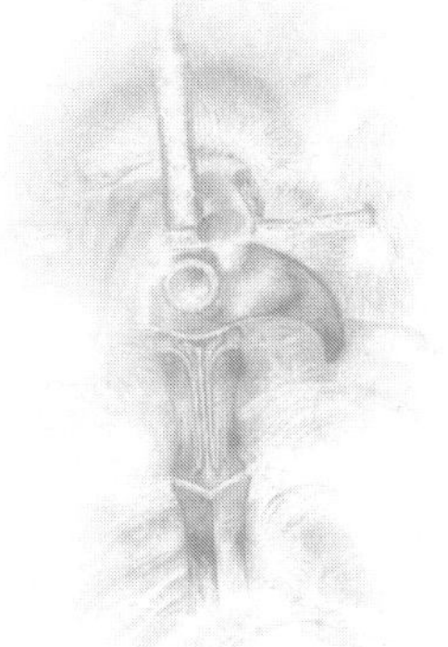

Infernal Battle Field

세이레인력 1442년 2월 24일, 케이오스에 집결한 세이레인 군은 토라 제국령에 대한 대대적인 진출을 시작했다. 철혈황제 길리언 아스나드 폰 미드가르드 네오토라를 사령관으로 한 35만의 정벌군은 '더 듀크 오브 소드 마스터' 이스카 폰 블릭스를 비롯, 크루세이더 카이레인 폰 클라인시커 후작까지 참전시킨 최강의 진용이었다.

이 첩보를 접한 토라 제국군 역시 제국군 사령관 제디스틴 리스나르트를 필두로 수도 방위군 제1기사단을 제외한 6개 기사단 3만 9천 모두를 출진시켰고, 여기에 13개 군구에서 차출한 26만의 병력을 포함한 30만 대군으로 필승의 각오를 다지며 요새 카시나로 진격했다.

이에 라비니어스 역시 압둘 무하드 하타리의 지휘 아래 10만 정병을 뽑아 사우스그레이 평원으로 진격, 레너스를 포위하고 세이레인의 전력을 분산하는 전략을 구사했다.

이에 세이레인은 방어가 힘든 사우스그레이 평원을 구원하는 대신 글루디오에 5만의 병력을 집결, 방어선을 펼쳐 라비니어스를 무시하고 토라 제국군과 결전을 펼치려는 의도를 보였다.

양측 다 30만이 넘는 대병력, 어느 쪽도 쉽게 나서지 못한 채 예렌 평원의 전운은 서서히 고조되고 있었다.

1442년 3월 3일, 토라 제국군 본영에서 지휘관급 군략 회의가 열렸다. 수도에 남아 있는 제1기사단장 프라이슨 에션트와 제국군 군수 지원 사령관 넬슨 아케미온을 제외한 제국군의 핵심이 전부 모인 군략 회의에서는, 현 상황에서 가능할 모든 전략을 쏟아내고 있었다.

"살을 주고 뼈를 치는 것은 어떻겠습니까? 10만의 병력으로 카시나를 사수하면서 세이레인으로 역진격하는 겁니다!"

"말도 안 되는 소립니다! 적은 워프 게이트 운용으로 자국 내에선 상상할 수 없을 정도로 빠른 기동력을 보여주고 있을 터, 역진격은 자멸이나 다름없습니다!"

"농성과 기습의 병행으로 조금씩 적을 갉아먹는 전략은 어떻습니까?"

자신이 생각해 낸 최고의 전략과 그에 반박하는 외침이 수없이 터져 나왔다. 흥분한 장군들에 의해 고성이 오가는 사이에서, 단지 조용히 앉아 있기만 하던 제디스틴 리스나르트가 오른손을 들었다.

"모두 그만."

그 한마디로 장내는 일시에 조용해졌다. 시선이 자신에게 집중되길 잠시 기다린 제딘은 평소와 다름없는 나직한, 그러면서도 분명한 목소리로 입을 열었다.

"제장들의 의견 잘 들었다. 좋은 의견이 많았지만, 그 사이사이 무리한 의견이 끼어 있었음은 부정할 수 없을 터. 현재 아군은 본국의 사활을 걸고 지금 이 전장에 나와 있다. 섣부른 행동이 그대들이 힘들여 세운 탑을 일거에 무너뜨린다는 것을 잊지 말아주기 바란다."

좌중은 여전히 조용했다. 그 정적이 마음에 들었는지, 제딘은 각 기사단장들을 돌아보며 이야기를 계속했다.

"첫 교전은 계교를 쓰기보다는, 힘 대 힘의 대결을 통해 우선 적의 역량을 파악하는 데 주력하도록 하겠다. 헥터!"

"네!"

호쾌하게 외치며 제2기사단장 헥터 폰 스트라우스가 자리에서 일어났다.

"선봉을 맡긴다. 지금 즉시 기사단과 3만의 정병을 추려 적의 예봉을 꺾어라! 제국의 땅을 밟으면 어떻게 된다는 것을 적에게 뼈저리게 느끼게 하라!"

"네!"

우렁찬 대답을 남긴 후 헥터가 막사를 나가자 제딘은 그 옆의 제4기사단장, 맥마흔 이레이아를 바라보았다.

"맥마흔! 선봉을 보조한다. 역시 기사단과 병사 3만을 이끌고 헥터와 함께 적진을 철저히 분쇄하라!"

"알겠습니다."

헥터와는 대조적으로, 맥마흔은 조용하면서도 강인한 인상이 남는 대답을 남기고 막사를 빠져나갔다. 잠시 그 모습을 든든하게 바라보던 제딘은 이내 남아 있는 기사단장들에게로 시선을 돌렸다.

"제5기사단과 6기사단은 좌우 양익을 맡는다. 어느 한쪽의 날개라도 꺾임이 없도록 만전을 기해야 할 것이다!"

"예!"

"제3기사단은 나와 함께 중군을 굳힌다! 철벽과 같이 굳건한 기세로 적의 어떤 공격이라도 받아내는 용병을 기대하겠다."

"맡겨주십시오!"

제5기사단장 클레르프와 제6기사단장 아크 폰 라헬, 제3기사단장 리제니온 폰 로크담이 빠져나가자 그 자리에는 제딘과 로엔, 그리고 카시나 요새 방위 사령관 아레나 키렌더스만이 남게 되었다. 비록 방위 사령관의 직책이지만 군공을 세우고 싶을 법한데도 담담한 표정으로 자리를 지키고 있는 아레나를 흘깃 바라본 제딘은, 이내 남아 있는 마지막 기사단장인 로엔에게 고개를 돌리며 말했다.

"제7기사단장은 후위를 맡는다."

"네."

마치 예상하고 있었다는 듯 로엔은 천천히 고개를 끄덕였다. 후위는 드러나지 않지만 가장 중요한 역할을 담당한다. 항상 전체 전황을 파악하고 있어야 하며, 평시엔 물자의 보급과 보호, 유사시 전방에 대한 지원 혹은 아군의 퇴로 확보라는 필수적인 역할을 맡고 있기에 전장에서 가장 돋보이는 선봉군보다 더욱 중요한 역할을 한다는 것을 잘 알고 있는 듯한 표정이었다.

로엔마저 막사를 나가자 제딘은 자리에서 일어나며 아레나를 바라보았다.

"배후를 부탁하네. 적의 어떤 낌새라도 보이는 즉시 가능한 한 모든 수단을 동원해 연락하도록 하게."

"걱정 마시길. 적병 모두가 포위해 오더라도 지켜내 보이겠습니다."

"믿고 있겠네."

제딘은 자신있게 대답하는 아레나의 어깨를 두어 번 두드려 준 후 막사를 빠져나갔다.

"와아아—!!"

예렌 평원이 떠나갈 듯 광포한 함성을 지르며 헥터의 제2기사단이 요새 카시나의 남문을 빠져나왔다. 그 뒤를 맥마혼의 제4기사단이 질서 정연하게 기치를 세우며 출진하는 가운데 서문에서는 아크 폰 라헬의 제6기사단이, 동문에서는 클레르프가 이끄는 제5기사단이 전의를 불태우며 진군하고 있었다.

이 하늘을 찌를 듯한 군기 앞에서는 병력상 우세에 있는 세이레인의 용장들이라 해도 기가 질릴 수밖에 없었다. 진정으로 감탄한 듯 토라 군 진영을 바라보며, 세이레인 군 총사령관 길리언 아스나드 폰 미드가르드 네오토라가 감상을 내뱉었다.

"과연 제디스틴 리스나르트, 상대로서 부족함이 없다 이건가."

"방심할 수 없는 상대입니다. 전하, 지시를."

어딘가 어두운 그늘이 남아 있는 얼굴로 '듀크 오브 소드 마스터' 이스카 폰 블릭스가 길리언에게 간언했다. 길리언은 가볍게 고개를 끄덕인 후 지난 전쟁에서 모두 사망한 '일곱 별'의 후임으로 임명된 팰러딘들을 돌아보았다.

"알고 있겠지만, 상대는 대륙 최고의 기사 제디스틴 리스나르트다. 무예에서도, 병략에서도 대륙에서 손꼽히는 상대이니만큼 가진 능력을 모두 끌어내 적과 맞서야 할 것이다."

"명심하겠습니다."

가장 오른쪽에 서 있던 미스트론 드 리크레디아가 모든 팰러딘을 대표해 고개를 숙였다. 그는 지난 카시나 공방전에서 전사한 테이시온 드 리크레디아 남작의 사촌 동생으로, 형에 뒤지지 않는 뛰어난 실력을 인정받아 '찬란히 빛나는 오딘의 별' 호칭을 이어받은 팰러딘이었다.

일렬로 시립해 있는 그들을 든든한 듯 바라보던 길리언은 이내 멀리 보이는 토라 군의 진영으로 시선을 돌리며 명령했다.

"진형을 보건대 적은 전초전 성격의 힘 대 힘 싸움을 걸어올 것이다. 하지만 난 이 싸움을 전초전으로 끝낼 생각이 전혀 없다. 적의 의도에 걸려들면 패배로 직결된다는 각오로 최선을 다해 적을 무찔러라. 전투 준비를."

"알겠습니다! 각자 위치로!"

미스트론의 명령에 따라 일곱 팰러딘 모두가 군영을 빠져나가자, 길리언은 이스카의 반대편에 시립한 클라인시커 후작에게 명령했다.

"후작께서는 후작에게 배속된 군을 이끌고 후방에서 대기하십시오. 신호가 떨어지면 미리 지시해 둔 대로 움직여 적을 격파하시면 됩니다."

"지시하신 대로 따르겠습니다."

클라인시커 후작은 공손한 태도로 대답한 후 군영에서 물러났다. 마지막으로 남은 이스카에게 길리언은 미소 띤 얼굴로 말했다.

"각하께서는 저와 함께 전체 전황을 조율해 주시기 바랍니다. 상대가 상대니만큼, 각하의 용병이 반드시 필요할 때가 올 것입니다."

"…알겠습니다."

석연찮은 구석이 남아 있는 대답과 함께 이스카가 허리를 숙였다. 그가 준비를 위해 막사를 뒤로하자, 길리언은 상체를 틀어 자신의 오른쪽 뒤편을 향해 물었다.

"정말 아무런 대가가 없어도 되는 겁니까?"

"물론이다."

검은 로브를 입고 후드를 깊게 눌러쓴 그는 바로 데이탄 헬마스터였다. 후드의 그림자에 가려지지 않은 그의 입에는 섬뜩할 정도로 냉혹한 미소가 띠어져 있었다.

"신경 쓰지 않아도 된다. 대가라면 이미 차고 넘치도록 받고 있으니까."

그의 대답에 길리언은 어깨를 으쓱하며 의자에 기대앉았다.

"뭐, 상관없겠지요. 도움이 된다면야 얼마든지 환영인데다, 이번 한 번뿐이라니 마다할 이유도 없습니다."

거기까지 말한 길리언은 문득 의문이 생긴 듯 다시 그에게로 시선을 돌렸다.

"그런데 이번 한 번밖에 기회가 없다는 건 무슨 말인지?"

"이번 전투가 지나면 알게 될 것일 터. 무엇이 그렇게 궁금한가?"

싸늘한 대꾸에 길리언은 짧게 한숨을 쉬며 자리에서 일어났다.

"하긴 그것도 그렇군요. 그럼 승리를 위해 나서볼까요."

마치 먹이를 눈앞에 둔 맹수와 같이 조용히 전의를 끌어올리는 토라 제국군의 중군에, 아스나트 이프론과 제크리스 역시 따라나서고 있었다. 불안한 표정으로 토라 군의 군세를 돌아보던 제크리스는 세이레인 군이 주둔하고 있는 방향을 노려보며 중얼거렸다.

"강한 마력이 느껴집니다. 예상대로 전장까지 나온 모양이군요."

"그렇겠지. 분명 간접적으로 지원할 것 같은데, 생각 같아서는 전장 전체를 커버하는 안티 매직 쉘(Anti—Magic Shell)을 펼치고 싶지만 알다시피 데이탄과 내 마법은 상극, 작은 마법으로도 상쇄되어 버릴 안티 매직 쉘이라면 차라리 안 쓰는 게 낫지."

"수동적이 될 수밖에 없다는 말이군요."

이프론은 고개를 끄덕였다.

"하지만 내 마법으로 상쇄되지 않는 순수한 마계 마법을 쓴다면 협약 위반으로 성천계가 전면적으로 개입할 빌미를 주게 될 터, 전면에 나서진 못할 거야."

"그렇다면 역시……."

"승부는 어떤 마법이냐가 아닌, 얼마나 빨리 상대의 마법을 상쇄하느냐가 되겠지."

이프론은 세이레인 군 진영을 바라보며 싱긋 웃었다.

"오래간만에 재미있는 마법 대결이 되겠는걸."

초전부터 전쟁 전체의 판도를 뒤엎은 제2차 카시나 공방전의 서막은 토라 제국군의 출진으로 시작되었다. '전초전'이라는 길리언의 말이 무색하게 30만 전군을 동원한 토라 군은, 용맹 하나는 둘째가라면 서러워할 제2기사단장 헥터 폰 스트라우스를 선봉으로 세이레인 군을 향해 진격해 나갔다.

"잔챙이는 비켜라!"

세이레인 군의 가운데를 파도처럼 가르며 헥터가 호쾌하게 외쳤다. 달려드는 세이레인의 디바이너를 단숨에 양단한 헥터는 기세를 몰아 더욱 강력히 세이레인 군을 밀어붙였다. 단순한 무력만으로는 강자들이 즐비한 토라에서도 손꼽히는 그 무용에는, 아무리 오랜 훈련으로 갈고닦은 세이레인의 정병들이라 해도 속수무책이었다.

전열이 엉망이 되는 것을 보다 못한 길리언이 자리에서 일어나며 외쳤다.

"시렌은 나가 적의 선봉을 꺾어라!"

"나를 따르라! 분수를 모르고 날뛰는 토라의 강아지들을 여기서 쓸어버리자!"

일곱 팰러딘 중의 하나인 '푸른 섬광의 별' 시렌 폰 메이우드가 병사들을 독려하며 앞으로 나섰다. 팰러딘답게 적과 자신의 역량을 파악하는 데 뛰어난 시렌은 자신이 전장에서 잔뼈가 굵은 헥터를 상대하기 힘들다는 것을 충분히 알고 있었다.

"적장은 상대할 필요 없다! 적의 진로를 차단해 기세를 꺾는 데만 주력하라!"

"에에잇! 야비한 놈들답게 하는 짓도 쥐새끼 같군!"

헥터는 시렌의 방어를 뚫으려 안간힘을 썼다. 하지만 그가 있는 곳을 피해가며 조금씩 제2기사단의 병력을 갉아먹는 절묘한 전술에는 제 아무리 날고 기는 헥터라도 기세가 꺾일 수밖에 없었다. 이에 자신을 얻은 시렌이 좀 더 헥터를 압박하려 하는 찰나, 시렌에게는 불운하게도 호시탐탐 기회만 노리고 있던 토라 군 제4기사단이 그 날카로운 이빨을 드러냈다.

"돌격하라! 승리가 우리를 기다리고 있다!"

헥터를 백업하면서 기회만을 노리던 맥마흔의 외침과 함께, 제4기사단이 노도와 같은 기세로 시렌을 덮쳤다. 갑작스런 토라 군의 움직임에 미처 대응하지 못한 시렌은 황급히 뒤로 물러나며 외쳤다.

"물러나라! 물러나 전열을 가다듬고 적을 상대한다!"

하지만 때는 늦어 있었다. 물러날 타이밍을 주지 않고 돌격한 맥마흔의 공격에 세이레인 군은 큰 피해를 입고 물러날 수밖에 없었다.

헥터와 맥마흔의 뛰어난 콤비 플레이에 세이레인은 속수무책으로 중앙을 돌파당하고 말았다. 이 모습을 지켜보던 제딘은 때가 되었다고 판단했는지 검을 높이 들어 올리며 큰 소리로 외쳤다.

"전군 돌격하라!"

"와아아—!"

하늘을 찌를 듯한 함성이 예렌 평원에 울려 퍼지는 가운데, 토라 제국군 30만이 일거에 세이레인 군 진영을 향해 돌격하는 모습은 말 그대로 장관이었다. 물론 세이레인도 그 모습을 보고만 있지는 않아서, '듀크 오브 소드 마스터' 이스카 폰 블릭스가 전면에 나서 목이 터져라 외치며 전황을 유리하게 이끌기 위해 안간힘을 썼다.

"전열을 갖춰라! 이대로 분단되면 포위 공격의 밥이 된다! 무슨 수를 써서든 전열을 복구하라!"

하지만 이미 전황은 효과적으로 선제 공격을 가한 토라 제국군에 유리하게 돌아가고 있었다. 화살표 모양으로 진형을 갖춘 토라 제국군은 반원형의 세이레인 군 중앙을 거의 완벽하게 꿰뚫고 있었다.

하지만 돌파당하고 있음에도 세이레인 군 총사령관 길리언의 얼굴에는 다급하다거나 불안한 표정이 전혀 드러나지 않고 있었다. 오히려 돌파하려면 돌파하라는 듯, 입가에 느긋한 미소까지 띤 채 돌격해 오는 토라 군을 바라보고 있었다.

돌격하는 토라 군 중앙에서 제딘과 함께 이동해 나가던 이프론은 익숙한 느낌에 하늘로 고개를 들어올렸다. 세이레인 진영 뒤편 하늘에 감도는 불길한 느낌의 암운을 본 순간, 이프론은 경악한 얼굴로 옆의 제크리스를 바라보았다.

"저건 분명……?"

"마계 마법… 그것도 최상위의!"

이프론과 마찬가지로 깜짝 놀란 제크리스가 고개를 끄덕였고, 이프론은 앞서 달려나가던 제딘의 옆으로 빠르게 이동해 외쳤다.

"지금 당장 병사를 물려라! 어서!"

"네?"

무슨 소리냐는 듯 제딘이 뒤돌아보았지만, 설명할 거를조차 없는 듯 이프론은 재빠르게 손을 움직여 캐스팅에 들어가면서 다시 한 번 외쳤다.

"최상위의 마계 마법이다! 이런 미친… 무슨 수를 써서라도 살아남을 생각인가, 데이탄 헬마스터!"

이프론의 외침에 대답이라도 하듯, 암운은 그 세를 키워가며 불길한 그림자를 쉼없이 뿌려내고 있었다.

한편, 뒤쪽에서 전황을 살피고 있던 로엔 역시 하늘에 감도는 불길한 먹구름을 눈치채고 있었다.

[저건 레이가르님의…….]

어느새 나왔는지 유스가 로엔의 팔을 붙잡은 채 온몸을 사시나무 떨듯 떨며 중얼거렸다. 에바 역시 로엔의 등에 바싹 달라붙어 있었지만, 평소의 그것과는 전혀 다른 모습으로 커져 가는 먹구름을 바라보았다.

[위험해요. 병사를 물리지 않으면…….]

"무슨 소리야?!"

로엔의 물음에 유스는 조금이나마 평정을 되찾았는지, 다급하게 먹구름을 가리키며 이야기를 시작했다.

[악의 최고신 레이가르님의 힘을 끌어오는 마계 마법이에요. 하차원에 대한 직접적인 간섭만이 금지되어 있다는 허점을 이용해서 이런 짓을 할 줄은!]

유스의 설명에 로엔의 얼굴이 하얗게 질렸다. 인간에게 허용되지 않은 마계 마법을 사용할 수 있을 정도의 존재는 이 세계에 데이탄 헬마스터, 그 외에 다른 존재가 있을 리가 없었다. 게다가 오딘 바로 아래에서 선악을 대표하는 두 신 중 하나인 악신 레이가르의 힘을 끌어오는 마법이라면, 그 위력은 더 생각하지 않아도 충분했다.

"제기랄! 그린!"

"네!"

옆에서 셋의 대화를 듣고 마찬가지로 하얗게 질린 그린이 엉겁결에 대꾸했다. 로엔은 기사단장의 지위를 증명하는 패를 그린에게 넘기고는 유스, 에바와 함께 앞으로 달려 나가며 외쳤다.

"기사단을 끌고 앞으로 나설 테니, 그린은 남은 병력으로 후위에서 대비하다 상황에 맞게 대응해 주세요!"

"단장님!"

그린의 외침을 뒤로한 채, 로엔은 제7기사단의 정예 6천을 끌고 전방으로 달려 나갔다.

헥터와 맥마흔은 뛰어난 콤비 플레이로 세이레인 군을 사정없이 쓸어버리며 적 진형을 양분하는 데 성공했다.

"적진을 돌파했다! 이제 후방의 아군과 함께… 응?"

달려드는 적병을 일격에 떨쳐 내며 호쾌한 외침을 터뜨리던 헥터는 갑자기 들려오는 지축을 흔드는 소리에 의아한 듯 그쪽을 돌아보았다. 순간 헥터의 얼굴에서 썰물 빠지듯 핏기가 사라졌다.

"저것은……."

같은 순간, 쉴 새 없이 세이레인 군을 몰아붙이던 맥마흔 역시 헥터와 같은 것을 발견했다. 맥마흔이 헥터와 다른 점이라면, 그는 그것을 본 순간 지금까지 한 번도 터뜨려 본 적이 없는 듯한 성량으로 절망에 찬 절규를 터뜨렸다는 것뿐이다.

"후퇴하라! 제4기사단은 무슨 수를 써서든 전열을 이탈해 본군에 합류하라! 후퇴하라!"

하지만 이것은 맥마흔 이레이아의 결정적인 실책이었다. 이해하기 힘든 후퇴 명령에 제4기사단의 일부에서 혼란이 일어나기 시작했던 것이다. 그때 선봉으로 나선 토라 제국군 제2, 4기사단에 죽음을 선고하는 목소리가 전장에 울려 퍼졌다.

"한 놈도 살려 보내지 마라. 전군 돌격!"

크루세이더 카이레인 폰 클라인시커 후작의 외침이 터지는 순간, 말발굽 소리가 전장을 뒤엎으며 2만의 기병이 토라 군 2, 4기사단을 목표로 돌진을 개시했다. 갑옷에 마구까지 모두 검은색으로 도장한 듯한 세이레인 군 기병대는 등을 드러낸 제2, 4기사단의 진형을 종잇장 가르듯 찢어내기 시작했다.

"으아악!"

강렬한 랜스 차지에 그대로 복부가 꿰뚫린 한 기사가 고통에 찬 절규를 내뱉었다. 검은 기병은 단말마의 비명을 지르는 기사를 흘깃 바라보더니, 그 기사를 매단 채 그대로 랜스를 들어 올렸다. 상상조차 하기 힘든 괴력이었다.

랜스를 들어 올린 기병은 공포에 질린 듯 온몸을 떨며 그를 바라보는 다른 기사에게로 시선을 돌리더니, 마치 투창이라도 되는 양 가볍게 그 랜스를 기사에게 집어 던져 버렸다.

"컥—!"

불쌍한 기사는 저항조차 하지 못한 채 자신의 동료를 껴안은 자세로 랜스에 꿰뚫려 절명했다. 그 모습을 확인조차 하지 않고, 검은 기병은 또 하나의 창을 들고 다른 적을 찾아 말을 박찼다.

토라 군 2, 4기사단과 세이레인 기병대와의 싸움은 일방적으로 세이레인 기병대가 토라 군을 학살하는 구도로 진행되었다. 예상치 못한 전력이었다고 하지만, 예전 나이트 길드의 최정예 기사들이 주축이 된 토라 기사단이라고 생각하기엔 너무나 어이없을 정도로 일방적인 싸움이었다.

토라 군 2, 4기사단은 세이레인 기병대와 창병 사이에서 완전히 포위되었다. 그 사이에서 전멸만은 면하기 위해 창병들의 포위망을 뚫으려 애를 쓰던 헥터는 보는 것만으로도 질릴 것 같은 거대한 플레일(Flail)을 든 기병과 마주쳤다.

"클라인시커 후작!"

헥터의 입에서 마주 선 상대의 이름이 터져 나왔다. 다른 기병들과 마찬가지로 검은 갑옷으로 전신을 감싼 클라인시커 후작은 냉혹한 얼굴로 자신과 마주하고 있는 헥터를 바라보았다.

"전장에서 비할 바 없이 용맹무쌍하다던 헥터 폰 스트라우스의 이름도 여기까지인가."

무의식적으로 그의 이름을 외쳤지만, 전의를 잃은 채 절망적인 눈빛으로 자신을 바라보는 헥터를 바라보며 클라인시커 후작이 비웃음을 날렸다. 하지만 헥터는 그 비웃음에 대꾸할 생각조차 하지 못한 채 공포에 질린 얼굴로 그를 바라보고 있을 뿐이었다.

"후, 이래서야 그 목을 칠 가치도 없겠군."

쐐애액—!

클라인시커 후작의 플레일이 바람을 찢는 소리를 울리며 허공을 갈랐다. 저항 한번 하지 못한 채 플레일의 쇠공에 머리를 내준 헥터는 두개골이 부서져 허무하게 전장에서 죽음을 맞았다.

"퇴로를 뚫었다! 2, 4기사단은 서둘러 퇴각하라!"

멀리서 백—드—코빈을 휘두르며 분전하고 있는 맥마흔의 외침이 울렸다. 냉혹한 얼굴 사이로 쓴웃음을 머금은 채 헥터의 시체를 바라보던 클라인시커 후작은 뇌수와 피로 범벅이 된 플레일을 높이 치켜들어 외쳤다.

"기병대는 들으라! 퇴각하는 적을 추격한다! 처음에 말한 대로, 단 한 놈도 살려서 돌려보내지 마라!"

그 명령에 세이레인 기병대는 말 그대로 검은 질풍이 되어 토라 군을 뒤쫓아 진격했다.

"전군 카시나로 퇴각한다!"

제딘의 군령이 전장을 쩌렁쩌렁 울렸다.

기병대의 활약에 힘입어 일시에 수세에서 공세로 전환한 세이레인의 집요한 추격을 뿌리치지 못한 토라 군은, 전열이 완전히 무너지는 것을 막아내기 위해 적의 공세를 받아주는 상태로 뒤로 조금씩 후퇴하고 있었다. 하지만 종횡무진 전장을 누비는 클라인시커 후작의 2만 기병에게만큼은 속수무책, 막대한 피해를 입고 있었다.

세이레인의 장군들이 보기에도 이것은 이상했다. 아무리 기병대가 의외였다고는 해도, 기병대가 돌격하는 곳의 토라 군 진영은 그간 보여준 용맹이 무색할 정도로 힘없이 쓸려 나가고 있었다. 마치 무언가에 홀리기라도 한 것처럼, 제대로 된 칼질 한번 해보지 못하고 목숨을 잃는 병사들이 태반이었던 것이다.

그런데 기병이 지나가고 난 후, 후속 병력이 도착해 전장을 정리하려 하면 처음만큼은 아니지만 기력을 회복, 악착같이 달려드는 것을 본 세이레인의 장수들은 하나같이 고개를 내저으며 토라 제국군의 잔당을 처리해 나갔다.

"으아악―!"

돌진하는 기병의 랜스가 달아나는 토라 군 병사의 등을 무참히 꿰뚫었다. 토라 군 좌익을 한바탕 휘저은 세이레인 군 기병대가 막 다른 곳으로 이동하려던 찰나였다.

두근―

갑작스럽게 느껴진 낯선 감각에 그곳에 있던 모든 존재가 순간 얼어붙었다.

두근―

마치 뇌수에 전류가 흐른 듯한 공포가 모두의 등줄기를 훑었다.

두근―

클라인시커 후작이 돌아보지 말라는 본능을 애써 누르며 고개를 돌렸다. 그 시선이 향하는 곳에는 붉은 안광을 흩뿌리는 회색의 그림자가 그들을 향해 다가오고 있었다.

전장을 장악하는 압도적인 존재감, 유형화되어 피어오르는 회색의 살기에 클라인시커 후작의 말이 본능적으로 뒷걸음질쳤다. 아니, 그 자리에 있는 모두가 적아를 가릴 것 없이 자신도 모르게 뒷걸음질치고 있었다.

저것은 인간이 아니다라며, 본능이 끊임없이 이성에 호소했다. 그것을 떨쳐 내려 안간힘을 쓰며 클라인시커 후작이 떨리는 목소리로 회색의 그림자를 향해 물었다.

"그, 그대는 누구인가?"

“제크리스.”

짧은 대답이 그림자에서 흘러나왔다. 냉혹한 목소리에 부르르 몸을 떨면서 클라인시커 후작은 다시 물음을 던졌다.

“무슨 일로… 이곳에……?”

스스로 던지고서도 바보 같은 질문이라 생각했지만, 이미 내뱉은 말은 주워 담을 수 없었다. 제크리스는 피식 웃었다.

“존재 근원의 공포를 끌어내 떨치지 못할 두려움을 심어 전의를 앗아간다. 과연, 레이가르의 힘인가.”

얼어붙을 정도로 차가운 목소리에서 클라인시커 후작은 형용하기 힘든 두려움을 느꼈다. 그가 이 상황을 벗어나기 위해 후퇴 명령을 내리려던 찰나, 제크리스의 목소리가 그를 붙잡았다.

“말에 올라 있는 자들에게 고한다. 지금부터 이곳에서 한 발자국이라도 움직이는 자는, 용서없이 그 목숨을 거둘 것이다.”

치열한 전장의 소리가 멀리서 울려오는 가운데, 근처의 바위에 앉아 말하는 제크리스의 냉혹한 목소리가 숨죽인 기병들 사이로 퍼져 나갔다. 살을 찌르는 날카로운 살기와 함께 실려오는 목소리를 참기 힘들었는지, 그들 중 하나가 압박을 떨쳐 내려는 듯 소리쳐 외쳤다.

“허풍 떨지 마라! 혼자서 무얼 할 수 있다고―!”

서걱―!

그는 말을 끝까지 잇지 못했다. 살랑거리는 미풍이 그의 정신을 살짝 흩뜨려 놓은 탓이었다. 아니, 그렇다고 그는 생각했다.

“봐라, 아무런 짓도…….”

순간 가슴에서 느껴지는 고통에 그는 얼굴을 찌푸렸다. 고통은 가슴

만이 아니었다. 왼쪽 어깨를 가로질러 오른팔까지 이어지는 하나의
'선'에서, 한 번도 겪어보지 못한 고통이 밀려 올라왔다.

"뭐야, 이거—"

툭.

그의 오른팔이 힘없이 바닥을 굴렀다. 그와 동시에 왼쪽 어깨부터
그의 상체가 천천히 미끄러져 내리기 시작했다.

"크아악!"

처절한 비명을 남기며 상체가 둘로 쪼개진 기병의 시체가 바닥을 굴
렀다. 참혹한 광경이었지만, 기병들의 뇌리에 저 광경은 조금도 남아
있지 않았다.

"대체 어떻게—!"

제크리스 쪽으로 말머리를 돌리던 기병 하나의 머리가 하늘을 날았
다. 경악으로 치떠진 눈의 그는 자신이 어떻게 죽었는지조차 알고 있
지 못한 듯했다.

"모르고 있나 보군."

바위에서 일어나면서 제크리스가 천천히 입을 열었다. 보기에도 섬
뜩한 붉은 안광에 흠칫하는 기병들에게 한 걸음 다가서면서 제크리스
가 그들을 노려보았다.

"마음만 먹는다면 이까짓 군대, 양측 모두가 달려든다 해도 5분이면
족하다. 비록 직접적인 간섭이긴 하지만, 저쪽이 먼저 시작했으니 이
정도는 상관없을 터."

거기까지 말한 제크리스는 공포에 질린 얼굴로 자신을 바라보고 있
던 토라 군 제5기사단장 클레르프에게로 시선을 돌렸다.

“후퇴를.”

“후, 후퇴하라!”

그의 한마디에 정신을 차린 클레르프의 고함에 토라 군은 주춤대며 뒤로 물러나기 시작했다. 그러나 그것도 잠시, 공포에 질린 토라 제국군의 좌익은 진형도 갖추지 못한 채 늑대에게 쫓기는 토끼처럼 미친 듯 카시나를 향해 달려갔다.

“어딜—!”

그들에게 고함치려던 기병의 머리가 다시금 피분수를 뿜으며 허공을 날았다. 경악과 함께 절망과도 같은 공포가 기병대로 번져 가는 것을 확인한 제크리스는 한숨을 쉬며 하늘로 시선을 던졌다.

“뭘 하기에 이렇게 늦는 겁니까, 이프론.”

일방적으로 토라 군이 몰리고 있는 전장의 하늘에서, 아스나트 이프론은 쉴 새 없이 두 팔을 휘저으며 캐스팅을 하고 있었다.

『αζχεβ… θκεισα‥ Χσραλξ‥ δηατφ!! ΕΙΓΘΣΦ!!"』

이프론의 외침이 터지는 순간, 연녹색의 빛줄기가 천공을 가르며 치솟았다. 하늘을 꿰뚫을 듯 치솟아오르던 빛줄기는, 어느 순간 찬란한 빛무리를 뿌리며 허공에 거대한 장막을 만들었다.

“과연, 고대 신성어 주문이라면 레이가르의 신력이라도 차단할 수 있겠지.”

비아냥대는 목소리에 이프론이 몸을 돌렸다. 분노한 듯 이글거리는 시선이 향하는 곳에는 또 하나의 이프론, 데이탄 헬마스터가 차가운 웃음을 띤 채 그를 바라보고 있었다.

"방해하러 온 것인가?"

"아니, 그럴 생각은."

어깨를 으쓱한 데이탄은 연녹색으로 물들기 시작한 하늘을 바라보았다.

"더 했다간 성천계에 전쟁을 시작할 빌미를 주겠지. 게다가……."

그는 아래를 내려다보며 다시 한 번 어깨를 으쓱했다.

"아래쪽도 이미 정리가 된 것 같고."

여유있게 웃는 데이탄을 보며 이프론은 흥분을 가라앉혔다. 어느 정도 마음이 진정되자, 이프론 역시 데이탄과 같은 미소를 지으며 비아냥거렸다.

"그런데 이렇게 빈틈을 파고들 줄은 몰랐는데. 나로서도 예상치 못했던 방법이야."

"노느라 머리가 굳은 모양이군."

"그럴지도 모르지."

이프론은 비아냥 섞인 응수를 느긋하게 받아넘겼다. 하지만 그것도 잠시, 이프론은 알 수 없다는 듯 지상을 바라보며 데이탄에게 물었다.

"대체 이런 짓을 저질러서 얻는 게 무엇이지? 너 자신에게는 물론, 악마계 역시 얻을 수 있는 것이 아무것도 없을 터."

"그럴지도 모르지."

방금 전 이프론의 대답을 그대로 돌려주며 데이탄은 다시 한 번 차갑게 웃었다. 의아한 얼굴로 그를 바라보는 이프론에게서 고개를 돌린 데이탄은 손을 휘저어 워프의 마법진을 그리며 짧막한 말을 남겼다.

"두고 보면 알 수 있을 거다."

"그게 무슨―!"

이프론의 외침이 터져 나오는 순간 검은 마력에 둘러싸인 데이탄은 그 자리에서 사라졌다. 그와 동시에, 연녹색 장막이 예렌 평원 전체를 뒤덮었다.

로엔이 6천의 기사단과 함께 썰물 빠지듯 후퇴하는 좌익을 구원하기 위해 달려왔을 때에는, 이미 제크리스가 기병대의 발을 묶어둔 뒤였다. 멀리서 달려오는 로엔과 유스, 에바를 느낀 제크리스는 다시 한 번 하늘을 바라본 후 앉아 있던 바위에서 일어났다.

움찔―

노골적인 공포와 함께 세이레인의 기병대가 몸을 떨었다. 그것을 가볍게 무시하며 제크리스는 세이레인 기병대에게서 등을 돌렸다.

[제크리스!]

"여어."

반가운 듯 외치는 유스에게 손을 흔들어주며 제크리스가 미소 지었다. 기병대에게 보이던 냉혹한 미소와는 말 그대로 차원이 다른 부드러운 미소였다. 하지만 거기에 답례할 여유는 없었는지, 유스는 기병대에게로 고개를 돌리며 황급히 말했다.

[레이가르님의 힘이……]

"이젠 괜찮아."

제크리스의 대답에 유스가 눈을 동그랗게 떴다. 무슨 말인지 이해하지 못해 고개를 갸웃하던 유스는, 제크리스의 손가락을 따라 하늘로 고개를 돌리고 나서야 상황을 이해한 듯 탄성을 질렀다.

[고대 신성어 주문!]

"정답."

제크리스가 고개를 끄덕일 즈음에야 한 발짝 늦게 로엔이 도착했다.

"제크리스?"

"늦었군."

고개를 끄덕이며 제크리스가 대답했다. 제크리스는 이미 숨 막힐 듯한 살기를 모두 거둔 상태였지만, 이미 그의 위용에 압도당한 세이레인 기병대는 그 자리에 못 박혀 움직이지 못하고 있었다. 덤으로 진격하던 세이레인 군까지 함께 멈춰 있는 상태였다.

그런 기병대에게로 고개를 돌린 로엔이 고개를 갸웃했다.

"쟤들 왜 저러고 있는 겁니까?"

"아아, 잠시 막아두고 있었지. 이제는 그럴 필요가 없어졌지만."

"······?"

로엔이 다시금 고개를 갸웃하는 순간, 전장에 연녹색 안개가 떠오르기 시작했다. 그와 동시에 세이레인 기병대를 감싸고 있던 검은색 갑옷이 하나둘 사라지기 시작했다.

"이, 이럴 수가!"

"악신이라 하나, 최고신 중 하나인 레이가르의 가호가······!"

클라인시커 후작이 당황한 듯 외쳤다. 그 모습을 보며 피식 웃은 제크리스는 로엔의 어깨를 툭툭 두드려 주며 카시나를 향해 걸음을 옮겼다.

"지금부터는 네가 할 일이다."

“넷?”

어이없는 표정으로 돌아보는 로엔에게 등을 보인 모습 그대로 제크리스는 손을 흔들었다.

“인간들의 일이라는 의미다. 잘해봐.”

그것으로 끝이었다. 한 번 뒤돌아보지도 않고 카시나를 향해 걸어가는 제크리스를 바라보던 로엔의 입가에 슬며시 미소가 걸렸다.

“그렇단 말이지.”

다시 세이레인 군 쪽으로 몸을 돌린 로엔은 검을 빼 들며 클라인시커 후작을, 세이레인 군 기병대를 노려보았다.

“전원 돌격! 제국 기사단의 힘이 어떤 것인지 똑똑히 가르쳐 줘라!”

거센 함성과 함께 토라 제국군 제7기사단은 세이레인을 향해 돌격을 시작했다.

제크리스, 단 하나의 존재로 인해 상황이 반전된 좌익과는 달리 선봉이 전멸당한 데다 세이레인의 역공세까지 맞은 토라 군의 중군과 우익은 고전을 면치 못하고 있었다. 이스카의 노련한 용병과 새로 승진한 일곱 팰러딘의 활약으로 시종일관 토라 군을 밀어붙인 세이레인 군은, 적에게 좀 더 결정적인 타격을 입히기 위해 병사들을 독려했다.

“진격하라! 이번 기회에 저 보기 싫은 토라의 떨거지들을 모조리 쓸어버려라!”

계속된 후퇴 명령에 전의를 잃고 달아나는 토라 병사의 등을 세이레인 기사의 칼이 사정없이 갈랐다. 엎어진 채 필사적으로 달아나려 바닥을 기는 병사의 등을 몇 개나 되는 창이 무자비하게 꿰뚫자, 아군의 죽음으로 눈에 핏발이 선 다른 병사가 죽음을 도외시한 채 세이레인 진영으로 돌진했다.

첫 전투에서의 승리가 확실해지자 느긋한 얼굴로 전황을 살피던 이스카의 얼굴이 순간 굳었다. 기병대가 있어 신경 쓰지 않고 있던 우익이 훨씬 적은 수의 토라 기사단에 의해 압도적으로 밀려나는 것이 눈에 들어왔기 때문이다.

"어떻게 된 거냐!"

이스카의 호통에 상황을 살피고 돌아온 전령이 몸을 떨며 대답했다.

"그것이… 모르겠습니다. 우익의 아군은 물론, 기병대까지 형편없이 밀리고 있는지라……."

"뭐라고?!"

이스카의 눈이 경악으로 크게 떠졌다. 보병이 밀린다면 그것은 이해할 수 있는 일이었다. 하지만 적의 선봉을 전멸시키며 압도적인 무위를 선보였던 기병대까지 밀리고 있다는 것은 도저히 이해하기 힘든 일이었다.

잠시 애꿎은 전령을 노려보던 이스카는 그의 뒤쪽에서 대기하고 있는 '찬란히 빛나는 오딘의 별' 미스트론을 돌아보며 명령했다.

"그대는 당장 우익으로 달려가 클라인시커 후작을 구원하라!"

"네!"

미스트론은 황급히 대답하고는 우익을 구원하기 위해 달려갔다. 토라 제국군의 중군을 무섭게 노려보며, 이스카가 짓씹는 듯한 목소리로 내뱉었다.

"대체 무슨 수작을 쓴 것인가, 제디스틴 리스나르트!"

한편, 토라 제국군 중앙에서 전장을 지휘하던 제디스틴 역시 좌익의 상황을 알아차렸다.

"어떻게 했는지는 모르지만 수고해 주는군. 모처럼의 기회인가."

쓴웃음 섞인 목소리로 중얼거린 제디스틴은 에렌 평원이 쩌렁 울릴 만한 목소리로 외쳤다.

"기병의 위협이 사라진 지금이 바로 퇴각할 기회다! 전군, 등 뒤는 신경 쓰지 말고 전력을 다해 카시나로 퇴각하라!"

그 명령에 따라 막대한 피해를 입은 토라 제국군은 빠른 속도로 카시나로 퇴각을 시작했다.

히히힝―

제이 헌터의 검이 섬광을 뿌리는 순간, 세이레인 기병대의 말 다리에서 피가 흘러나왔다. 인간보다 좀 더 본능에 충실한 말은 고통을 참지 못하고 이리저리 흔들리더니 이내 균형을 잃고 기수와 함께 옆으로 꼬꾸라졌다. 그 틈을 타 뒤따르는 제7기사단 기사의 검이 나뒹구는 기병의 복부를 꿰뚫었다.

"으아아악―!"

처절한 비명을 지르며 경련하던 기병은 이내 축 늘어지며 죽음을 맞았다. 무감정한 눈으로 검을 뽑아 든 토라 군의 기사는 잠시의 망설임도 없이 다른 적을 찾아 달려 나갔다.

세이레인 군 좌익과 기병대는 토라 군 제7기사단에게 무력할 정도로 이리저리 휩쓸리고 있었다. 적에 비해 압도적인 수적 우위를 갖추고 있음에도 제크리스에게 압도당해 굳어버린 몸은 쉬이 이성의 명령을 들어주지 않았다. 클라인시커 후작 한 사람만이 겨우겨우 몸을 움직이고 있을까, 나머지는 기세등등한 제7기사단의 기사들을 피해 말을 몰아가는 것이 고작이었다.

"컥―!"

또 한 명의 기병이 가이에가 날린 단검에 목을 움켜쥐고 말 등에서 굴러 떨어졌다.

"기수보다는 말을 노려라! 그 편이 좀 더 수월하게 적을 쓰러뜨릴 수 있다!"

크레시 라자루스가 소리 높여 외쳤다. 그의 외침이 없더라도, 제7기사단은 토라 군에 편입되기 이전의 경험을 바탕으로 기병들을 하나하나 쓰러뜨려 가고 있었다.

"후퇴, 기병대는 신속히 후퇴하라!"

기병의 막강한 파괴력은 보병보다 높은 위치라는 장점과 돌진을 통해 얻은 추진력을 바탕으로 한다. 그 두 가지 중 기병 운용의 핵심이 되는 돌격 거리를 봉쇄당한 세이레인 기병대는 종이호랑이나 마찬가지였다. 게다가 제크리스의 살기에 압박당한 몸은 전투를 속행할 수 있는 상태가 아니었다. 그것을 잘 알고 있는 클라인시커 후작은 통한이 담긴 목소리로 후퇴 명령을 내렸다.

"우리도 이대로 후퇴합니다!"

"추격하지 않고?"

기병대가 물러가기 시작하자 내린 로엔의 명령에 크레시가 의아한 듯 반문하자, 로엔은 멀리서 크게 흔들리는 깃발을 가리켰다.

"후퇴 명령입니다. 게다가 더 버티다간 포위 공격의 밥이 될걸요."

하지만 제딘의 명령을 발견한 시점에서, 제7기사단의 후퇴 타이밍은 너무 늦어 있었다. 미스트론 드 리크레디아가 이끄는 세이레인 보병 3만이 카시나로의 후퇴 라인을 절묘하게 차단하며 제7기사단을 압박하기 시작했기 때문이다.

"전군, 공격!"

미스트론의 명령과 함께 세이레인 보병이 제7기사단을 향해 맹렬한 돌격을 시작했다. 자군 우익과의 연계를 통한 절묘한 포위 공격에 당황한 로엔은 고심 끝에 포위망이 두텁지만 공격은 덜 격렬한 세이레인군 우익을 배후에 두고 쐐기꼴로 전열을 재편하려 했다.

"공격! 공겨억! 적에게 진형을 갖출 기회를 주지 마라!"

제7기사단의 기사 하나를 쓰러뜨린 미스트론이 목이 터져라 외쳤다. 강력한 압박 전술에 의해 병력의 운신조차 힘들어지자, 로엔은 전열의 선두로 나서며 명령을 내렸다.

"제가 선두로 돌파합니다! 뒤를—!"

외침과 함께 자신에게 내질러 오는 창을 쳐올린 로엔은 신속히 파고 들어 적병의 어깨를 사선으로 그었다. 적병이 쓰러지는 것을 볼 틈도 없이 그를 지나쳐 앞으로 나선 로엔은, 자신을 가로막는 검사를 보며 눈살을 찌푸렸다.

"팰러딘?"

검에서 은은히 빛나는 푸른색의 검기, 그것은 분명 팰러딘의 상징인 오러 블레이드였다. 로엔은 직감적으로 상대가 자신을 저지하기 위해 나섰다는 것을 알아채고는 상대와의 간격을 재며 툭, 자신의 이름을 던졌다.

“제국군 제7기사단장 로엔 리스나르트다.”

“네놈이…….”

팰러딘—미스트론은 분노가 가득 담긴 얼굴로 로엔을 노려보았다. 상대는 그의 사촌형 테이시온 드 리크레디아의 목숨을 앗아간 대륙 최강의 검사 제디스틴 리스나르트의 아들, 게다가 수도에 침투했을 당시엔 ‘더 듀크 오브 소드 마스터’ 이스카 폰 블릭스마저 쓰러뜨린 강력한 상대였다.

미스트론은 뒤로 두 걸음 물러나 양자의 거리를 벌렸다. 상대는 대륙에 이름을 떨치는 무가 리스나르트, 맞상대하기보다는 시간을 끌어 상대를 전멸시키겠다는 의도였다. 하지만 그 의도에 그대로 끌려 들어갈 로엔이 아니었다.

“하아앗!”

기합성과 함께 로엔의 몸이 튕기듯 앞으로 쏘아져 나갔다. 라비니어스에서의 전투 이후, 당시만큼은 아니지만 로엔의 몸은 힘과 속도, 두 가지 모두가 예전에 비해 가일층 발전해 있었다.

“허엇!”

헛바람 삼키는 소리를 내며 미스트론이 황급히 로엔의 검을 쳐냈다. 그 순간 생긴 빈틈을 놓치지 않고 로엔의 주먹이 미스트론의 얼굴을 사정없이 후려갈겼다.

“큭!”

골이 울리는 듯한 충격에 비틀거리며 물러나는 미스트론이 정신을 차릴 사이도 없이, 로엔의 검이 매섭게 미스트론의 팔을 노리고 찔러 들어갔다.

카앙—!

순간 옆에서 끼어든 한 자루의 검이 로엔의 검을 쳐냈다.

"쳇!"

"괜찮습니까?!"

로엔이 혀를 차며 뒤로 물러나자 검의 주인이 황급히 미스트론을 보호하듯 한 걸음 나서며 외쳤다. 그는 중년의 검사였다. 40대 정도 되었을까, 겪어온 전장의 수를 말해주듯 거친 이마 왼쪽에 새겨진 흉터와 어깨에 찬 디바이너의 문장은 그가 세이레인의 노련한 신관 전사라는 것을 말해주고 있었다.

"당신 같은 사람이 디바이너라니, 이스카도 눈이 썩었군요."

빈틈을 보이지 않는 깨끗한 자세에 감탄하며 로엔이 경의를 담아 말을 건넸다. 상대의 동요를 이끌어낼 심산이었지만, 전장에서 평생을 살아온 노장답게 그는 조금의 흔들림도 내비치지 않았다.

"원해서 남아 있는 지위다. 그대가 상관할 바는 아니겠지."

"그러십니까아."

여유있는 척했지만, 정작 로엔은 속으로 초조함을 감추지 못하고 있었다. 급한 쪽은 상대가 아니라 자신, 그것을 명백히 꿰뚫고 있는 상대에게 시간을 끌 여유를 줘서 좋을 것은 하나도 없었다.

로엔은 검을 가슴 앞에 세우며 상대를 노려보았다.

"제7기사단장, 로엔 리스나르트입니다."

"디바이너, 키렌 폰 슈레이나드다."

자신의 대답을 받아주는 키렌을 보며 로엔이 웃음 지었다. 상대는 대결을 받아들였다. 남은 것은 속전속결로 결판을 내고 돌파하는 것뿐.

카앙—!

마주친 검이 불꽃을 뿜으며, 지금 두 사람의 검사가 맞부딪쳤다.

한편 토라 제국군 중군과 우익은 전력으로 후퇴, 세이레인의 집요한 추격을 떨치고 요새 카시나로 진입했다.

"성문을 닫아라!"

카시나 요새 방위 사령관 아레나 키렌더스의 독촉과 함께 성문이 육중한 소음을 내며 닫혔다. 그제야 한숨 돌린 토라 제국군은 퇴각한 인원의 정비 및 후송과 함께 신속히 피해를 계산했다.

"선봉을 섰던 2, 4기사단은 기사단장 예하 간부진 전원 전사… 전멸이라고 봐야 할 듯합니다. 살아 돌아온 기사 800여 명과 보병 5,400여 명은 임시로 5기사단에 배속토록 하겠습니다."

제5기사단장 클레르프가 무거운 목소리로 보고했다.

"제5기사단 전사 2,200명, 전투 속행이 불가능한 중상자가 1,500명 정도입니다. 적 기병들이 기사단의 분쇄를 우선해 보병의 피해는 전사자 7,500명, 중상자 5,300명으로 다행히 적은 편이었습니다."

제딘은 어두운 표정으로 묵묵히 보고를 듣고만 있었다. 클레르프가 보고를 마치자, 중군의 지휘를 맡았던 제3기사단장 리제니온 폰 로크담이 뒤를 이어 보고를 계속했다.

"제3기사단은 적 기병의 공격을 받지 않아 양호한 수준입니다. 전사 1,000명, 중상자 1,500명 정도입니다. 보병의 피해는 전사자 5,600명, 중상자 2,600명입니다."

"제6기사단—"

"보고드립니다!"

문을 박차는 소리와 함께 제7기사단의 참모장 그린이 사색이 된 얼굴로 집무실로 뛰어들었다. 그 흐트러진 모습에 막 보고를 시작하려던 아크 폰 라헬이 인상을 찌푸리며 호통 쳤다.

"사령관의 집무실이다! 이 무슨 경망한……."

"무슨 일인가?"

제딘의 조용한 목소리가 아크의 호통을 끊었다. 거친 숨을 정리할 여유도 없었는지, 그린은 숨넘어갈 듯한 다급한 어조로 제딘에게 외쳤다.

"제7기사단이 전원 복귀하지 않았습니다!"

콰당탕—

의자가 쓰러지는 요란한 소리와 함께 제딘이 자리를 박차고 일어났다. 헥터와 맥마흔이 전사했다는 보고를 들을 때조차 단지 어두운 표정일 뿐이던 그의 얼굴에 명백한 동요가 드러나고 있었다.

"그게 무슨 말인가! 후방에 있었을 제7기사단이 어떻게?!"

한 발 앞서 후퇴한 까닭에 상황을 모르는 클레르프가 그린의 어깨를 거칠게 흔들었다. 급하게 뛰어온 듯 거친 숨을 몰아쉬던 그린은 숨이 좀 진정되자 가슴을 누르며 클레르프의 물음에 답했다.

"적 기병이 등장하고 아군이 밀려나기 시작한 시점에서, 전방을 지원한다며 기사단을 이끌고 진출하셨습니다. 아군의 퇴각과 함께 물러나신 줄 알고 있었는데, 설마 전원 복귀하지 못하고 있었을 줄은……."

클레르프의 얼굴이 흙빛으로 물들었다. 비록 퇴각 명력이 떨어지긴 했지만 우군, 중군과 보조를 맞추지 못하고 공포에 질린 개처럼 퇴각한 것은 자신이었다. 게다가 이미 두 개의 기사단이 전멸한 후였다. 하나의 기사단을 여기서 더 잃는다면, 전황에 있어 돌이킬 수 없을 정도로 치명적인 마이너스로 작용할 터였다.

"구원해야 합니다!"

아크가 제딘에게 외쳤다.

"퇴각한 지 얼마 되지 않는 지금이라면 늦지 않았을 터, 더 이상 기사단의 손실을 입으면 돌이킬 수 없습니다! 구원 명령을!"

제딘은 대답하지 않았다. 마치 석상이라도 된 것처럼 제딘은 꼼짝도 하지 않은 채 창밖으로 비치는 카시나 요새를 노려보고 있었다.

"각하!"

"…포기한다."

"네?!"

악다문 이 사이로 새어 나온 한마디에 클레르프가 당황한 얼굴로 제딘을 바라보았다. 믿어지지 않는 모양이었다.

"제7기사단은 포기한다. 장시간의 전투로 지치고, 사지가 떨어진 병사들로 구원해 봐야 피해만 늘어날 뿐이다."

"그럼 제7기사단은……."

말을 흐리는 리제니온의 목소리에 제딘이 검 손잡이를 강하게 움켜쥐었다. 격정을 주체하지 못하는 듯 강하게 움켜쥔 왼손은 핏기가 빠져나가 새하얗게 탈색되고 있었다. 잠시 그 상태로 창밖을 노려보던 제딘은 집무실 입구로 걸음을 옮기며 입을 열었다.

"아레나."

"네."

“성문을 열 준비를.”

“각하!”

아까보다 밝아진 목소리로 클레르프가 외치자 제딘은 고개를 저었다.

“7기사단의 구원을 위한 것이 아니다.”

“그럼 어째서 성문을 열라고 하시는 겁니까, 각하?”

아레나 키렌더스의 물음에, 제딘은 걸음을 멈추며 대꾸했다.

“한 사람의 아버지의 자격으로, 아들을 구하기 위해 가는 것이다.”

그 말에, 그곳에 있던 모든 사람의 얼굴이 사색이 되었다.

캉―! 카앙, 캉―!

섬광이 어지러이 난무하며 검과 검이 부딪쳐 불꽃이 튄다. 수없이 충돌하는 두 자루의 검은 주인의 의지를 대변해 상대의 목숨을 꺾기 위해 베고 찌르고 치고 쳐내는 일을 수없이 반복하고 있었다.

“어딜―!”

호통과 함께 올려친 로엔의 검이 금속성을 뿌리며 복부를 찔러오는 키렌의 검을 쳐올렸다. 압도적인 힘을 감당하지 못한 키렌이 비틀거리며 한 걸음 뒤로 물러나자, 빠르게 거리를 좁힌 로엔의 검이 키렌의 왼쪽 어깨에서부터 사선으로 은빛 섬광을 뿌렸다.

카앙―!

충격의 대부분을 옆으로 흘려낸 키렌의 검이 왼쪽으로 처졌다. 그 틈을 놓치지 않고 들어올린 로엔의 다리가 키렌의 복부를 걷어찼다.

“큭!”

거친 숨을 내뱉으며 키렌이 다시금 한 걸음 뒤로 물러났다.

둘의 싸움은 일방적인 로엔의 공세로 기울어지고 있었다. 애초에 힘과 속도, 두 가지 면에서 모두 뒤떨어지는 키렌이 로엔을 이기기란 불가능에 가깝다고 해도 과언이 아니었다. 단지 제디스틴 리스나르트에 필적할 정도로 풍부한 경험을 바탕으로, 끊임없는 로엔의 공격을 방어하는 데 급급할 뿐이었다. 애초에 목적은 시간을 끄는 것뿐, 적의 돌파를 막고 있다면 나머지는 군사들이 알아서 처리해 줄 것이었다. 그리고 그런 키렌의 생각은 틀리지 않았다.

"하아앗!"

"으악―!"

기합을 내지르는 크레시의 검이 하나의 적병을 쓰러뜨렸다. 거친 숨을 연신 몰아쉬는 그의 모습에는 지친 기색이 역력히 드러나 있었다. 나이트 길드의 정예들이 모인 제7기사단이라 사면이 포위된 상황에서도 쉽게 전열이 무너지지 않았지만, 버티는 것에도 한계가 있었다.

제7기사단은 로엔을 대신해 크레시 라자루스, 제이 헌터, 가이에 인디스트로가 앞장서 적의 포위망을 조금씩 뚫어나가고 있었다. 하지만 그 속도는 더디기 그지없어서 거북이 걸음을 연상케 했다.

초조함이 로엔의 마음을 갑갑하게 만들고 있었다. 살을 내주고 뼈를 치기 위해 허점을 드러내도 상대는 방어에만 치중할 뿐, 도무지 틈을 드러내지 않고 있었다. 강력한 힘을 바탕으로 조금씩 뒤로 물러나게 만드는 것이 고작일 뿐이었다. 그렇다고 등을 보여도 될 정도로 만만한 상대는 결코 아니어서, 로엔은 이러지도 저러지도 못한 채 거센 공격만 퍼붓고 있을 뿐이었다.

카앙!

다시금 둘의 검이 부딪쳐 허공에 금속성을 뿌렸다. 거리를 유지하기 위해 계속 뒤로 물러나는 키렌을 초조하게 바라보던 로엔은 잠시 고개를 돌려 아군의 상황을 살폈다.

"전열을 유지하라! 적의 포위망은 뚫리고 있다! 조금만 더 힘을 내라!"

"공세를 강화하라! 이 자리를 놈들의 무덤으로 만들어줘라!"

포위망을 돌파하기 위해 적의 피를 뒤집어쓴 악귀 같은 모습으로 필사적으로 싸우는 제7기기사단과 이대로 끝장내기 위해 압도적인 병력의 우세로 밀어붙이는 세이레인 군이 보였다. 만약 여기에 후퇴한 기병대가 정비를 마치고 재투입된다면, 상황은 불 보듯 뻔했다.

마음을 굳힌 로엔이 검을 굳게 움켜쥐고 키렌을 바라보았다. 살을 주고 뼈를 치려는 생각은 이미 버린 지 오래, 오직 방어만으로 일관하는 적을 쓰러뜨릴 방법은 단 하나뿐이었다.

"타앗―!"

로엔은 섬광처럼 앞으로 쏘아져 나갔다. 마치 자신이 없는 것처럼 생각하는 듯한 저돌적인 돌진에 키렌이 멈칫하는 순간, 전혀 감속하지 않은 로엔의 몸이 그대로 키렌과 충돌했다.

"큭!"

강렬한 바디 태클에 나동그라진 키렌이 신음하며 정신을 차렸을 때는 모든 상황이 종료된 후였다. 그의 몸에 올라탄 로엔이 거꾸로 쥔 검을 높이 치켜들며 그를 향해 외쳤다.

"끝이다!"

"안 돼!"

제7기사단의 다른 기사들을 상대하던 미스트론이 달려들었지만 이미 때는 늦었다. 미스트론의 검이 로엔의 옆구리를 찌르는 것과 동시에, 있는 힘껏 내려친 로엔의 검이 키렌의 심장을 꿰뚫었다.

"큭!"

"이 자식!"

비명조차 지르지 못하고 절명한 키렌의 몸에서 밀려나 바닥을 구른 로엔은 황급히 팔을 들어 미스트론의 검을 쳐냈다. 소매가 찢겨 나가며 맨살이 드러났지만, 그것에 신경 쓸 정도로 로엔은 여유있는 처지가 못 되었다.

"빌어먹을!"

양팔로 미스트론의 검을 정신없이 막고 쳐내며 로엔이 욕지거리를 내뱉었다. 옆구리를 찔리면서 검을 놓친 것이 문제였다. 칼날이 양팔의 피부를 훑어 내리는 섬뜩한 감각과 함께, 옆구리에서 격심한 통증이 밀려왔다.

미스트론의 매서운 공격을 전부 몸으로 받으며 어떻게든 일어난 로엔의 눈에, 키렌의 가슴에 꽂힌 자신의 검이 보였다.

상대와의 거리를 가늠한 로엔의 몸이 다시 한 번 대지를 박차며 미스트론에게 쏘아져 나갔다.

길리언은 포위망을 뚫기 위해 안간힘을 쓰는 제7기사단을 느긋하게 바라보았다. 그 옆에서, 어느새 돌아왔는지 데이탄 헬마스터가 가느다란 미소를 띠며 물었다.

“병사를 몰아 쓸어버리지 않는 건가?”

“그럴 필요가 없으니까요.”

담담히 웃으며 길리언이 대꾸했다.

“어차피 곧 한계에 다다라 쓰러질 자들을 극한까지 몰아세울 필요는 없습니다. 그리고…….”

길리언의 시선이 높게 솟은 요새 카시나를 향했다.

“잘하면 미끼에 걸려들지도 모르죠.”

“미끼?”

빙긋 웃으며 데이탄이 반문하자, 길리언은 졌다는 듯 고개를 가로저었다.

“이거참, 다 아시는 것을 군이 물어보시는 이유를 모르겠군요.”

“끌어낸다는 건가?”

“네. 자신의 아들이 갇혀 있으니만큼, 구원을 나오지 않을 수 없겠죠.”

길리언의 대답에 데이탄은 턱을 쓰다듬으며 중얼거렸다.

“과연, 구원을 나오면 정비 중인 기병을 몰아 일거에 적을 치고, 구원을 나오지 않아도 저 병력만큼은 확실히 처리할 수 있을 테니 어느 쪽이라도 손해는 보지 않는다는 이야기군.”

“바로 보셨습니다.”

그때 전령이 달려와 길리언 앞에 부복하며 외쳤다.

“요새 카시나의 성문이 열렸습니다!”

길리언은 거보라는 듯 데이탄을 돌아보며 빙긋 웃었다. 그것도 잠시, 그는 전령에게 다시 시선을 돌리며 근엄하게 명령을 내렸다.

"블릭스 공작 각하께 전하라. 클라인시커 후작의 기병과 함께 요새를 나온 적은 단 한 놈도 돌려보내지 말고 처리하라라고."

"하지만 그것이……."

길리언의 명령에 전령은 난처한 듯 고개를 숙였다. 평소라면 재빨리 물러나 명령을 시행할 전령의 이상한 모습에, 길리언은 상체를 앞으로 내밀며 그에게 물었다.

"무슨 일인가? 정확한 상황을 보고하라."

"요새에서 나오는 적은 한 명뿐입니다."

"뭐라고?"

어처구니없는 얼굴로 길리언이 반문하자 전령은 더 깊숙이 고개를 숙였다.

"후속 병력도, 아무것도 없었습니다. 말씀드린 한 명이 나오자마자, 이상하게도 성문은 다시 닫혔습니다."

전령의 보고에 길리언은 데이탄을 돌아보았다.

"이해할 수 없군요. 단 한 명으로 대체 무슨 짓을 하려는 건지……."

"아니, 저자라면 무슨 짓을 벌일 수 있을지도 모르겠군."

"무슨 말씀이신지……?"

카시나 요새를 사납게 노려보며 내뱉는 데이탄의 말에 길리언이 의아한 표정을 지었다. 잠시 더 카시나 요새 방향을 노려보던 데이탄은 인상을 찌푸리며 길리언의 물음에 대꾸했다.

"리스나르트다."

끼기긱—

　육중한 소음과 함께 요새 카시나의 남문이 굳게 닫혔다. 잠시 고개를 들어 카시나의 높은 성벽 위를 흘낏 바라본 제딘은 느린 속도로 앞으로 나아가기 시작했다.

　"이대로 괜찮은 겁니까?"

　성에서 멀어지는 제딘을 바라보며 제크리스가 물었다. 짧은 한숨을 내쉬며 제딘의 뒷모습을 노려보던 이프론은, 포기한 듯 고개를 돌리며 툭 내뱉었다.

　"자처한 일이다. 말릴 수 있을 거라곤 생각하지 않아."

　"하긴, 십만이 넘는 병사들을 팽개치고 나올 정도의 의지니……."

　제크리스 역시 짧게 한숨을 쉬었다. 모든 지휘관의 만류를 뿌리치면서까지 나온 제디스틴 리스나르트였다. 하지만 지금으로서는 그가 하는 짓은 무모함, 그 외엔 아무것도 아니었다.

　"단신으로… 가능할까요?"

　"불가능하다고 보지만, 믿는 게 있을 수도 있지."

　여전히 제딘이 나아가는 방향을 외면한 채 이프론이 중얼거렸다. 상대는 30만의 대군, 비록 그 안에서 포위된 6천의 제7기사단이 분투 중이라고는 하나 애초에 숫자에서부터 상대가 되지 않았다. 아무리 대륙 최강으로 이름을 떨치는 제디스틴 리스나르트라고는 하나, 압도적인 숫자의 물결 속에서는 그 이름조차도 파묻혀 버릴 것이 분명했다.

　십여 분 정도를 걸어간 제딘은 적당한 거리를 두고 세이레인 군 앞에 멈춰 섰다. 단신으로 대치하고 있음에도 제딘은 전혀 위축되지 않았다. 아니, 오히려 평소의 여유있는 모습을 유지한 채 세이레인 군을 바라보고 있었다.

"나와 대적하는 모든 자에게 고한다."

검조차 뽑지 않은 채로 적 진영을 노려보는 제딘의 입에서 담담한 목소리가 흘러나왔다. 높지 않지만 분명하게 퍼지는 음성에, 세이레인 군은 숨소리조차 죽인 채 적의 총사령관이자 대륙 최고의 검사라 불리는 자를 주시하고 있었다.

"살고 싶은 자는 물러나도 좋다."

눈앞의 병사들을 안중에도 두지 않는 광오한 말이 예렌 평원을 무겁게 내리눌렀다. 애초에 대답이 돌아올 거라 생각하지 않았는지, 제딘은 대답을 기다리지 않고 천천히 세이레인 진영을 향해 걸음을 옮겼다.

꿀꺽.

긴장한 누군가가 마른침을 넘겼다. 보통의 검사라면 이렇게 긴장하지 않았을 터, 아니, 긴장하기는커녕 크게 비웃는다 해도 아무도 탓하지 않을 것이었다. 하지만 지금 심리적으로 압박당하는 것은 오히려 30만의 세이레인 군 쪽이었다.

주춤.

제딘이 스무 걸음 정도까지 접근했을 때, 맨 앞 열에 있던 세이레인 군 병사가 자신도 모르게 뒷걸음질쳤다. 마치 그것이 신호가 되기라도 한 듯, 제딘 반경 30m 내에 있던 모든 병사들이 밀려나며 반원의 공간을 만들기 시작했다.

"어처구니없는……."

이 모든 장면을 바라보고 있던 이스카 폰 블릭스의 입에서 신음이 흘러나왔다. 4년 전 자신에게 처참한 패배를 맛보게 했던 상대가 그때보다 더 강력한 모습으로 나타나 자신의 군대를 압박하고 있었다.

"원래부터 괴물이란 건 알고 있었지만, 설마 단신으로 수십만의 군기를 압도하실 줄이야……."

믿을 수 없는 것은 카시나 요새의 토라 제국군도 마찬가지였다. 카시나 군 요새 방위 사령관 아레나 키렌더스가 질린 듯 중얼거리자, 그 옆에 있던 클레르프가 착잡한 표정으로 물었다.

"어떻습니까? 지금 군사를 출진하는 것도 고려해 볼 만한 일입니다만……."

"아니, 마스터의 부탁이다. 군사는 내지 않아."

아레나는 고개를 저었다. 어느새 제딘의 호칭이 각하에서 마스터로 바뀌어 있었지만 깨닫지 못하고 있는 듯했다.

"그럼 각하가 저대로 적에게 쓰러지는 것을 지켜보고 있으란 말씀이십니까!"

분통이 터지는 듯 클레르프가 핏대를 올렸다. 하지만 아레나는 침울한 얼굴로 전장을 주시할 뿐 클레르프에게 동조하지 않았다. 대신 그는 하늘을 바라보며 감정을 억누른 목소리를 토했다.

"내가 마스터를 붙잡을 수 있는 방법은 아무것도 없었네."

"하지만……."

"마스터가 왜 이 전쟁에 참가하고 있는지 아는가?"

느닷없는 물음에 뭐라 말을 이으려던 클레르프는 입을 다물고 그를 바라보았다. 굳은 얼굴로 제딘이 향하는 전장을 바라보며 아레나는 이야기를 계속했다.

"대외적으로는 토라의 재건 지원이라고 알려져 있겠지. 자네를 비롯한 젊은 사람은 모두 그렇게 알고 있을 테고."

클레르프는 '그럼 다르단 겁니까?' 란 질문이 튀어나오는 것을 억눌렀다. 어차피 아레나는 자세한 내막을 이야기할 작정이니 의미가 없다는 생각에서였다.

클레르프의 생각은 옳았다.

"20여 년 전, 나이트 길드를 반석에 올려놓은 마스터는 대륙 세 나라가 제안했던 모든 조건을 뿌리치고 종적을 감췄다. 이유는 단 하나, 마스터가 거절한 삼 국이 그분의 아들, 로엔 군을 해칠까 저어해서였다. 당시 로엔을 출산한 지 몇 달 되지 않으셨던 사모님께서 토라 황실의 어쌔신에 살해당하셨던 것도 그 결정에 커다란 역할을 했었지."

밝혀지는 진실에 클레르프는 아연한 표정을 감추지 못했다. 아레나의 말대로라면, 지금 제딘은 아내의 원수를 도와주고 있다는 말이 되기 때문이었다. 어지간한 사람으로서는 생각조차 못할 일이었다.

"마스터는 분노를 토라 황궁의 피로 씻어내려 하셨지만, 결국 포기하실 수밖에 없었지. 당연한 일이었어. 복수를 위해 젖먹이에 불과했던 아들을 위험하게 만들 수는 없었으니까."

아레나는 당시 상황이 떠오르는 듯 고개를 돌려 자국의 수도, 카르이 쪽을 노려보았다. 핏기가 가실 정도로 움켜쥔 두 주먹은 타오르는 분노를 대변하듯 부르르 떨리고 있었다.

"결국 마스터는 종적을 감춘 채 19년간 칩거하셨다. 그분에게 검을 배웠던 프라이슨조차도 그분의 행방을 알지 못했지. 그리고 2년 전, 예전과 같은 모습으로 우리 앞에 나타나신 거다. 황족 상해로 세이레인의 표적이 된 로엔 군을 보호하기 위해."

"그럼… 각하께서는 단순히 로엔이 토라의 편을 들어줬기 때문에……."

떨리는 클레르프의 목소리에 아레나는 고개를 끄덕였다.

"하지만 단순히 두 사람의 힘만으로는 분명히 무모한 일이었다. 그걸 알고 있었기에, 프라이슨과 나를 비롯한 간부들은 마스터를 지원하기로 결정했다. 어차피 이대로는 정체될 게 분명했고, 또 자네 같은 혈기에 찬 젊은이들에겐 그 혈기를 발산할 곳이 필요했으니까. 다각도로 생각해 내린 결정이었지."

거기까지 말한 아레나는 다시 하늘을 올려다보며 긴 한숨을 쉬었다.

"누구에게도 고개를 숙이지 않던 마스터가 처음으로 한 부탁이다. 그게 내 목숨을 달라는 요구라 하더라도, 난 거절하지 못했을 거다. 하물며 자신보다 소중히 여기는 아들을 구하신다 함에야……."

아레나는 말꼬리를 흐리더니 곧 입을 다물었다. 클레르프 역시 아무 말 없이, 다만 이제는 흐릿하게 잘 구분도 되지 않는 제딘의 뒷모습을 바라보고 있었다.

카앙─!

검과 검이 충돌해 불꽃을 튀겼다. 금속성이 대기를 찢으며, 다시 한 차례 마주친 검이 물러나 상대의 급소를 노렸다.

"이야앗!"

미스트론이 필살의 의지로 내지른 검이 로엔의 올려치기로 그 궤도를 바꾸는 순간, 순식간에 거리를 좁힌 로엔의 어깨가 미스트론의 가슴을 강타했다.

"큭!"

한순간에 균형을 잃고 비틀거리는 미스트론의 어깨를 향해 반원을 그린 로엔의 검이 섬광을 뿌렸다.

캉!

다시금 충돌한 두 자루의 검 사이에서 짧은 금속성이 울렸다. 황급히 물러나며 가까스로 로엔의 검을 막아낸 미스트론은 자세를 가다듬기 위해 거리를 벌리려 했지만, 다시금 대시해 거리를 좁힌 로엔이 그것을 용납하지 않았다.

"빌어먹을!"

짧은 욕설이 미스트론의 입에서 튀어나왔다.

쉴 새 없는 로엔의 공격에 미스트론은 형편없이 밀려나고 있었다. 애초에 힘과 속도, 경험 모두에서 미치지 못하는 미스트론이 로엔의 상대가 될 수 있을 리가 없었다. 간신히 치명상만은 피하고 있었지만, 몸 곳곳에 로엔의 검이 스치고 지나간 흔적이 하나둘 생겨나고 있었다.

키렌과 같은 수법에 당하지 않으려 바디 차지를 피한 것이 화근이었다. 미스트론을 비웃기라도 하듯 그대로 달려가 검을 뽑아낸 로엔은, 아까의 수세가 거짓말이기라도 하듯 무서운 속도로 미스트론에게 공격을 퍼부어 댔다. 아무리 베어도 생채기 하나 나지 않는 로엔을 보며 속으로 질려 있던 미스트론은 강력한 로엔의 공격에 손쓸 틈도 없이 수세로 몰리고 말았다.

"하!"

짧은 기합성과 함께 내려친 일격을 미스트론이 막아내자 로엔은 그대로 힘을 더해 미스트론을 내리누르기 시작했다. 점점 아래로 밀려

내려오는 서슬 퍼런 양날의 검을 바라보는 미스트론의 뺨에서 한 방울, 땀이 흘러내렸다.

압도적인 로엔의 힘에 미스트론의 검이 그 얼굴에 닿을락 말락 할 정도가 되었을 때 느닷없이 내리누르던 힘이 사라졌다. 어떻게든 버텨내기 위해 팔에 힘을 잔뜩 주고 있던 미스트론은 예상치 못한 상황에 중심을 잃고 번쩍 두 팔을 치켜 올리고 말았다.

"아뿔싸—!"

치명적인 허점을 내준 미스트론은 죽음을 예감하며 눈을 질끈 감았다. 그리고 완전히 드러난 그의 가슴을 향해, 단숨에 목숨을 앗아갈 기세로 로엔의 검이—

찔러 들어오지 않았다.

미스트론에게는 마치 영원과도 같았던 몇 초의 시간이 지나도, 로엔에게는 그 어떤 공격도 들어오지 않았다.

"……?"

미스트론이 조심스럽게 눈을 떴을 때 흐릿한 시야에 가장 먼저 잡힌 것은 당연하게도 로엔이었다. 검을 쥔 손을 늘어뜨린 채 몇 걸음 물러나 주위를 돌아보고 있는 그의 표정은 말로 표현하기 힘들 정도로 강한 의문을 나타내고 있었다.

그 모습에 미스트론은 세차게 고개를 흔들며 정신을 차렸다. 우선 한 걸음 물러나 로엔을 노려보던 미스트론은 그제야 전장에 일어난 변화를 알아차렸다.

거센 함성도, 단말마의 비명도 없었다. 상대를 잡아먹을 양 거세게 타오르던 군기도 마치 파도에 휩쓸린 양 흔적도 없이 가라앉아 있었다.

십대 시절부터 검을 잡아 용병으로서 수많은 전장을 전전한 크레시 라자루스조차 지금 벌어진 상황을 이해하지 못한 채 주위를 돌아보고 있었다.

"무슨 일이… 벌어지고 있는 거지?"

눈앞에서 대치하고 있는 세이레인 군을 경계하며 제이 헌터가 내뱉었다. 방금 전까지만 해도 악귀처럼 자신에게 달려들던 세이레인 군이 지금은 조금의 전의도 내비치지 않고 먼 곳, 카시나 요새 쪽으로 시선을 돌리고 있었다. 진정 이상한 일이 아닐 수 없었다.

이 불가사의한 현상을 일으킨 장본인, 제디스틴 리스나르트는 조금 전까지 치열한 전투가 벌어지던 제7기사단 쪽을 향해 천천히, 그리고 거침없이 걸음을 옮겼다. 멀리 중앙의 진에서 어처구니없는 얼굴로 그를 바라보던 길리언이 데이탄에게 물었다.

"어떻게 안 되겠습니까?"

"방법은 있다. 다만, 대가가 비싸지."

"어떤……?"

"이곳에 있는 모든 세이레인 병사의 목숨."

일고의 가치도 없다는 듯 내뱉는 데이탄의 탁한 목소리에 길리언은 입을 다물었다. 데이탄 자신도 눈앞에 벌어지는 상황에 당황하고 있기는 마찬가지였다. 단신으로 대군을 압도하고 있는 모습에 데이탄은 자신도 모르게 신음 섞인 목소리를 내뱉었다.

"마치 그를 보는 것 같군."

"그라니, 누구 말씀이십니까?"

데이탄은 이를 악물었다. 자신이 아는 한 두려워할 존재가 거의 없을 '이간의 대공' 데이탄 헬마스터가 이름을 말하는 것만으로도 각오를 다지는 것에 길리언이 당황하고 있을 때, 데이탄이 억눌린 목소리로 대꾸했다.

"레온 리스나르트, 최초의 리스나르트다."

거침없이 나아가던 제디스틴 리스나르트가 처음으로 걸음을 멈춘 곳은 제7기사단이 포위, 대치 중인 지역에서 얼마 떨어지지 않은 곳이었다. 겁도 없이 대륙 최강의 검사 앞을 가로막은 자는, 바로 '푸른 섬광의 별' 시렌 폰 메이우드였다.

눈을 가늘게 뜨고 시렌을 흘낏 바라본 제딘은 피식 웃음을 터뜨리며 다시 앞으로 걸음을 옮기기 시작했다.

"어린아이가 나설 곳이 아니다. 10년간 자신을 갈고닦은 후 다시 오도록."

조롱조차 담겨 있지 않은 무심한 한마디에 시렌이 이를 악물었다. 이미 상대와 자신의 실력 차이는 싫을 정도로 알고 있었다. 검에 관해서는 따를 자가 없다 말해지는 이스카 폰 블릭스조차 한 수 접어주는 상대, 겨우 십여 년 검을 휘둘렀을 뿐인 시렌으로서는 올려다볼 수조차 없는 존재였다.

하지만 여기서 물러날 수는 없었다.

"물론 저로서는 당신의 상대가 될 수 없습니다. 하지만 그렇다고 물러날 수도 없습니다."

시렌의 대답에 다섯 걸음 정도의 거리까지 다가왔던 제딘의 다리가 멈췄다. 흥미있는 얼굴로 그를 바라보던 제딘은 슬쩍 입가에 미미한 미소를 띠었다.

"용기가 가상하군."

제딘은 오른손을 천천히 검 자루에 가져다 댔다. 그리고 천천히 눈을 감았다.

"상대해 주겠다. 오거라."

마치 제자를 가르치기라도 하는 듯한 말투였다. 시렌은 조금의 살기도 느껴지지 않는 제딘의 모습에 당황했지만, 일단 가로막겠다고 나선 이상 물러날 수도 없었다. 조심스럽게 자세를 잡은 시렌은 위축되는 마음을 다잡고 제딘을 향해 대지를 박찼다.

"하아앗—!"

빠르게 거리를 좁힌 시렌이 제딘을 향해 사력을 다한 찌르기를 밀어 넣으려던 찰나 제딘이 번쩍, 감고 있던 눈을 떴다. 그 순간—

시간이 멈췄다.

아니, 멈추지 않았다. 하지만 검을 지르는 시렌에게 있어서 그 시간은 영원으로 느껴질 만큼이나 길게 느껴졌다. 싸늘히 얼어붙는 감각, 등줄기에 흐르는 전율, 뇌리를 때리는 위험을 알리는 경고, 그리고.

온몸이 굳어버리는 압도적인 죽음에의 공포.

쩔그렁—

힘이 빠진 시렌의 손에서 빠져나온 검이 바닥을 굴렀다. 그와 동시에 슬쩍 몸을 비킨 제딘의 옆에서 시렌이 그의 검과 마찬가지로 힘없이 바닥을 굴렀다.

"허억, 헉, 흐윽, 허억, 헉……."

공포에 질려 쉴 새 없이 거친 숨을 몰아쉬는 시렌의 얼굴은 눈물, 콧

물로 범벅이 되어 있었다. 연민이 담긴 얼굴로 시렌을 내려다보던 제 딘은 그를 뒤로하고 다시 걸음을 옮겼다.

　세이레인 중군 대본영에서 이 모든 장면을 바라보며, '듀크 오브 소 드 마스터' 이스카 폰 블릭스는 이를 악물었다. 분노를 참지 못해 움 켜쥔 주먹은 핏기가 빠져나가 새하얗게 탈색된 채 부르르 떨리고 있었 다.

　"단 한 명이다!"

　콰앙―!

　분을 견디지 못하고 내려친 일격에 두꺼운 탁자가 그대로 부서져 바 닥에 나뒹굴었다. 기병대를 후퇴시킨 뒤 대본영으로 돌아온 클라인시 커 후작이 그 서슬에 흠칫, 어깨를 움츠렸다.

　"제이디스틴 리스나르트 한 명을 막지 못하고 꼴사납게 길을 내준다는 것이 말이 되는가!"

　"드릴 말씀이 없습니다."

　세이레인 군 사이를 거침없이 전진해 나가는 제딘을 노려보며 이를 바드득 가는 이스카에게 클라인시커 후작이 고개를 숙였다. 무시무시 한 눈으로 그를 노려보던 이스카는, 그를 책할 일이 아니라 여겼는지 다시 시선을 제딘에게로 돌리며 입을 열었다.

　"내 검을 준비하도록."

　예상 밖의 대답에 클라인시커 후작이 고개를 들었다.

　"직접 나서실 생각입니까?"

　"누구도 막아낼 수 없다면, 내가 나서야 할 것 아닌가."

싸늘한 대답에 클라인시커 후작이 다시 고개를 숙였다. 병사가 한쪽에 세워진 이스카의 검을 가져오자, 그것을 받아 든 이스카의 눈이 강렬한 살기를 뿜어냈다.

"오늘이, 저 빌어먹을 리스나르트 부자의 최후가 될 것이다."

수많은 전장을 전전하면서도 한 번도 겪어보지 못한 이상한 상황에 당황하던 토라 제7기사단은, 이윽고 파도를 가르듯 세이레인 병사들을 헤치며 나타난 존재에 경악을 금치 못했다.

"아, 아버지?!"

"총사령관께서 어떻게─!"

여유있는 걸음으로 자신에게 다가오는 제딘을 아연실색한 얼굴로 바라보던 로엔은 뒤에 미스트론이 있다는 것조차 잊고 그에게로 달려갔다. 아니, 달려가려고 했다.

"─어?"

로엔은 한 발짝 뒷걸음치는 자신을 깨닫고 의아한 표정을 지었다. 마음은 아버지에게 달려가려 하는데, 몸이 그것을 거부하고 있었다. 거기에 더해, 제딘이 이쪽으로 다가오면 다가올수록 로엔의 본능은 전력을 다해 뒤로 물러나라고 쉼없이 경고하고 있었다.

"어째서……?"

로엔은 일단 한 걸음 더 물러나며 주위를 바라보았다. 물러나고 있는 것은 로엔만이 아니었는지, 제딘의 반경 5m 내에 있는 살아 있는 모든 존재가 적아를 가릴 것 없이 주춤거리며 뒤로 물러나고 있었다.

탁.

　발에 걸리는 돌멩이가 채이는 소리와 함께, 무표정한 얼굴의 제딘이 걸음을 멈췄다. 그와 동시에 제딘의 전진과 함께 물러나던 병사들 역시 후퇴를 멈췄다. 마치 제딘의 주변으로 둥근 장막이 쳐진 듯한 기이한 상황에 로엔이 자신의 아버지를 바라보았다.

　"어떻게 한 거예요, 아버지?"

　"누구나 할 수 있는 거다. 범위의 차이는 있겠지만."

　로엔으로서는 이해하기 힘든 대답이 돌아왔다. 계속 물어보고 싶은 마음은 굴뚝같았지만, 그런 건 나중에 배워도 될 거라 생각하며 로엔이 다음 질문을 던졌다.

　"대충 그렇다 치죠. 그런데 여긴 왜 오신 거예요?"

　제딘의 입가에 처음으로 미소가 걸렸다. 평소의 느긋한 웃음이었지만, 거기엔 아들을 아끼는 자애로운 아버지의 미소도 함께 담겨 있었다.

　"늦게까지 밖에서 싸돌아다니는 아들놈 엉덩이를 걷어차 주려고 왔지."

　"뭐예요, 그게? 언제는 찾으러 다닌 것처럼 말하지 마세요."

　퉁명스럽게 대답하고 있지만, 로엔의 표정 역시 아까보다 긴장감이 줄어들어 있었다. 곱지 않은 눈으로 자신을 흘겨보는 아들을 즐겁게 바라보던 제딘은 성을 나선 후로 한 번도 손대지 않았던 자신의 검에 손을 가져갔다.

　"쓸데없는 이야기는 돌아가서 하자꾸나."

　"…그렇네요."

　주의를 환기하는 제딘의 말에 로엔은 잠시 잊고 있었던 자신의 상황을 떠올리며 천천히 주위를 살폈다. 아무리 대륙 최강의 지원군이 가세했다 해도, 현재의 상황이 절망적인 것은 변함이 없었다. 토라 제국군 제7기사단을 포위한 세이레인 군의 장벽은, 제아무리 뛰어난 기사들로 구성된 제7기사단이라 하더라도 결코 뚫어낼 수 없어 보였다.

하지만 제딘은 여유만만했다. 30만의 세이레인 군 중앙을 뚫고 여기까지 왔을 때보다 상황은 오히려 지금이 더 좋았다. 비록 장시간의 전투로 지쳐 있었다지만, 그와 함께 포위망을 돌파할 기사들이 6천 명이나 있었다. 구세주를 만난 듯한 표정으로 자신을 바라보는 기사들에게 제딘은 천천히 물음을 던졌다.

"나를 믿는가?"

제7기사단은 조용히 그를 바라보았다. 지금까지 말로만 들어왔던 전설을 직접 눈으로 보았다. 선배 기사들이 말해주던 무용담을 과장이라 치부하며 단지 자신들보다 조금 더 뛰어난 기사일 뿐이라 생각하던 제디스틴 리스나르트는, 원래의 무용담에 한 치도 어긋나지 않는 전설이 되어 그들의 앞에 서 있었다. 수십만의 적군에 둘러싸여도 위축되지 않고, 오히려 그들을 압도하는 기사가 자신들을 구하러 왔다. 그를 믿느냐고? 그런 것쯤 생각할 필요도 없다!

"이것참, 섭섭한 말씀을 하시는군요."

언제나 그렇듯, 시작은 로엔의 기사단에서 가장 넉살 좋은 제이 헌터였다. 지친 몸에 활력을 불어넣으며 검을 고쳐 쥔 제이 헌터가 한 걸음 앞으로 나서며 대답하자, 뒤이어 다른 기사들도 앞 다투어 제딘의 물음에 대답하기 시작했다.

"믿지 못하면 각하의 지휘를 받을 리가 없지요."

"각하를 믿지 못하면 누굴 믿으란 말씀입니까!"

여기저기서 고함 소리가 터져 나왔다. 단 한 사람, 제7기사단에서 가장 말수가 적은 가이에만은 대답하지 않았지만, 그녀도 고개를 끄덕이며 다른 이들의 외침에 적극 동조하고 있었다.

지치고 상처 입어 꺾인 기사들의 사기가 다시 오르기 시작했다. 휴식을 요구하는 몸에 다시금 힘을 주며 투지를 불태우는 기사들의 모습과 함께, 제디스틴 리스나르트의 쩌렁쩌렁한 외침이 전장에 울려 퍼졌다.

"전력을 다해 카시나로 귀환한다! 중간에 쓰러지는 놈은 나, 제디스틴 리스나르트가 용납하지 않을 것이다!"

처절한 사투의 개막을 선포하며, 제디스틴 리스나르트가 그의 검을 뽑아 들었다.

멀리 카시나 요새에서 이 모습을 지켜보던 제크리스가 낮은 탄성을 흘렸다.

"저 정도면 가히 미술에 가깝다고 봐도 되겠는걸요."

"천성적인 카리스마지. 그래도 설마 저 정도일 거라고는 생각 못했는데."

전장 한가운데에서 치솟는 무형의 투기에, 이프론 역시 적잖게 놀란 얼굴로 고개를 끄덕였다.

이들은 카시나 요새의 남쪽 성벽에 걸터앉아 제7기사단의 분전을 지켜보고 있었다. 제디스틴의 가세로 하늘을 찌를 듯한 제7기사단의 전의에 몸이 근질거리는 듯, 제크리스가 입맛을 다시며 다시 입을 열었다.

"도와주고 싶지만, 그랬다간 분명 미카엘이 지랄해 댈 거고……."

"언제부터 눈치 봤다고 그래?"

뚱한 얼굴로 이프론이 대꾸했다. 하지만 제크리스는 고개를 가로저었다.

"요새 루시펠과 미카엘 사이에 신경전이 심하잖아요. 괜히 꼬투리 쥤다간 양쪽 모두에 욕먹는다고요. 아쉽지만, 제 역할은 여기까지예요."

못내 아쉬운 듯 입맛을 다시며 제크리스는 전장을 주시했다. 그 모습에 이프론이 혀를 끌끌 차며 투덜거렸다.

"그놈들은 형제라는 것들이 왜 서로를 못 잡아먹어 안달인 거야?"

"낸들 압니까. 어쨌든 중간에 낀 천사들만 괴로워 죽을 지경입니다."

한숨을 쉬던 제크리스가 문득 전장의 변화를 감지한 듯 이프론을 바라보았다. 이프론 역시 그것을 느꼈는지, 주의 깊게 전장을 주시하며 고개를 끄덕였다.

"국면이 변했다. 세이레인 군도 사기가 오르고 있군."

"저 사람은……."

멀리서도 쉽게 알아볼 수 있는 황금의 갑옷이 기억에 있는 듯 제크리스가 말꼬리를 흐렸다. 제딘보다는 약하지만 인간으로서는 가히 도달하기 힘든 영역에 올라 있는 기사의 모습은, 이프론의 기억에도 남아 있는 광경이었다.

"호오, 마지막 드래곤 슬레이어가 아닌가."

"그거 300년 전이잖아요?"

의아한 얼굴로 제크리스가 묻자 이프론은 고개를 끄덕였다.

"맞아. 저자, 로엔과 같은 케이스거든."

"아하, 시간 고정 마법?"

제크리스는 알겠다는 듯 가볍게 손가락을 튕겼다.

"그거라면 확실히 300년 정도는 문제없이 살 수 있지만, 용케 정신이 안 무너지고 버텨냈나 보네요."

"저자도 일반적인 인간의 범주에 넣기엔 뛰어난 존재니까. 아무리 300살짜리 어린 드래곤이 상대였다지만, 인간의 힘으로 드래곤 슬레이어가 될 수 있다는 자체부터가 범상치 않다는 증거지."

"그러네요."

제크리스는 고개를 끄덕였다. 황금의 기사, 이스카 폰 블릭스가 돌파를 시도하는 제국군 제7기사단을 향해 빠르게 다가가는 것을 바라보며, 시공을 초월한 두 존재가 조용히 전장을 지켜보고 있었다.

한편, 제딘이 가세한 제7기사단은 무서운 기세로 세이레인 군을 밀어붙이고 있었다.

"하아앗—!"

하얀 섬광이 되어 쏘아진 로엔의 검이 미스트론의 검과 부딪쳐 불꽃을 튀겼다. 조금 전에 비해 한층 매서워진 로엔의 검에, 미스트론은 반격할 생각도 못한 채 그저 막아내기에 급급했다. 한 번의 검을 막아낼 때마다 한 걸음씩 물러나는 미스트론의 검은 점차 어지러워지고 있었다.

"전군, 돌격한다!"

그 뒤에서는 제딘의 외침과 함께 쐐기형으로 전열을 완전히 재편한 제7기사단이 폭풍처럼 세이레인 군에 돌격하고 있었다. 대륙 최강의 기사의 위용에 사기가 떨어질 대로 떨어진 세이레인 군은 기세 충천한 제7기사단의 돌격 앞에 추풍낙엽처럼 쓸려갔다.

"비, 빌어먹을!"

기세 좋게 군사를 이끌고 제7기사단을 포위하던 때와는 완전히 역전된 상황에 미스트론이 욕지거리를 뱉어냈다. 그의 입장에서는 한시라도 빨리 이 난국을 타개할 수단을 찾아야 했다. 하지만 현재 그의 상황은 난국의 타개는커녕 현상 유지조차 힘들 정도로 깊은 수렁에 빠져 있었다.

"포위망을 좁혀라! 결코 길을 내줘선 안 된다!"

"적들은 지쳐 있다! 물러나지 말고 맞서 싸워라!"

로엔을 상대하는 미스트론을 대신해 디바이너들이 목이 터져라 병사들을 독려했지만 무용지물이었다. 제디스틴 리스나르트를 필두로 한 제7기사단은 숨 쉴 틈도 없이 세이레인 군의 북쪽 포위망을 몰아치며 한 걸음 한 걸음 카시나 요새 방향으로의 활로를 뚫어내고 있었다.

"으아악!"

제디스틴의 검이 한 번 번쩍일 때마다 그 앞을 가로막는 세이레인 군이 하나씩 거꾸러졌다. 압도적인 제딘의 실력에 겁을 집어먹은 병사들이 주춤대며 밀려나면, 그 공간을 뒤따라오는 제7기사단이 채우며 세이레인 군의 포위망을 열어나갔다.

"막아야 한다! 적은 겨우 5천 명뿐이다! 결코 살려서 돌려보내지 마라!"

집요하게 공격하는 로엔을 가까스로 떨쳐 낸 미스트론이 목청을 높였다. 하지만 사기가 오를 대로 오른 상태에서 전력을 최고로 집약한 제7기사단의 돌진을 저지하는 것은 결코 쉬운 일이 아니었다.

카시나까지 불과 1킬로미터, 조금만 더 다가간다면 요새 안 아군의 지원도 바랄 수 있는 거리에 로엔을 비롯한 기사들은 젖 먹던 힘까지 모조리 끌어내 적병의 숲을 뚫고 전진해 나갔다.

상황이 급격히 변한 것은 그때였다.

"…어?"

이를 악물고 제7기사단의 돌격을 막아내던 한 세이레인 병사가, 자신의 옆에 나타난 황금의 갑옷에 문득 고개를 돌렸다. 하늘을 찌를 듯한 적의 전의를 전혀 아랑곳하지 않는 당당한 그 모습에, 병사는 자신도 모르게 환호를 터뜨리며 크게 고함을 질렀다.

"듀크 오브 소드 마스터다!"

비명과 창칼이 부딪치는 소리가 난무하는 전장에서도 병사의 외침은 유난히 크게 세이레인 병사들에 울려 퍼졌다. 검의 끝에 다다른, 결코 패배를 모르는 검의 대공이 직접 적을 요격하기 위해 나섰다는 사실은 힘겹게 적을 맞아 싸우던 세이레인 군에게 있어 최고의 희소식이었다.

"듀크 오브 소드 마스터?!"

"정말이야?!"

"전하께서 직접?!"

여기저기서 터져 나오는 외침에 미스트론이 놀란 얼굴로 전황을 살폈다. 쉴 새 없이 밀어붙이는 제7기사단의 뒤편으로 끓어오르는 세이레인 군의 사기와 함께, 한 번 보면 결코 잊을 수 없는 황금의 갑옷이 미스트론의 눈에 들어왔다. 그 순간, 미스트론은 가슴속 깊은 곳에서 끓어오르는 감정의 격류에 몸을 맡기며 검을 높이 치켜들었다.

"대공 전하께서 오셨다! 전하와 함께, 저 토라의 떨거지들을 완전히 쓸어버리자!"

"와아아―!"

미스트론의 외침에 호응이라도 하듯, 세이레인 군 여기저기서 열광적인 함성이 터져 나왔다. 예렌 평원을 뒤엎을 듯 대지를 진동하는 적군의 워 크라이에, 크레시 라자루스가 긴장한 얼굴로 농담을 던졌다.

"어지간히 급했나 보군. 얼굴 마담이 직접 나선 걸 보면."

"문제는 얼굴 마담치고는 너무 세다는 거지만요."

매섭게 질러오는 창을 잡아채 그대로 분질러 버리며 제이 헌터가 대꾸했다. 대륙에 이름을 떨치는 검의 대공의 등장에도 그들은 그리 걱정하는 모습이 아니었다. 제딘이라면 어떻게든 해줄 것이다―라는 믿음이, 그 여유의 근간에 자리하고 있었다.

한편 제7기사단의 선두에서 포위망을 뚫고 있는 제딘과 로엔 역시 이스카 폰 블릭스의 등장을 알아채고 있었다. 쐐기 진형의 꼭지점을 다른 기사에게 인계한 제디스틴 리스나르트는, 자신과 나란히 서서 적을 상대하는 그의 아들에게 물었다.

"이스카가 나온 모양인데, 생각있느냐?"

마치 식사 후에 홍차를 마실 건지 묻는 것처럼 느긋하기 짝이 없는 어조였다. 잠시 어처구니없는 얼굴로 자신의 아버지를 바라보던 로엔은 바로 냉정하게 고개를 가로저었다.

"만전인 상태라면 몰라도 지금은 무리예요. 아버지한테 양보하죠."

"며칠 신경 안 쓰는 새에 꽤나 쓸 만하게 변했구나. 어디 보약이라도 먹었느냐?"

의외라는 얼굴로 던지는 제딘의 농담에 로엔은 피식 웃으며 대꾸했다.

"별로요. 그저 자신을 좀 더 돌아보게 되었을 뿐이에요. 잇차!"

"알았다."

두 방향에서 동시에 찔러오는 창을 황급히 피해내는 것과 동시에, 적병 하나의 목을 꿰뚫는 로엔의 등에 고개를 끄덕여 준 제딘은 지체 없이 몸을 돌려 기사단의 뒤편으로 향했다.

이스카 폰 블릭스와 제디스틴 리스나르트가 제7기사단 후방의 전선에 모습을 드러낸 것은 거의 같은 시점이었다. 이스카의 등장으로 사기가 오른 세이레인 군의 거센 반격에 고전을 면치 못하던 제7기사단은, 전방에서 포위망을 뚫어가던 제딘의 등장에 환호성을 질렀다.

"때맞춰 와주시는군요!"

"이래서 각하를 사랑할 수밖에 없다니까!"

문제 발언을 터뜨리는 제이 헌터의 머리를 조용히 쥐어박은 제딘은 후방의 지휘를 맡고 있는 크레시를 바라보았다.

"상황은?"

"솔직히 말해 비관적입니다. 대공의 가세로 적의 기세가 예상 이상으로 치솟았습니다. 카시나에서 지원을 나와주지 않는다면, 돌파보다 전멸 쪽이 더 가능성이 높다고 생각합니다."

"그렇군."

조심스러운 크레시의 대답에 제딘은 고개를 끄덕였다. 이윽고 전선 앞에 드러난 황금의 갑옷을 묵묵히 응시하던 제딘은 검을 어깨에 걸치 며 한 걸음 앞으로 나섰다.

"각하?"

크레시의 물음에 제딘은 고개를 돌리며 물었다.

"왜, 내게 걸맞지 않는 상대라 생각하나?"

"아니, 그건 아닙니다만……."

말끝을 흐리는 크레시에게 피식 웃어준 제딘은 다시 대공에게로 걸 음을 옮기며 말했다.

"걱정하지 마라. 내가 그에게 지는 일은, 10년이 지난다 해도 일어 나지 않을 것이다."

"네?!"

크레시는 눈을 크게 떴다. 그들이 신뢰하는 마스터가 명실상부한 대 륙 최강의 기사를 상대로 승리 선언을 했기 때문이다. 더 이상 그의 물 음에 대답하지 않고 걸어나가는 제딘의 뒷모습을 바라보며, 크레시는 고개를 절레절레 저었다.

"이것참, 도저히 당해낼 수가 없군, 마스터는."

이스카에 이어 제딘이 그 모습을 전장에 드러내자, 고함과 비명이 어지러이 난무하던 전장은 삽시간에 고요하게 변했다. 둘 모두 대륙에 서 가히 전설로 일컬어지는 인물이다. 한쪽은 최후의 드래곤 슬레이어 이자 대륙에서 유일하게 소드 마스터의 칭호를 받은 자, 다른 한쪽은 나이트 길드의 마스터로, 대륙 최고의 무가 리스나르트의 이름을 잇고 있는 자다. 어느 쪽이 이길 것이라 판단하는 것조차 쉽사리 할 수 없을 듯한 이 두 사람의 앞에서, 모든 군사들은 숨을 죽이고 제딘과 이스카의 대치를 바라보았다.

먼저 운을 뗀 것은 제딘이었다.

"이렇게 마주치는 건 오래간만이군. 언젠가의 밤에 마주친 후로 처음이던가?"

"…리스나르트."

이스카는 이를 빠드득 갈며 제딘을 노려보았다. 비록 세상에 드러나진 않았지만, 자신에게 씻을 수 없는 패배를 몇 차례나 안겨준 상대가 그의 눈앞에 있었다. 지금이야말로 그 치욕을 되돌려 줄 수 있는 좋은 기회, 이스카는 이번 기회를 놓치고 싶은 생각이 전혀 없었다.

"지금까지의 대결에서는 모두 내가 패했지만, 이번에는 다를 것이다."

"호오?"

제딘은 의외라는 얼굴로 자신과 대치한 상대를 바라보았다. 그와 이스카의 대결은 모두 제딘의 승리였지만, 그것은 모두 음지에서의 전투라 결과가 밖으로 드러난 적은 단 한 차례도 없었다. 그것을 자신의 입으로 밝혔다는 것은, 이번 대결에 나선 이스카의 각오가 어떤 것인지 충분히 짐작하게 하고 있었다.

"배수진을 쳤군. 이 싸움에서 유리한 쪽은 네가 아니었던가?"

"닥쳐라!"

여유가 넘치는 제딘의 비아냥에 이스카가 벽력같이 고함을 질렀다.

"입으로 하는 게 네 싸움은 아닐 터! 이 지긋지긋한 인연의 결말을 내자!"

칼끝을 자신에게 뻗는 이스카를 보며 제딘은 미소 지었다. 전의를 끌어올리는 이스카에게 답례라도 하듯 어깨에 걸친 검을 들어 마주 상대를 가리킨 제딘은 천천히 미소 지으며 검의 대공을 노려보았다.

"가겠어. 듀크 오브 소드 마스터."

"오라아!"

온몸에 힘을 불어넣는 이스카의 광포한 외침을 신호탄으로, 제딘의 몸이 섬광처럼 앞으로 쏘아져 나갔다.

카아앙—!

이스카와 제딘의 검이 맞부딪쳐 날카로운 소음을 뿌렸다. 칼날을 맞댄 상태로 서로 힘 겨루기를 하며, 이스카가 잔혹한 미소를 지었다.

"어떻게 된 거지? 아까의 기세는 어디로 간 건가, 제디스틴 리스나르트?"

"여, 전히… 무식하게, 힘, 만… 세군, 그래… 합!"

이를 악물고 밀려오는 검을 붙잡고 있던 제딘은 기합과 함께 이스카의 검을 밀쳐 냈다. 그와 동시에 왼발을 한 발짝 옆으로 옮긴 제딘의 검이 이스카의 옆구리를 노리고 날카롭게 파고들었다.

"어딜!"

그의 의도를 파악한 이스카의 검이 폭풍처럼 제딘을 향해 몰아쳤다. 옆구리를 파고드는 상대의 공격은 안중에도 없는 듯 거세게 몰아치는 공격에 제딘은 하는 수 없이 공격을 거두고 뒤로 물러나는 수밖에 없었다.

"그동안 놀지만은 않았던 모양이군."

"물론이다. 패배의 기억이 치욕으로 남아 있는 한, 어찌 방만할 수 있을까."

"글쎄, 패배한 기억이 없어 잘 모르겠군."

이스카의 대꾸에 제딘은 어깨를 으쓱했다. 한 차례 검의 엇갈림에서 유리한 위치를 점하지 못했지만, 그럼에도 불구하고 제딘의 얼굴에는 아직 여유가 남아 있었다.

검을 쥔 팔을 천천히 뒤로 내밀어 자세를 잡으며 제딘이 말을 건넸다.

"그럼, 어디 그 방만하지 않았다는 나날의 성과를 볼까?"

어조는 느긋하고, 검속은 번개 같았다. 몸 뒤로 뻗어 감추고 있던 검을 빠르게 내지른 제딘은 이스카가 자신의 검을 쳐내기가 무섭게 두 걸음 앞으로 다가갔다.

"헛수작을!"

황금 갑옷이 두텁게 감싼 이스카의 팔이 전력을 다한 제딘의 지르기를 막아냈다. 그 순간,

"이것도 막아낼 수 있을까?!"

어느새 회수한 제딘의 검이 교활한 뱀 대가리처럼 이스카의 목으로 짓쳐들었다.

"각하―!"

존경하는 사령관의 위기에 미스트론이 절박한 외침을 터뜨렸다. 상대의 반응을 예측한 훌륭한 연계의 마지막 일격이 이스카의 목덜미를 물어뜯으려는 순간―

“흥!”

코웃음과 함께 이스카의 목이 가볍게 옆으로 젖혀지는 것과 동시에 오른손에 들린 그의 검이 제딘의 허리를 횡으로 베어갔다.

사사삭—

검날이 피부를 누르고 지나가는 소름 끼치는 느낌이 이스카의 피부를 훑었다. 그와 동시에, 황급히 뒤로 물러난 제딘의 레더 아머가 가로로 길게 갈라졌다.

“와아아—!”

제딘의 갑옷이 갈라지는 것을 본 세이레인 병사들의 함성이 어둠이 내려앉은 예렌 평원을 떨쳐 울렸다. 이스카와 제딘의 전투와는 별개로, 최전선에서 포위망을 뚫으려 힘겨운 전투를 벌이고 있던 로엔은 이 함성에 고개를 돌려 그의 아버지가 있을 곳으로 시선을 던졌다.

“…아버지?”

짧게 중얼거리는 그의 어조엔 걱정이 묻어 있었다. 그것을 눈치챘는지, 로엔의 뒤편에서 그를 보조하던 가이에 인디스트로가 로엔의 어깨를 툭 쳤다.

“……?”

로엔이 돌아보자 가이에는 조용히 고개를 끄덕였다. 무표정하지만, 그래서 더 의도를 알기 쉬운 모습에 로엔은 피식 웃으며 마주 고개를 끄덕였다.

“좋아, 맡기겠어.”

포위망 돌파의 임무를 가이에에게 인계한 로엔은 급히 발길을 돌려 모두의 시선이 집중된 전장으로 걸음을 옮겼다.

다시 일격을 마주 교환한 이스카와 제딘은 서로를 노려보며 대치했다. 이스카의 몸을 검으로 한차례 긁는 대가로 뺨에 얇은 상처를 입은 제딘이 배어 나오는 피를 닦아내며 중얼거렸다.

"귀찮군, 그 몸."

"이기지 못하니 핑계를 대는 건가."

제딘은 슬쩍 미소를 지었다. 왠지 모르게 치미는 불쾌한 감각에 이스카가 눈살을 찌푸리는데, 제딘이 손가락에 묻은 피를 털어내며 대꾸했다.

"아니, 그저 별로 꺼내고 싶지 않은 기술을 쓰려는 것뿐."

순간 제딘의 검이 희미하게 푸른 오라를 머금었다.

"저, 저것은!"

멀리 카시나 요새의 성벽에 앉아 전투를 지켜보던 이프론이 자리를 박차고 일어났다. 일그러진 얼굴로 전장을 바라보는 그의 얼굴에는 숨길 수 없는 경악이 드러나 있었다.

"저건 분명……."

"시공단열참이다."

믿을 수 없다는 얼굴로 중얼거리는 제크리스의 말에 이프론이 고개를 끄덕였다. 어처구니없는 얼굴로 제딘을 바라보며 제크리스가 중얼거렸다.

"창세신 이후의 그 어떤 고신도 해내지 못한 것을, 한낱 인간이……."

"원래 인간이란 그런 것이니까."

이프론은 착잡한 듯 제딘을 바라보았다.

반대편 세이레인 진영의 데이탄 헬마스터 역시 경악이 담긴 얼굴로 전장을 노려보고 있었다.

"말도… 안 돼!"

"무슨 일입니까?"

데이탄과는 달리 상황을 볼 수 없는 길리언이 물었다. 잠시 대답없이 전장을 노려보던 데이탄은 이를 빠드득 갈며 내뱉듯 대꾸했다.

"시공단열참이다."

"네?"

그 말의 진정한 의미는커녕 단순한 단어의 의미조차 이해하지 못하는 길리언의 반문에 데이탄은 흥분한 자신을 진정시키며 설명했다.

"시공단열참 에누마 · 일리쉬. 시간을 가르고 공간을 찢는 세계의 검으로, 창세신이 처음 세상을 열 때 사용했다는 잊혀진 기술이다."

상상을 뛰어넘는 설명에 길리언의 눈이 크게 뜨였다. 시간과 공간을 베는 검이라니, 인간이 인지할 수 있는 범위를 뛰어넘는 검기(劍技)다. 신, 그것도 세계를 창조했다는 신이 사용한 기술이니만큼 그 위력은 상상할 필요도 없을 터, 거기에까지 생각이 미친 길리언의 얼굴이 하얗게 질렸다.

"방법이 없겠습니까?"

"……"

데이탄은 침묵했다. 빠드득 이를 갈며 멀리 이스카와 대치하고 있는 제딘을 노려보던 그는, 마침내 두 눈을 강렬히 빛내며 입을 열었다.

"…단 하나, 방법이 있다."

"무엇입니까?"

지푸라기라도 잡고 싶은 심정으로 길리언이 물었다.

"시공단열참 에누마 · 일리쉬는 인간의 기술이 아니다. 인간에게 허락되지 않은 기술을 사용한다는 것은 그만큼의 대가를 요구하는 일. 그것이 보통 기술도 아니고 창세신이 세계를 열 때 사용했다는 기술임에야 그 반대급부는 더 말할 필요도 없을 터."

"그렇다면……?"

데이탄이 하는 말의 의미를 대충은 감 잡은 길리언이 다시 묻자 그는 고개를 끄덕였다.

"마음껏 쓰게 내버려 둔다면, 필시 과부하를 이기지 못하고 자멸할 것이다."

"그렇습니까!"

길리언의 얼굴이 밝아졌다. 그러나 데이탄의 다음 말에, 그의 얼굴은 새하얗게 질리고 말았다.

"다만, 지금 리스나르트를 상대하는 이스카 폰 블릭스와 군세 절반을 잃을 각오가 되어 있을 때의 이야기겠지만."

"그럼 의미가 없지 않습니까!"

탕—!

길리언의 주먹이 탁자를 강하게 내려쳤다. 그를 싸늘한 얼굴로 바라보며 데이탄이 비웃음을 던졌다.

"아직도 뭘 모르는군. 그 정도면 싸게 먹히는 장사다. 검을 가볍게 긋기만 해도 시공을 절단하는 검이다. 만약 그가 목숨과 바꿔 승리를 받으려 한다면, 이까짓 군세야 하루아침 해장 거리도 되지 않아.”

길리언의 표정에 절망이 드리워졌다. 비록 낮의 전투로 상대에게 적잖은 타격을 입혔다 하나, 아군이 궤멸될 경우 그 뒤의 일은 상상하기 싫을 정도로 충분히 짐작이 갔다. 지금으로선 제딘이 목숨을 버려서라도 승리하길 바라지 않도록 기원하는 수밖에 없었다.

“다른 수단은 없는 겁니까?”

지푸라기를 잡는 심정으로 길리언이 다시 물었다. 그러나 돌아오는 것은 부정적인 대답뿐이었다.

“없다. 주신의 초공간 도약이라면 혹시 가능할지도 모르겠지만, 지금의 나에겐 어떤 수단으로도 시공단열참을 막는 것은 불가능하다.”

“그럴 수가…….”

길리언이 신음하며 멀리 시대를 대표하는 두 기사가 맞붙는 전장으로 시선을 던졌다. 그 눈빛에는, 언제나 불가능을 가능으로 바꾸어왔던 황금의 기사가 무언가 해주기를 바라는 염원이 담겨 있었다.

이스카는 제딘의 검에 맺힌 푸른 오러를 경계하며 한 걸음 뒤로 물러났다.

“무슨 수작을 부리려는 거지?”

“별로, 단순히 내 비장의 기술 중 하나일 뿐.”

제딘이 어깨를 으쓱하자 이스카는 코웃음 치며 눈앞의 상대를 매도했다.

“리스나르트의 이름도 많이 타락했군. 잔수작을 비장의 기술로 삼아 전장에 나올 정도라니.”

“글쎄… 잔수작인지 아닌지는 받아보고 판단하는 게 좋을 텐데?”

“그것도 좋겠지. 간다, 리스나르트!”

이스카의 몸이 무거운 갑옷을 입었다고는 생각하기 힘든 속도로 움직였다. 양 어깨를 축 늘어뜨린 제딘의 앞까지 다가온 이스카의 검이 상대의 목을 그대로 치려는 순간―

두근―

이스카의 본능에 적신호가 켜졌다.

“크웃―!”

이스카는 검을 거두는 것과 동시에 전력을 다해 바닥을 굴렀다. 한 바퀴 구른 뒤 튕기듯 일어나 뒤로 물러난 이스카가, 조금 전까지만 해도 아무렇지도 않던 호흡이 눈에 띄게 거칠어진 채 무시무시한 얼굴로 제딘을 노려보았다.

“무슨 짓을 한 거냐! 리스나르트!”

느닷없는 이스카의 고함에 제딘은 피식 웃었다.

“보시다시피, 전혀 움직이지 않았는데. 조금만 검을 더 뻗었다면 내 목을 칠 수 있었을 텐데 그만두고 바닥을 구른 건 네 쪽이 아니었던가?”

그 말 그대로, 제딘은 여전히 양 어깨를 축 늘어뜨린 채 움직이지 않았다. 몸에서 힘을 뺀 자연스러운 상태로 서 있었지만, 검에 맺힌 푸른 오라만은 그대로였다.

이스카는 의아함을 감추지 못했다. 제딘이 아무 움직임도 없었던 것은 사실이다. 그렇다면 제딘에게 쇄도할 때 느껴진 죽음에의 경고는 대체 무엇인가. 등줄기에 전율이 흐르고, 자신도 모르게 호흡이 거칠어지는 감각은 언젠가부터 잊어버렸던 죽음에 대한 공포를 다시금 떠올리게 하기에 충분하고도 남았다.

이스카는 검을 고쳐 쥐었다. 제딘은 처음 서 있던 그 자리에서 조금도 움직이지 않았다. 이스카는 검을 앞으로 내밀어 제딘을 견제하면서 조심스럽게 앞으로 한 걸음 나섰다.

그때 권태 섞인 제딘의 목소리가 흘러나왔다.

"오려면 얼마나 더 기다려야 하는지 알려주지 않겠나? 너무 지루해서, 하품이 나오는군."

"―!"

이스카의 이성을 단숨에 날려 버리는 도발이었다. 지금까지 그 누가 대륙 제일의 '듀크 오브 소드 마스터'에게 이런 오만한 말을 할 수 있었겠는가. 분노로 새하얗게 탈색하는 정신을 애써 가다듬으며 이스카가 몸을 떨었다.

"좋다. 소원이라면… 죽여주겠다!"

다시 황금색 잔상을 남기며 이스카의 발이 대지를 박찼다.

로엔은 밀집된 제7기사단의 사이를 헤치며 정신없이 앞으로 나아갔다. 어느새 나타났는지, 그의 옆으로 따라붙은 유스와 에바가 말했다.

[이 기운은 뭐지?!]

[한 번도 느껴본 적 없는 무속성의 오러, 도대체 누가 이런 기운을……!]

불안감이 섞인 유스와 에바의 목소리에 로엔은 다리에 힘을 더욱 불어넣었다. 더욱더 다급해지고 초조해지는 감정을 애써 다잡았다. 저

앞에 아버지가 있다. 30만 군세의 한복판도 뚫고 들어온 저 괴물 같은 아버지가, 고작 이스카 폰 블릭스 따위의 손에 쓰러질 리가 없다. 응, 반드시 이길 거야. 그러니까……!

전장이 가까워 오고 있었다. 거칠게 앞을 가로막는 기사를 밀쳐 내고 몸을 들이민다. 그 앞에서 숨죽인 다른 기사의 오른쪽으로 방향을 틀어 다리를 밀어 넣고, 마침내 눈앞에 넓게 펼쳐진 전장이—

쐐애액—!

이스카의 검이 대기를 찢으며 제딘에게 쇄도했다. 그에 맞선 제딘의 검이 푸르스름한 섬광을 뿌리며 이스카의 검과 교차하는 순간—!

"아버지—!"

찢어지는 로엔의 절규가 전장의 하늘에 크게 울려 퍼졌다.

제딘의 검은 전혀 엉뚱한 허공에서 멈춰 있었다. 아직 검에 새겨진 푸르스름한 오라는 사라지지 않고 있었지만, 제딘의 공격이 빗나갔다는 사실만큼은 분명했다. 그리고 이스카의 검은—

"쿨럭!"

제딘이 바닥에 한쪽 무릎을 꿇으며 격한 기침을 터뜨렸다. 그의 입에서 기침에 섞여 새빨간 피가 쉴 새 없이 쏟아져 나왔다. 굳이 그의 오른쪽 가슴에 박힌 이스카의 검을 보지 않더라도 치명적이라는 것을 알 수 있을 만큼 제딘의 상처는 위중했다.

"마스터!"

"오지 마라!"

제이 헌터의 외침에 제딘이 일갈했다. 제이가 멈칫하며 뒤로 한 걸음 물러나자, 제딘의 가슴에 검을 박아 넣은 채로 이스카가 비아냥댔다.

"개처럼 머리를 숙인 이 꼴이 되어서도, 아직도 더 할 생각인가?"

"…아니, 더 할 생각은 없… 쿨럭!"

제딘은 채 말을 끝내지 못하고 다시 기침과 함께 피를 토해냈다. 그 모습을 본 로엔이 다시 절규했다.

"아버지—!"

"—물러나 있어!"

다시금 외치는 제딘의 목소리에 로엔은 믿을 수 없다는 얼굴로 아버지를 바라보았다. 그의 아버지가 이렇게 단호하게 외치는 모습을 본 적이 없었기 때문이다. 그 모습을 바라보던 이스카가 오만하게 내려다보며 말했다.

"이상하군. 네 아들을 희생한다면 조금이나마 그 목숨을 더 연장할 수 있을지도 모를 텐데… 더 살고 싶은 생각이 없는 건가?"

그때였다.

—턱.

바닥을 짚고 있던 제딘의 왼손이 가슴을 찌른 이스카의 검날을 잡았다. 그와 함께, 어느새 언제나처럼 느긋한 표정으로 돌아온 제딘이 회심의 미소를 지으며 말했다.

"…아니. 삶에 대한 미련이 있는 건 아니다만, 그렇다고 여기서 죽을 생각은 없다."

"너—!"

갑작스런 그의 말에 당황한 이스카가 검을 회수하려는 순간, 천천히 몸을 일으키면서 제딘이 씨익 웃었다.

"300년이나 해먹었으면 이제 됐잖아? 슬슬 후대에게 물려줄 때라 생각하지 않는가? '듀크 오브 소드 마스터'?"

"너, 무슨 말을—!"

"그러니까, 이제 섭리에 순응해 무덤으로 돌아가란 말이다!"

제딘이 포효하며 몸을 일으키자 가슴에 꽂힌 이스카의 검이 둘로 부러져 나갔다. 아니, 원래 둘이었던 것처럼 나뉘었다는 게 더 옳은 표현이리라.

"큭—!"

당혹감을 감추지 못하며 이스카가 뒤로 물러났다. 예상치 못한 상황에 이스카의 기세는 크게 꺾여 있었다.

"도대체 무슨 사술(邪術)을 쓴 거냐, 리스나르트!"

"사술?"

절규하는 이스카를 바라보며 제딘이 웃었다. 방금 전까지 가슴에 검을 꽂고 있던 사람이라고는 생각할 수 없을 정도로 강렬한 기세에 이스카가 움찔하며 한 걸음 더 뒤로 물러났다.

"겪어보지 못했다고 사술이라니 너도 다 되었군, 듀크 오브 소드 마스터."

"닥쳐라! 그깟 허술한 도발에 넘어갈 내가 아니다!"

이스카가 위축되는 자신의 마음에 채찍질을 하며 소리 높여 외쳤다. 하지만 쉽사리 달려들지 못하는 걸로 보아 제딘의 검에 서린 푸른 오라를 경계하고 있는 것이 분명했다.

쉽게 회복되기 힘든 깊은 상처를 입었음에도 제딘은 불안해하지 않았다. 오히려 처음 전투에 임하기 전보다 더욱 느긋한 모습으로 상대를 바라보고 있을 따름이었다.

"뭐, 어떻게 생각하든 상관없나."

제딘이 푸른 오라가 서려 웅웅대는 검을 앞으로 내밀었다. 그와 함께, 제딘은 옅게 웃으며 이스카에게 물었다.

"왼팔은 괜찮나, 블릭스 공작?"

"뭐?"

황당한 듯 이스카가 반문했다. 제딘은 내밀었던 검을 뒤로 물려 어깨에 걸치며 말했다.

"아니, 슬슬 때가 되지 않았나 싶어서."

"무슨 헛소리를… 크윽!"

반박하던 이스카가 문득 고통에 찬 비명을 내뱉었다. 그의 왼쪽 팔목, 팔꿈치와 손목의 중간쯤 되는 부분의 갑옷이 마치 무언가에 베이기라도 한 듯 쩍 갈라지는 것이 떨어져 있는 로엔의 눈에도 분명히 들어왔다.

"크아아악—!"

"상처를 입지 않는다고 들었다."

처절한 이스카의 비명 사이로 제딘의 싸늘한 목소리가 모두의 귀에 똑똑히 들렸다. 어깨에 걸친 검을 다시 내려잡은 그는 검끝을 이스카에게 겨누며 비웃음을 던졌다.

"살이 베이고 뼈가 갈라지는 고통을, 과연 견딜 수 있을까?"

"네놈, 네놈, 네놈이— 크아악!"

무시무시하게 일그러진 얼굴로 이스카가 제딘을 노려보다 다시 비명을 터뜨렸다. 그 순간 갈라진 이스카의 갑옷 사이로 피가 터져 나왔다.

"각하께서 피를?!"

경악한 목소리로 미스트론이 외쳤다. 그 어떤 무기로도 출혈은커녕 피부에 생채기조차 낼 수 없었던 이스카에게 상처를 입혔다. 직접 눈으로 보고서도 믿을 수 없는 일이 지금 그들의 앞에서 벌어지고 있었다.

제딘은 웃었다. 왼손으로 피가 넘쳐흐르는 오른팔을 붙잡은 채 무서운 얼굴로 노려보는 이스카의 모습에도 그는 느긋하게 웃고 있었다.

"가장 먼저, 그 팔부터 받아가도록 하지."

"크아아악—!"

처절한 이스카의 비명이 전장에 울려 퍼졌다. 부러진 검을 쥔 그의 오른팔에 길게 새겨진 상처가 절단면이 되어 아랫부분이 바닥으로 떨어지고 있었다.

"전설은 오른팔과 함께 과거로 묻혀가는가."

제이 헌터가 그답지 않은 진지한 표정으로 말했다. 하지만 그것에 대해 신경 쓰는 사람은 아무도 없었다. 그들은 이미 300년 전설에 종지부를 찍는 새로운 전설을 만나고 있었으므로.

"믿을 수 없다, 믿을 수 없어!"

잘려 나간 자신의 오른팔을 보며 이스카가 절규했다. 팔의 절단면에서 쉴 새 없이 몰려오는 고통으로 그의 표정은 처참히 일그러져 있었다.

"믿을 수 없다니, 무엇이?"

"이런 일은 있을 수 없어—!"

제딘의 물음에 이스카가 절규했다. 그때 제딘의 뒤에서 목소리가 들렸다.

"흥, 있을 수 없는 일이 세계에 존재할 리가 있나."

싸늘한 목소리, 로엔이었다. 기사들의 숲을 제치고 로엔이 앞으로 나서자 제딘은 검을 까닥 움직이며 말했다.

"적이라고는 하나 기사다. 상대에 대한 예우를 갖춰라."

"예이, 예이."

건성으로 대답한 로엔은 차가운 얼굴로 이스카를 노려보며 말했다.

"언젠가 당신이 그랬지, 당신과 난 같다고."

"닥쳐라!"

"닥칠 쪽은 당신이야, '듀크 오브 소드 마스터'."

황금의 갑옷이 움찔 흔들렸다. 먼지가 쌓여 지저분한 얼굴 사이로 빛나는 한 쌍의 눈동자가 그를 노려보았기 때문이다.

"뭐가 있을 수 없다는 거지? 애초에 있을 수 없는 것으로 말하자면, 당신과 나 쪽이 훨씬 더 그렇다고 생각지 않아?"

"큭―!"

다시 한 번 이스카의 몸이 움찔했다. 로엔은 들고 있던 검을 꽂아 넣더니 한 발짝 앞으로 나서며 일갈했다.

"웃기지 마. 처음부터 악마의 저주로 힘을 얻어 여기까지 온 주제에 언제까지 자신이 무적이길 바라는 거야? 그거 알아? 당신은 사람이 아니고, 단지 300년간 이어진 시대의 망령일 뿐이라는걸."

"아니야! 아니야! 아니야아아!"

이스카는 듣기 싫다는 듯 크게 고개를 휘저었다. 그는 왼손으로 부러진 검을 주워 들었다. 일그러진 얼굴로 그렇게 증오하는 가문의 이 대를 노려보는 그의 눈은 벌겋게 핏발이 서 있었다.

"주제를 알아야 할 건 너희다! 신에게 혜택받은 주제에, 모든 걸 갖고 있는 주제에! 300년 전에도, 지금도 그렇다! 언제까지 내 앞을 가로막을 셈이냐, 너희 빌어먹을 가문은!"

제딘은 어깨를 으쓱하며 아들을 바라보았다. 로엔은 어깨를 으쓱하며 웃었다. 리스나르트의 현재와 미래는 미리 약속이라도 한 듯 오른손을 앞으로 내밀었다. 그리고 엄지를 들어올렸다.

"뭐든지라거나 모든 거라거나, 받은 기억이 없는데. 애초에 신을 본 적이 있어야 말이지."

"뭐, 천사와 악마를 봤으니 언젠가는 신도 볼 수 있겠죠."

제딘의 말에 로엔이 화답했다.

"그런 추상적인 것보다 좀 더 구체적인 이유가 있었지."

"당신을 가로막는 이유는 단 하나—"

제딘과 로엔은 위로 치커든 엄지를 아래로 내리며 동시에 말했다.

"단지 네가 싫어서일 뿐이다."

"크아아아아아아—!"

이스카는 끓어오르는 분노에 포효했다. 당장이라도 자신을 농락하는 저 두 놈을 찢어발기고 싶은 감정에 온몸이 들끓는 것을 주체할 수가 없었다. 그는 뒤로 물러나며 왼팔을 높이 들어올렸다.

"모든 세이레인 군에 고한다! 눈앞에 보이는 적은 한 놈도 남기지 말고 싸그리 쓸어버려라!"

그것을 신호로, 세이레인 군은 제7기사단을 향해 맹렬한 포위 공격을 개시했다.

"이것참, 치사한 방법을 쓰는걸?"

"그러게요."

이프론의 평에 제크리스가 동조한다는 듯 고개를 끄덕였다.

"자기가 못 이긴다고 숫자로 밀어붙이다니, 호랑이를 등에 업은 여우와 다를 게 뭐 있어?"

"그러게 말입니다. 그런데 호랑이를 등에 업은 여우는 또 뭐예요?"

처음 듣는 비유인 듯 제크리스가 물었다. 이프론은 신경 쓸 것 없다는 듯 손을 휘저으며 말했다.

"별 의미 없으니 대충 넘어가. 아무튼 어떻게 할지 모르겠군."

"도와줄 생각은 없는 거죠?"

"나중에 또 뭔 잔소릴 들으라고?"

"잔소리 한 번 안 들으려고 제자를 포기하는 겁니까?"

뚱한 표정으로 제크리스가 탄식했다. 하지만 그도 굳이 도와줄 생각은 없는 듯, 어디서 가져왔는지 껍질을 깐 땅콩을 한 움큼 입에 털어넣고 있었다.

길리언은 격전장을 사납게 노려보았다. 이미 짙게 깔린 어둠도 그에게는 아무런 방해가 되지 못했다. 아니, 누구에게라도 그럴 것이다. 저 멀리 피어오르는 전장의 흙먼지는, 어느 누구라 해도 쉽게 볼 수 있을 정도로 높이 피어오르고 있었으니까.

"오래 걸리는군요."

길리언이 초조한 목소리로 말했다.

"손 하나를 잃었군."

"누구입니까?"

"대공 쪽이다."

길리언은 자리에서 벌떡 일어났다. 왠지 모를 불안이 그의 온몸에 엄습했다. '듀크 오브 소드 마스터'를 잃을 수도 있다는 말은 이미 들었지만, 경고를 듣는 것과 현실을 아는 것은 엄연히 다른 법이다.

길리언은 이스카에 대한 믿음을 조금씩 갉아먹는 불안에 날카로운 목소리로 소리쳤다.

"밖에 누구 없는가?!"

"네!"

오른쪽의 휘장을 걷고 클라인시커 후작이 들어왔다. 길리언은 초조한 목소리로 명령을 내렸다.

"대공에게 전하라. 전군을 물린다! 병사들에게 휴식을 주고 내일 아침 다시 공격을 재개한다!"

"하지만 포위한 적 기사단만큼은 격멸하는 쪽이……."

클라인시커 후작의 간언에 길리언은 고개를 가로저었다.

"물려라. 토끼 하나를 잡으려다 더 큰 것을 잃는다면, 그거야말로 바보 같은 일이 아닌가."

"더 큰 것이라 하심은……?"

길리언은 대꾸하지 않았다. 클라인시커 후작은 의아한 표정을 지으면서도 군령을 전하기 위해 밖으로 나갔다.

"늦지 않기를 바랄 뿐이겠군."

그의 마음을 대변하듯 데이탄의 낮은 미성이 길리언의 귀를 간질였
다.

제딘은 다시 몰려오는 세이레인 군을 노려보았다. 악에 받친 이스카
의 목소리가 저 뒤에서 들려왔다.

"싸워라! 적은 오랜 전투로 지쳐 있다! 일당백, 일당천의 정예라도
지금은 한 마리 늙은 이리에 불과할 뿐이다! 돌격하라!"

"팔 하나를 잃어도 판단력은 그대로인가."

상대에 대한 솔직한 감탄을 내뱉으며 제딘은 검을 살짝 내려다보았
다. 검에 맺혀 있는 푸른색 오라가 조금 더 짙게 변해 있었다.

"뚫을 수 있을까요?"

로엔이 긴장한 얼굴로 물었다. 제딘은 아들의 머리를 한 번 쓰다듬
은 다음 여유있는 모습으로 한 걸음 앞으로 나섰다.

"내가 어떻게든 해보마."

"어떻게라니, 그런 무책임한 말이……!"

황당한 얼굴로 외치던 로엔이 말끝을 흐렸다. 어느새 앞으로 나아간
제딘의 등이 달려드는 세이레인 군을 가로막았기 때문이다. 고작 사람
한 명의 등일 뿐인데, 그 등은 너무나 크고 넓게 로엔의 눈에 다가들었
다.

개미 떼처럼 몰려오는 세이레인 군의 모습에 제딘이 눈을 가늘게 뜨
며 말했다.

"너에게 주는 마지막 가르침이다. 잘 보아라, 로엔"

로엔이 눈을 크게 떴다. 제딘의 말에 담겨 있는 감정이 무엇을 말하

고 있는지 깨달아서였다. 로엔은 황급히 몸을 앞으로 내밀어 달려가려 했다.

"아버……!"

로엔의 말은 끝까지 이어지지 못했다. 아까 보았던 무형의 권역, 옥죄어오는 무시무시한 죽음의 두려움에 온몸의 근육이 모두 경직되어 있었다.

뒤에서 들려오다 끊어진 외침에 제딘의 입가에 미소가 걸렸다. 그어떤 집착도 남아 있지 않은 부드러운 미소를 지은 제딘이 거센 기세를 일으키며 검을 높이 들어 올렸다.

"보아라, 이것이 리스나르트의 검이다!"

사자(獅子)의 포효와 함께 높이 솟아오른 검이 눈이 부실 듯 찬란히 빛났다. 바로 볼 수 없을 정도로 강렬한 푸른 빛에 팔을 들어 눈을 가리며 이스카가 당황한 듯 외쳤다.

"이게 무슨……!"

"길었던 전쟁에, 마침표를 찍어주겠다—!"

고함을 지르며 제딘이 높이 들어 올린 빛의 검을 사선으로 내리그었다.

파아앗—!

그 순간, 전장에 거대한 빛의 해일이 일어났다.

어느 누구라도 뚜렷하게 볼 수 있을 만큼 찬란한 푸른 빛에 데이탄의 얼굴이 창백하게 질렸다.

"빌어먹을!"

데이탄의 몸이 옆에 있는 길리언을 덮쳤다. 길리언의 허리를 양팔로 잡은 데이탄은 마법을 시전할 틈도 없이 다리를 박차고 크게 솟구쳤다. 그의 발 아래로 아슬아슬하게 빛의 해일이 스치고 지나갔다.

"조금만 늦었다면 허리부터 토막 날 뻔했군."

섬광이 스치고 지나간 발밑을 내려다보며 데이탄이 한숨을 내쉬었다. 그 역시 이번만은 여유를 찾을 수 없었는지, 이마에 식은땀이 맺혀 있는 것이 보였다.

느닷없이 붙들려 올라간 길리언은 아직 시야를 회복하지 못하고 있었다. 갑작스레 덮쳐 온 빛에 일시적으로 잃어버린 시력을 찾으려 눈을 누르고 있던 그는 데이탄이 그를 바닥에 내려놓자 비틀거리며 두 걸음 정도 물러났다.

"상황은… 어떻습니까?"

데이탄은 대답하지 않았다. 잠시 뜸을 들이며 주변을 둘러보던 그가 나직한 목소리로 길리언에게 말했다.

"아무래도, 직접 보는 것이 나을 것 같군."

길리언은 의아한 표정으로 목소리가 들려온 쪽을 바라보았다. 차츰 어슴푸레하게나마 사물의 윤곽이 보이기 시작했다. 그 윤곽이 점차 뚜렷해져 형체를 알아볼 수 있게 되었을 무렵, 길리언의 동공이 크게 확대되었다.

"마, 말도 안 돼—!"

로엔은 갑작스레 터진 빛무리에 놀란 얼굴로 그의 아버지를 바라보았다. 제딘은 크게 검을 휘두른 자세 그대로 멈춰 있었다. 그 손에 들린 검에 맺혀 있던 푸른 오라는 사라진 상태였다.

"…아버지?"

로엔이 엉거주춤 바닥에 손을 짚으며 제딘을 불렀다. 너무 놀란 나머지 자신이 뒤로 엉덩방아를 찧었다는 사실조차 모를 정도였다. 황급히 자신이 자빠져 있다는 사실을 깨닫고 일어나려는 로엔을 유스와 에바가 부축했다. 그녀들의 얼굴은 왜인지 창백하게 질려 있었다.

그때 그들의 앞에서 이스카가 크게 웃으며 외쳤다.

"뭔가! 무슨 대단한 짓을 하려는가 했더니, 이건 아무것도 아니지 않나!"

그러더니 그는 살기 어린 눈으로 제딘을 노려보며 이를 바드득 갈았다.

"잔수작은 이제 끝인 모양이로군, 제디스틴 리스나르트."

제딘은 조용히 앞으로 기울였던 상체를 세우며 피식 웃었다.

"지금 자신의 상태가 어떤지도 모르는 것을 보니 정말로 다 되었군, 블릭스 공작. 그래 가지고서야 영광된 듀크 오브 소드 마스터의 이름이 아깝겠어."

"뭐라고?!"

이스카는 서둘러 자신의 몸을 살펴보았다. 제딘은 그 모습을 보며 다시 피식 웃었고, 자신을 놀리는 거라 생각했는지 크게 분노한 이스카는 세이레인 군을 향해 외쳤다.

"죽여라! 저 빌어먹을 부자의 생에 마침표를 찍어줘라!"

몰려오는 빛에 놀라 진격을 멈췄던 세이레인 군은 이스카의 명령에 다시 돌진했다. 아니, 돌진하려 했다.

"크아악!"

느닷없이 한 세이레인 병사가 비명을 지르며 쓰러졌다. 적과 교전에 돌입하지 않은 상태에서 들려온 비명에 이스카가 황급히 고개를 돌렸다. 그것을 본 이스카의 눈이 크게 뜨였다.

"무슨—!"

쓰러진 병사의 허리가 반으로 나뉘어 있었다. 약간 비스듬하게 잘린 허리의 절단면에서 끊임없이 피가 흘러나오고 있었다. 그 모습을 본 이스카의 뇌리에, 문득 제딘의 목소리가 스치고 지나갔다.

"서, 설마—!"

황급히 제딘을 돌아보는 이스카의 외침을 끊기라도 하듯 또다시 비명이 터져 나왔다. 그것을 신호로 세이레인 군 곳곳에서 허리를 잘린 병사들이 피를 뿜으며 바닥에 쓰러졌다.

"으악—!"

"어, 어떻게 된 거야?!"

"기습인가? 적은 대체 어디에 있는 거야?!"

계속해서 쓰러지는 병사들의 모습에 세이레인 군은 일대 혼란에 빠졌다. 그 혼란을 더욱 가속하기라도 하듯, 병사들이 쓰러지는 속도가 점점 더 빨라지기 시작했다.

로엔은 아수라장으로 치닫는 세이레인 진영을 믿을 수 없다는 듯 바라보았다. 마치 약속이라도 한 듯 쉴 새 없이 피를 뿜으며 쓰러지는 세이레인 병사들의 모습은 괴이를 넘어 불가사의에 가까웠다.

"도대체 어떻게……."

[…시공단열참…….]

신음과 함께 흘러나오는 로엔의 목소리를 받은 것은 유스였다. 굳은 얼굴로 아비규환이 되어가는 세이레인 군 진영을 바라보던 유스는 로엔을 돌아보며 재차 설명을 이었다.

[차원을 넘어 시간의 흐름마저 가르는 창세신의 검, 에누마 · 일리쉬. 신들의 손으로도 이룰 수 없었던 검기가 설마 인간의 손에서 재현될 줄이야…….]

"신들도… 이룰 수 없었다고?"

로엔은 경악한 얼굴로 그의 앞에 선 제딘의 등을 바라보았다. 그 앞에서 당황함을 감추지 못하며 이스카 폰 블릭스가 제딘에게 노호성을 터뜨렸다.

"도대체, 도대체 무슨 짓을 한 거냐, 리스나르트!"

제딘은 웃었다.

"글쎄, 그것보다 자기 걱정부터 하는 편이 낫지 않을까?"

"무슨 소리를… 큭!"

코웃음 치던 이스카의 표정이 일그러졌다. 느닷없이 복부에서 고통이 느껴졌기 때문이다.

"네 팔을 잘라낸 검기다. 제아무리 불변의 육체를 자랑하는 너라지만 버틸 수 있을 리가 없지."

제딘의 말에 이스카가 참혹한 표정을 지었다. 불신과 경악이 뒤섞인 표정에 제딘은 더욱 짙은 미소를 지었다.

"자, 최후다. 듀크 오브 소드 마스터. 해묵다 못해 쉬어 빠진 망념과 함께 사라지는 게 좋아."

"이럴 순 없어! 이럴 순, 이럴 순 없다고―!"

이스카가 비명을 지르는 순간, 그를 감싼 황금의 갑옷이 자로 잰 듯 반듯하게 갈라져 나갔다. 벌어진 갑옷 사이로 드러난 것은 갑옷과 똑같이 그어진 붉은 선, 거기에서 점점이 피가 배어 나오고 있었다.

"크아아아아아아아아ー!"

끔찍한 고통에 이스카가 쉴 새 없이 울부짖었다. 냉엄한 표정으로 잠시 그 모습을 바라보던 제딘이 망토를 휘날리며 돌아섰다.

그때였다.

촤아악ー

이스카의 몸을 둘러싸듯 피분수가 터져 나왔다. 그와 함께 이스카의 몸이 천천히 바닥으로 가라앉았다.

"끄으… 으……."

이스카의 동공은 풀려 있었다. 저 하늘 너머의 무언가를 붙잡기라도 하듯 오른손을 내뻗던 이스카는 미처 그 무언가를 붙잡기도 전에 앞으로 풀썩 쓰러져 버리고 말았다.

이스카 폰 블릭스, 300년간 대륙 최강으로 군림하던 검호의 마지막이었다.

전장은 고요했다. 어느 누구도 입을 여는 사람이 없었다. 제7기사단은 상상조차 할 수 없었던 엄청난 광경에 할 말을 잃었고, 세이레인 군 추격대는 할 말이 있다 해도 모두 사망한 상태라 말을 할 수가 없었다.

완전히 어두워진 예렌 평원을 스산한 바람이 스치고 지나갔다. 수만의 세이레인 군이 처참하게 죽어 널브러진 평원을 보던 누군가의 입에서 떨리는 목소리가 흘러나왔다.

"블릭스 대공이……."

그게 시작이었다.

"듀크 오브 소드 마스터가 죽었다―!"

삽시간에 환호가 터져 나왔다. 대륙 최강의 검사 이스카 폰 블릭스와 그 뒤를 따라 추격해 오던 세이레인 군의 몰살은 단순히 제7기사단의 생존 이상의 의미를 갖고 있었다. 거기다 그것을 자신들이 믿고 따르던 사령관, 제디스틴 리스나르트가 이뤄냈다는 것이 그들의 기쁨을 한층 더 배가시키고 있었다.

"아버지―!"

로엔이 걸어오는 제딘에게 달려갔다. 하지만 제딘은 손을 뻗어 더 이상 로엔이 다가오지 못하게 막았다.

"아버지?"

로엔이 의아한 표정으로 제딘을 바라보았다. 딱딱하게 굳어 있는 제딘의 모습에 로엔의 표정이 변했다.

"우웩―!"

제딘의 몸이 무너졌다. 한쪽 무릎을 꿇은 채 검붉은 피를 토해내며, 제딘은 사시나무 떨 듯 온몸을 떨었다.

"마스터!"

"아버지!"

난데없는 상황에 놀란 로엔과 제이가 제딘에게로 달려왔다. 그때, 제딘의 고함이 그들의 걸음을 붙잡았다.

"무엇을 하고 있나!"

"…네?"

“무엇을 하고 있냐고 물었다! 후방은 막았지만 아군은 아직 반포위 상태다! 즉시 카시나로의 퇴로를 뚫지 않고 뭘 하고 있는 건가!”

로엔과 제이는 서로를 바라보았다. 어느 쪽에 우선을 둬야 할지 고민하는 눈치였다. 그때 다시 제딘의 호통이 터져 나왔다.

“가라! 지금까지의 노력을 모두 허사로 만들 셈이냐!”

“예… 옛!”

로엔과 제이는 움찔하더니 기사단의 선두 쪽으로 달려갔다. 그 모습을 잠시 바라보던 제딘은 고개를 꺾으며 다시금 시커멓게 죽은 피를 토해냈다.

“컥— 웹—!”

“마스터! 괜찮습니까?!”

아직 남아 있던 크레시가 달려와 제딘을 부축했다. 제딘의 얼굴은 방금 전 저 무서운 대륙의 검호, 듀크 오브 소드 마스터를 쓰러뜨린 사람이라고는 생각할 수 없을 정도로 수척해져 있었다.

“아아… 괜찮네, 아직은.”

크레시의 표정이 침중하게 굳었다. 굳이 ‘아직은’ 이라고 단서를 단 제딘의 심중을 파악할 수 있었기 때문이다.

“설마… 알면서도 사용하신 것입니까?”

부축을 받아 일어나면서 제딘이 엷게 웃었다.

“구세대의… 잔재는 사라져야지. 지금부터는 새로운… 패기있는 녀석들이 끌어갈 시대가 열릴 테니까.”

“그렇습니까. 상세가 위중하신 듯하니 말씀을 멈추시는 게 좋겠습니다.”

"그러지. 꼴사납게 업혀 가지만 않게 해주게."

제딘의 목소리는 담담했지만 떨리고 있었다. 그것을 느낀 크레시는 황급히 제딘을 부축해 앞으로 나아갔다.

제국군 제7기사단은 파죽지세로 세이레인 군의 포위망을 뚫어나갔다. 그들에게 신앙과 다름없던 듀크 오브 소드 마스터 이스카 폰 블릭스가 쓰러진 시점에서 세이레인 군에게 전투 의지란 남아 있지 않았다. 그저 망연자실, 제7기사단의 돌격에 토끼 몰이하듯 밀려날 뿐이었다.

상황의 변화를 감지한 카시나 요새 내에서도 이에 호응해, 제7기사단은 가까스로 요새로 퇴각해 휴식을 취할 수 있게 되었다.

"비록 퇴각에는 성공했다지만 타격이 엄청나군요, 이거."

모든 병사가 휴식을 취할 때에도 간부들은 휴식을 취할 수 없었다. 각 부대의 피해 상황을 체크한 그린은 한숨을 쉬면서 죽은 듯 긴 소파에 엎어져 있는 제7기사단의 지휘부에게 말했다.

"기사단 병력 절반의 괴멸이라… 이 손실을 어떻게 보충할까를 생각하려면 말 그대로 골치가 빠개지겠군요."

"지, 지금은 아무것도 생각하고 싶지 않아……."

"…동감……."

이례적으로 가이에가 제이의 말에 동의했다. 하지만 그것을 신경 쓸 여력조차 지금 그들에게는 남아 있지 않았다. 그나마 상태가 양호한 크레시가 축 늘어진 시선을 그린에게 향하며 물을 뿐이었다.

"로엔 군은?"

"사령관 각하께 갔습니다."

"그런가."

크레시는 눈을 감으며 대꾸했다. 그가 요새에 들어오기 전까지 부축해 온 그의 마스터는 얼핏 보기에도 정상적인 상태는 아니었다. 무엇보다 퇴각하며 몇 번이나 더 검붉은 피를 토해낸 것이다. 물먹은 솜처럼 피곤한 상태지만, 로엔은 몸의 휴식보다 위중한 부친의 상세가 더 중요했으리라.

그 역시 걱정되는 것은 마찬가지였다. 하지만 걱정만으로 되는 것은 아무것도 없었다. 걱정할 시간 동안 차라리 충분한 휴식을 취해 다음 전투에 대비하는 것이 더 도움이 되리라.

기본적으로 신을 믿지 않는 그였지만, 잠에 빠지기 전 처음으로 신에게 기도했다. 부디 그의 마스터가 쾌유할 수 있기를 간절한 마음으로 빌며, 크레시는 묵직한 피로감이 이끄는 대로 잠에 빠져들었다.

크레시의 기원과는 달리 제딘의 상태는 심각했다. 이프론이 자신이 아는 모든 회복계 마법을 쏟아 부었지만, 토라 제국군 모두가 경애하는 마스터의 상세는 조금도 호전될 기미를 보이지 않았다.

"쿨럭, 커억─!"

"아버지!"

다시금 죽은 피를 토해내는 제딘의 모습에 로엔이 비명을 질렀다. 쉴 새 없이 기침하며 피를 토해내는 제딘을 붙잡은 채로 로엔이 이프론을 간절한 표정으로 올려다보았다.

"무슨 방법이 없는 겁니까!"

"……."

이프론은 씁쓸한 표정으로 고개를 돌려 로엔의 시선을 외면했다.

"내가 할 수 있는 모든 방법을 다 썼지만 무리였다. 인간의 몸으로 신의 영역, 아니, 그 위에 존재하는 힘을 무리하게 꺼내 쓴 반작용이라 나로서도 어떻게 방법이 없구나."

쓰게 말하는 이프론의 목소리에 로엔의 이가 빠드득 갈렸다.

"이 엉터리! 그러고도 당신이 우주 최고의 마법사야?!"

"로엔!"

퍼억—

벽까지 날려간 로엔의 몸이 형편없이 바닥을 뒹굴었다. 그를 날려 보낸 장본인, 제크리스가 분노한 얼굴로 로엔을 내려다보며 일갈했다.

"지금까지 무엇을 보았나! 이프론이 원해서 내버려 두고 있는 거라고 생각하는 거냐?! 정신 차려라, 로엔 리스나르트!"

고개를 든 로엔이 일그러진 표정으로 제크리스를 노려보았다. 그 모습에 제크리스가 로엔에게 한 대 더 먹여주려는 찰나, 이프론이 나서 그를 제지했다.

"됐다. 가족의 일인데 그럴 수도 있지. 나라도 그랬을… 아니, 나도 그랬었으니까."

"이프론……."

제크리스가 이프론을 바라보았다. 그 눈동자에 담긴 슬픔과 연민을 읽었는지, 이프론은 눈을 한차례 감았다 뜬 다음 말을 이었다.

"뭐, 이제는 먼 옛날의 일이니까 신경 쓸 필요는 없어. 그것보다……."

이프론이 간신히 각혈이 진정된 듯한 제딘을 바라보았다. 시선을 느겼는지 제딘은 힘없이 이프론을 올려다보며 말했다.

"꼴사나운 모습을 보여드리는군요."

"알긴 아는구나."

죽음을 목전에 두고도 아직 여유가 남아 있는 제딘의 목소리에 이프론은 혀를 찼다. 지금 제딘의 상태는 언제 죽어도 이상하지 않을 정도였다. 에누마·일리쉬를 사용할 때부터 시작된 내부의 붕괴는, 이제 몸 전체로 퍼져 가고 있었다.

제딘이 입가에 미미한 웃음을 띠며 말했다.

"짧지 않은 인생, 재미있게 살아왔다 생각하고 있습니다. 하나 이루지 못해 아쉬운 것은 있습니다만, 그건 나를 이어갈 젊은이들에게 숙제로 남겨놓을까 합니다."

"……."

담담한 제딘의 말에 방 안의 모두가 침묵했다. 그는 언제나 그랬다. 항상 여유있는 모습으로, 자신보다 타인을 생각하는 기사의 표본 같은 남자. 비록 어디에도 소속되지 않은 프리 나이트였지만 대륙의 모든 기사에게 존경받은 남자가, 이제 그 인생의 끝을 향해 달려가고 있었다.

"스승님."

이프론이 제딘을 바라보았다. 어서 말해보라는 듯 재촉하는 시선에 제딘은 쓴웃음을 지으며 아들을 바라보았다.

"많이 부족한 녀석입니다. 스승님께서 돌봐주신다면 안심하고 눈을… 감을 수 있을 것 같습니다."

"아버지?"

망연자실한 표정으로 로엔이 제딘을 바라보았다. 제딘을 따라 함께 로엔을 바라보던 이프론은 잠시 후 고개를 끄덕였다.

"그러지. 내가 살아 있는 동안만은 그러도록 하마."

"고맙… 습니다… 커억—!"

"아버지!"

또다시 하얀 시트를 붉게 물들이며 피를 토해내는 제딘의 모습에 로엔이 비명을 질렀다.

한참을 고통스럽게 피를 토해내던 제딘은 굳은 얼굴로 자신의 옆에 서 있던 로빈 하이워커에게로 고개를 돌렸다.

"뒤를 부탁한다. 반, 드시… 승리… 를……."

헐떡이며 말을 이어가던 제딘의 목소리가 끊겼다. 그것이 토라 제국군 총사령관 제디스틴 리스나르트의 죽음이라고 방 안에 있는 사람들이 깨닫는 순간, 로엔의 절규가 하늘을 찌르듯 울려 퍼졌다.

"아버지—!"

세이레인력 1442년 2월 25일 새벽, 대륙 최강의 기사 중 하나로 추앙받으며 토라 재건의 주역을 담당했던 제디스틴 리스나르트는 요새 카시나의 병실에서 죽음을 맞았다. 그의 나이 51세였다.

2월 24일에 있었던 제2차 카시나 공방전은 양측에 막대한 피해를 입히며 종결되었다. 토라 군의 피해는 전사자 7만 6,700여 명, 부상자 5만 4,200여 명이었고, 세이레인 군은 전사자 16만 3,000여 명, 부상자 1만 3,800여 명의 전력 손실을 당했다.

거기에 양측은 단순 수치만으로 환산할 수 없는 막대한 피해를 추가로 입었다. 우선 토라 군은 용장으로 이름 높던 제2기사단장 헥터 폰 스트라우스와 4기사단장 맥마흔 이레이아가 전사하는 뼈아픈 피해를 당해야 했다. 특히 그들의 정신적 지주나 다름없던 제디스틴 리스나르트가 이번 전투의 결과로 사망한 것은 치명적인 타격이었다.

세이레인의 피해는 더욱 막심했다. 새로 임명되었던 '일곱 별'이 이번 싸움에서 모두 목숨을 잃었고, 300년간 세이레인의 수호신으로 군림해 오던 대륙 최강의 기사이자 '듀크 오브 소드 마스터' 이스카 폰 블릭스 공작이 전사했다. 그 외에도 세이레인은 군의 사기가 완전히 꺾이는 등 눈에 보이지 않는 피해는 이루 말할 수 없을 정도였다. 제디스틴 리스나르트가 쏘아낸 빛의 해일, 에누마·일리쉬의 일격에 수만의 병사가 일거에 괴멸당하는 것을 본 세이레인 군의 사기는 눈 뜨고 볼 수 없을 정도로 처참하게 꺾여 있었다.

더 이상 전투를 수행할 수 없다고 판단한 세이레인의 크루세이더 카이레인 폰 클라인시커 후작은 길리언에게 건의, 서서히 예렌 평원에서 물러나면서 본토에 견고한 방어선을 구축하는 것으로 전략을 바꿨다. 이에 토라 재건군은 라비니어스와 연계해 세이레인 본토에 대한 공략전을 결의, 4개 기사단 20만으로 재편된 병력이 케이오스 협곡을 넘어 세이레인으로 진격해 들어갔다.

Final Strike

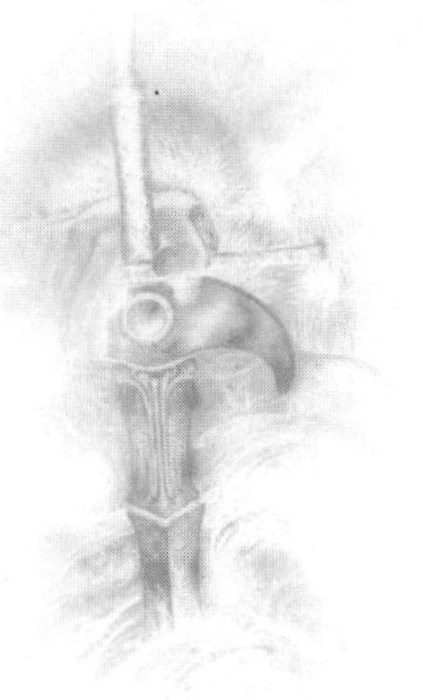

세이레인력 1442년 4월 25일, 토라 제국군은 세이레인의 수도 세톤이 시야에 보이는 곳까지 진격했다. 케이오스 협곡을 넘은 지 딱 20일 만의 일이었다.

듀크 오브 소드 마스터의 전사로 사기가 바닥을 치고 있는 세이레인군은 그야말로 추풍낙엽처럼 토라 군에 쓸려 나갔다. 토라 제국군의 진격 소식에 크루세이더 카이레인 폰 클라인시커 후작이 케이오스 협곡 입구의 요새 미르바라에 병력을 집결해 막아내려 했지만, 노도처럼 밀려드는 토라 군의 파상 공세를 견뎌내지 못하고 결국 세톤으로 퇴각하고 말았다.

세이레인 서부 전선 역시 상황은 비슷했다. 압둘 무하드의 지휘 하에 글루디오 방어선을 돌파한 라비니어스 군은 파죽지세로 진격, 토라 제국군과 합류해 세이레인의 수도 세톤을 포위하는 데 성공했다.

세이레인의 수도 세톤까지 약 10㎞의 간격을 두고 진을 친 토라 군 진영에는 고요함이 감돌고 있었다. 그 중심에 위치한 토라 제국군 진영에서는 지금 군략 회의가 한창이었다.

"망설일 이유는 없습니다. 준비가 끝나는 대로 세톤을 들이치면 그만 아닙니까?"

제1기사단장 로빈 하이워커의 말이었다.

듀크 오브 소드 마스터 이스카 폰 블릭스의 죽음이 세이레인 군 전체에 막대한 파국을 몰고 온 것과는 달리, 토라 군 총사령관 제디스틴 리스나르트의 죽음은 토라 군의 사기에 그렇게 큰 영향을 미치지 못했다. 적의 손에 패배해 죽음을 맞은 것이 아니라는 점도 한몫했던 데다, 마지막 전투에서 이스카를 쓰러뜨린 당당한 모습이 병사들에게 강렬하게 각인되었기 때문이다. 오히려 토라 군은 적을 그들의 마스터를 죽음으로 몰아넣은 근본적인 원인으로 규정하고 투지를 불태우고 있는 중이었다.

제딘의 뒤를 이어 제국군 총사령관에 오른 프라이슨 에션트는 고개를 끄덕였다. 망설일 이유는 없었다. 이 전쟁은 모든 것의 시발점이었던 세이레인을 단죄하는 전쟁이기도 했지만, 한편으로 한 달 전 죽음을 맞은 마스터의 복수전이기도 했다. 그 결과가 어떻든 전력을 다해 적의 수괴, 철혈황제 길리언 아스나드 폰 미드가르드 네오토라를 쓰러뜨리면 될 뿐이었다.

프란의 시선이 회의용 탁자 한 켠에 앉아 냉정하게 상황을 지켜보는 로엔에게 향했다. 충격이 클 것이란 예상과는 달리 로엔은 그의 임무를 문제없이 수행하고 있었다.

"제7기사단장 로엔 리스나르트, 선봉을 맡긴다. 목표는 수도의 함락과 적의 격멸이다. 마음껏 날뛰도록."

"네."

간단히 대답한 로엔은 다시 서류로 눈을 돌렸다. 오히려 저 냉정한 모습이 충격을 숨기려는 발악 같은 게 아닐까라고 혀를 차며 프란은 다시 회의로 정신을 돌렸다.

"전략도, 전술도 필요하지 않을 것입니다. 이번 총공세가 적의 최후가 될 수 있도록, 제장들은 최선을 다해주기 바랍니다."

"네!"

바야흐로 개전의 시간이 다가오고 있었다.

조용히 전의를 불태우는 토라 군 진영과는 달리 세이레인 군영은 엉망이 되어 있었다. 연이은 패전에 병사들의 사기는 땅에 떨어져 있었고, 패전 후 여기저기서 긁어모은 병사들이라 훈련 상태도 좋지 못했다. 하지만 가장 큰 문제는, 역시 제2차 카시나 공방전에서 잃은 수많은 장수들의 자리를 메울 인재의 부족이었다.

"적이 공세를 준비하고 있습니다."

"알겠다. 계속 적진을 관찰해 변화가 생기면 보고하라."

"네, 각하."

전령이 빠져나가자 크루세이더, 카이레인 폰 클라인시커 후작은 크게 한숨을 쉬었다. 그가 자라 충성을 다해온 나라가 황혼을 넘어 역사의 저편으로 저물어가고 있었다. 최후를 맞이하는 국가의 마지막 사령관이란 자리는, 역시 지휘관에게 있어 매력적이라 하긴 힘들었다.

그의 책상 위에는 서류가 어지럽게 흩어져 있었다. 그것을 보며 클라인시커 후작은 다시금 긴 한숨을 쉬었다. 밤새 검토해 봤지만, 어떻게 해도 세이레인 군의 승산은 오 퍼센트 미만이었다. 농성전으로 끌고 가는 방법도 생각해 봤지만, 그것도 병사들의 사기가 어느 정도 살아 있고, 적의 태세에 능동적으로 대응할 수 있는 지휘관이 있을 때의 이야기다. 지금의 세이레인 군에는 적의 허를 찌를 수 있는 전략가도, 병사들과 함께 적을 막아낼 수 있는 유능한 지휘관도 없었다. 총체적인 난국, 현재 세이레인 군의 상태를 나타내는 가장 적절한 표현이었다.

클라인시커 후작은 자리에서 일어나 걸음을 옮겼다. 그의 현재 심정을 대변이라도 하듯 복도에 울리는 걸음 소리는 무겁기 그지없었다.

끝나지 않을 것 같던 무거운 걸음이 멈춘 곳은 작은 방이었다. 문을 지키고 있는 병사들이 그를 알아보고 군례를 올리자, 클라인시커 후작은 우울한 목소리로 병사에게 물었다.

"전하의 상태는 어떤가?"

"그게……."

병사는 우물쭈물하며 대답하지 못했다. 몇 번째인지 모를 긴 한숨을 쉰 클라인시커 후작은 손을 내저으며 말했다.

"알았다. 문을 열도록."

"알겠습니다."

황실에서 사용하는 고급 재질의 문답게 삐걱거리는 소리 하나 내지 않고 문이 열렸다. 문이 완전히 열리기도 전에 안으로 들어선 클라인시커 후작은 순간 코를 찌르는 알콜 향에 눈살을 찌푸렸다.

"전하, 클라인시커 후작입니다."

"……."

작은 방 중앙에 놓인 탁자 옆에 두 남자가 있었다. 한 명은 길리언 아스나드 폰 미드가르드 네오토라, 나머지 한 명은 데이탄 헬마스터였다.

길리언은 잔뜩 취해 있었다. 탁자 위와 바닥에 어지럽게 흩어져 있는 술병이 그가 마신 술의 양을 말해주고 있었다.

반면에 데이탄은 평소와 다름없는 모습이었다. 탁자에 반쯤 기대고 있는 길리언의 뒤에 조용히 선 채 그저 내려다보고 있을 뿐이었다. 어떤 감정도 섞이지 않은 차가운 시선에 클라인시커 후작은 처음으로 그에게 오싹함을 느꼈지만, 애써 그 기분을 떨쳐 내며 길리언에게 다가갔다.

"전하, 몸을 추스리지 않으시면……."

"시끄럽다—!"

순간 길리언이 버럭 소리 지르며 클라인시커 후작을 뿌리쳤다. 갑작스레 터져 나온 격렬한 감정의 탁류에 클라인시커 후작은 당황해하며 길리언을 바라보았다.

부들부들 떨리는 몸, 휘청이는 다리로 천천히 일어선 길리언이 클라인시커 후작을 노려보았다. 그 시선을 정면으로 마주한 순간, 클라인시커 후작은 그만 할 말을 잃고 말았다.

"다 끝났어, 다 끝났다고! 그 저주받을 리스나르트의 손에 대공까지 돌아가셨다! 이제 내가 무엇을 할 수 있단 말이냐!"

　분노와 절망을 담은 절규를 길리언이 토해냈다. 클라인시커 후작이 그 모습을 망연히 바라보고 있는데, 길리언은 피식 웃더니 중얼거렸다.

　"그들이 변수가 될 거라는 건 처음부터 알고 있었다. 그래서 손에 넣으려 했는데 왜! 왜! 왜 내 손에는 들어오지 않는 것이냐, 빌어먹을 리스나르트!"

　이글이글 타오르는 눈동자에 클라인시커 후작이 움찔했다. 순수한 분노만을 담은 그 시선에, 클라인시커 후작은 그가 충성하는 철혈의 황제(皇帝)가 왜 저렇게까지 무너진 모습을 보였는지 깨달을 수 있었다.

　길리언은 분노하고 있었던 것이다. 처음부터 끝까지 하나도 그의 마음대로 되지 않는 제디스틴 리스나르트와 로엔 리스나르트 부자에게. 하지만 그 분노를 해소할 길은 보이지 않고, 끊임없이 쌓인 갈 곳 없는 분노가 이런 식으로 표출된 것이다.

　술에 절어 반쯤 광인이 되어 있는 길리언의 모습을 보며 클라인시커 후작은 깨달았다. 더 이상 거기에 그가 충성하던 길리언 아스나드 폰 미드가르드 네오토라는 없었다. 무너지는 세이레인을 받칠 수 있던 마지막 희망이 함께 사라지는 것을 느끼며, 클라인시커 후작은 엄습하는 절망감을 애써 견뎌내야 했다.

　고개를 숙인 채 끊임없이 '빌어먹을…' 이라 중얼거리는 길리언의 모습을 측은한 표정으로 바라보던 클라인시커 후작은 인사도 남기지 않은 채 뒤돌아 방을 빠져나갔다.

　길리언은 상관하지 않았다. 어차피 그에게 남은 것은 아무것도 없었다. 신경질적인 동작으로 새 술병의 마개를 뜯는데, 문득 들려온 나지막한 목소리가 그의 귀를 번쩍 틔웠다.

“복수하고 싶은가?”

길리언의 고개가 휙 돌아갔다. 이간의 대공, 데이탄 헬마스터가 그를 바라보고 있었다. 덮어쓴 후드에 가려 표정은 잘 보이지 않았지만, 유일하게 보이는 그의 입가엔 진한 미소가 걸려 있었다.

그 입이 다시 목소리를 흘러냈다.

“리스나르트에게, 복수하고 싶은가?”

술에 절어 초췌해진 길리언의 얼굴에서 눈만이 번득 빛났다. 그 모습이 매우 마음에 드는 듯, 데이탄이 한 걸음 길리언에게 다가가며 말했다.

“소망한다면, 복수할 수 있는 힘을 주겠다. 대답은?”

“킥킥킥……..”

느닷없이 길리언이 웃기 시작했다. 뭐가 우스운 건지 견딜 수 없다는 듯 킥킥대던 길리언의 웃음은, 곧 광소로 변해 작은 방을 가득 채웠다.

“크하하하하하하하하—!”

길리언은 한참을 웃어 젖혔다. 웃음을 그친 길리언은 언제 술에 절어 있었냐는 듯 데이탄을 노려보며 말했다.

“그거 알아? 이젠 당신을 믿을 수 없다는걸.”

“그런 건 아무 상관 없을 것이다. 내가 원하는 대답은 하나, 복수하고 싶은가, 그것뿐이다.”

“그래, 그랬었지. 큭큭…….”

다시 낮게 웃음을 터뜨리던 길리언이 대답했다. 그의 눈동자는 바라보는 모든 것을 불태워 버리기라도 하겠다는 듯 강렬하게 타오르고 있었다.

"굳이 대답할 필요가 있는가? 이미 모든 게 끝난 상황, 화려하게 난동을 부려보는 것도 괜찮겠지."

그 순간 데이탄의 몸에서 보라색 오라가 피어올랐다. 심연에서 흘러나오는 듯한 목소리가 후드 아래에서 흘러나왔다.

『계약은 성립했다—』

강풍이 불어오기라도 하듯 데이탄의 후드가 펄럭였다. 그 아래 드러난 데이탄의 눈은 푸른 섬광을 찬란히 빛내고 있었다.

세이레인력 1442년 4월 25일 낮, 토라—라비니어스 연합군은 세이레인의 수도 세톤에 대한 공격을 시작했다. 로엔 리스나르트가 이끄는 제7기사단을 선봉으로 내세운 연합군은 성의 4면을 포위하고 격렬한 공세를 펼쳤다.

쿵!

맹렬히 달려온 토라 군의 충차가 성벽에 격돌했다. 성벽이 안쪽으로 휘청하고 빗장이 삐걱거리며 비명을 질렀다. 그것을 보며 성벽 위에서 클라인시커 후작이 병사들을 독려했다.

"성문 앞에 바리케이드를 쳐라! 사다리를 타고 오르는 적에게는 끓는 기름을 붓고 돌을 던져라! 무슨 수를 써서라도 적이 성내로 진입하는 것을 저지하라!"

세이레인의 저항은 예상 외로 격렬했다. 이번 전투가 최후라는 예감이라도 작용한 듯 세이레인 군은 악착같이 토라 군의 공세에 저항하고 있었다. 선봉군 후방에서 이를 지켜보던 로엔이 냉정한 목소리로 명령했다.

"마술사단, 준비!"

"오케이! 모든 마술사 준비, 성문을 타깃으로!"

카렌 미하이언을 필두로 한 마술사단이 일제히 캐스팅을 시작했다.

"파이어 · 배니싱 익스플로전(Banishing Explosion)!"

수십 발의 마법이 화려하게 날아가 성문을 두들겼다. '마법의 아버지' 아스나트 이프론의 손에 의해 한층 업그레이드된 제7기사단 마법사단은 모든 화력을 한 점에 집중하는 방법으로 마법의 효율을 극대화시켰다.

콰아아앙!

단일 마법으로도 강력한 화력을 갖춘 배니싱 익스플로전의 십자 포화에 견디지 못하고 세톤 외성의 북문이 터져 나갔다. 그것을 본 제이 헌터가 활력 넘치는 목소리로 자신이 지휘하는 부대를 향해 외쳤다.

"성문을 뚫었다! 성벽 등반 따위 쓸데없는 짓 하기 싫은 놈은 나를 따르라!"

"옛써—!"

유쾌한 복창이 제이의 외침을 이었다. 성문이 뚫리기가 무섭게 맹렬한 기세로 돌진한 제7기사단 제2분대는 세이레인 군이 미처 바리케이드를 칠 틈조차 주지 않고 폭풍처럼 세이레인 군을 몰아붙였다.

"북문이 뚫렸다! 2군단은 전력을 다해 외성 진입을 저지하라!"

최대한 침착함을 유지하려 노력하며 목이 터져라 클라인시커 후작이 외쳤다. 하지만 유능한 지휘관이 남아 있지 않은 세이레인 군은 어찌할 바를 모른 채 갈팡질팡하고 있었다. 제이 헌터의 분대에 이어 가이에 인디스트로가 이끄는 제3분대까지 아무 저항 없이 진입하는 것을 보며, 클라인시커 후작은 절망에 찬 표정으로 이렇게 외칠 수밖에 없었다.

"외성 방어를 포기한다! 각 군단은 각개 전투에 돌입, 시가전으로 진입하는 적을 격파하라!"

한편, 로엔은 북문을 돌파한 제7기사단이 순조롭게 외성으로 진입하는 것을 보며 본대를 끌고 안으로 진격할 채비를 갖추고 있었다. 그때 로엔을 호위하듯 옆에 서 있던 에바가 움찔했다.

"…무슨 일 있어?"

[아, 네. 갑자기 저곳에서 매우 강력한 사기(邪氣)가 피어오르는 것 같아서…….]

에바가 가리키는 곳은 세이레인의 수도 세톤의 중심부였다. 로엔은 에바가 가리키는 곳을 바라보았지만, 평범한 인간에 불과한 로엔에게 사기가 보일 리 없었다. 그곳에 무엇이 있었는지 떠올리려 로엔이 머리를 짚고 있는데, 로엔 옆의 공간이 일그러지더니 이프론과 제크리스가 튀어나왔다.

"로엔!"

이프론의 목소리엔 다급함이 배어 있었다. 그가 이렇게 당황하는 모습을 본 적이 없었던 로엔은 의아한 표정으로 그에게 물었다.

"무슨 일입니까?"

"서둘러야 한다! 데이탄이 왜 세이레인을 돕고 있었나 했더니, 이런 수작을 부리기 위해서였다니—!"

이프론은 분명히 허둥대고 있었다. 일단 그를 진정시킬 필요를 느낀 로엔이 침착한 목소리로 이프론에게 말했다.

"그렇게 말해봐야 제가 알 리가 없지 않습니까. 진정하고 무슨 일인지 말씀해 주세요."

로엔의 물음에 이프론 대신 제크리스가 앞으로 나서며 대꾸했다.

"데이탄은 전장에서 억울하게 죽어간 망자의 혼을 모으고 있었던 거다. 그것을 힘으로 바꿔 스스로를 강력하게 만들기 위해."

"뭐라고요—?!"

로엔에게서 신음 섞인 외침이 터져 나왔다.

지금은 신체의 제약 때문에 마법을 구사하지 못하는 로엔이지만, 한때는 잘나가던 마검사였던 만큼 지금 제크리스가 하는 말을 이해 못할 리가 없었다.

지-수-화-풍-전-광-암-공-무로 나뉘는 마법의 속성 중 암계, 혹은 마계 마법은 인간의 어두운 면을 다루는 마법이다. 그들이 다루는 것은 마이너스 에너지로, 인간이 발산하는 공포, 분노, 우울, 절망 등 감정의 폭발적 변화에서 나오는 에테르 전위차를 이용한 마법은 그들이 장기로 여기는 분야이기도 했다. 그런 그들이 최고로 치는 것은 바로 원한이었다. 마이너스 에너지를 복합적으로 품고 있는 원한의 감정은 다루기 어렵지만, 그만큼 강력한 에테르를 발산하곤 했다. 거기에 그 자체로도 고순도의 마력을 포함하고 있다 알려진 인간의 혼이 원한을 품고 있다면, 그 효용도는 이루 말할 수 없을 터였다.

로엔은 그걸 깨달아 놀라고 있는 것이다. 지금까지 보고 들었던 그의 행동이, 퍼즐을 맞추듯 하나로 완벽하게 끼워 맞춰지고 있었다. 레너스에서, 세톤에서, 라비니어스에서, 그리고 카시나에서 있었던 그의 행동은 모두―

"이 전쟁을 일으켜, 최대한 길게 끌기 위해서―!"

비명처럼 외친 로엔은 지금 여유를 부릴 때가 아니라는 것을 깨달았다. 만약 그의 예상대로 몇 년 전부터 시작된 레트니아 대륙 전쟁이 모두 그의 의도 하에 흘러갔던 거라면, 아마 모인 원혼의 양은 상상을 초월할 것이다. 당장 제2차 카시나 공방전에서만 20만이 넘는 병사가 목숨을 잃었던 것이다.

로엔은 황급히 이프론에게 물었다.

"지금 상황은 어떻습니까?"

"모르겠다. 세톤 중심, 세이레인 왕궁에서 느껴지는 사악한 기운은 어디까지 치솟을지 짐작조차 가지 않는다. 나와 제크리스가 나선다 해도 감당할 수 있을지……."

이프론이 말끝을 흐리자 로엔은 이를 악물었다.

"제가 어떻게 하면 좋겠습니까?"

그 말에 제크리스가 대답했다.

"아마 데이탄의 마법력은 상상을 초월할 만큼 성장했을 것이다. 수십만의 원혼을 모두 에테르로 흡수한 상태라면 대마신 레이가르에 필적하는 힘을 갖췄을 터, 나와 이프론이 달려든다 해도 당해낼 수 없다."

로엔의 표정이 더욱 심각해졌다. 이미 인간을 초월한 이프론과 인간과는 비교하는 자체가 실례인 투천사 제크리스 둘로서도 상대할 수 없다면 결과는 불 보듯 뻔했다. 이미 그 힘이 대마신에 필적한다는 존재를 무슨 수로 쓰러뜨린단 말인가. 암담함을 느끼며 로엔이 다시 한 번

이를 악무는데, 이프론이 그의 어깨에 손을 올리며 말했다.

"하지만 너라면 이야기가 다르다."

"네?"

무슨 말이냐는 듯 로엔이 이프론을 바라보았다. 하지만 그 시선은 '내가 어떻게' 라기보단 '무슨 방법이 있는가' 쪽에 가까웠다.

"비록 힘이 대마신에 필적한다 해도 그의 능력이 마신과 같다는 것은 아니다. 데이탄의 능력이 마법에 치우쳐 있는 만큼, 너라면 반드시 그를 쓰러뜨릴 수 있다."

"하지만 어떻게……."

의혹에 물든 표정으로 그를 바라보는 로엔에게 이프론이 확신에 찬 표정으로 대답했다.

"생각해라, 네가 가진 힘이 무엇인지. 네 이마에 새겨진 세 번째 봉인, 답은 반드시 거기에 있다."

"세 번째… 봉인?"

로엔은 자기도 모르게 이마를 쓰다듬었다. 아무것도 만져지지 않았지만, 이미 로엔은 그 자리에 무엇이 있는지 알고 있었다. 어떤 의미가 있는지 알 수 없는 기이한 문자. 그것을 떠올리며 잠시 고민하던 로엔은 그를 보좌하는 두 명의 천사를 바라보았다.

"유스, 에바!"

[네!]

"데이탄을 저지한다. 나와 함께 세이레인 왕궁으로 가자!"

[어머, 두고 가실 생각이었어요?]

[이제 와서 버리려 하셨으면, 저 울어버렸을지도 몰라요?]

　평소와 다름없는 유스와 에바의 대답에 로엔은 웃었다. 하지만 그것도 잠시, 로엔은 이프론과 제크리스에게 시선을 돌리며 말했다.

　"알겠습니다. 데이탄 헬마스터, 그 악마는 반드시 제가 쓰러뜨리겠습니다."

　단호한 표정에 제크리스가 고개를 끄덕였다. 그걸로 모든 이야기를 끝낸 로엔은 자신의 옆에서 지켜보고 있던 제7기사단의 참모장 그린에게 말했다.

　"제 모든 권한을 인계하겠습니다. 총사령부에 인수인계 보고 후, 참모장께서 이후의 지휘를 맡아주시기 바랍니다."

　"알겠습니다. 부디 보중하시길."

　로엔과 이프론, 제크리스 사이에서 오간 대화를 통해 사태의 심각성을 충분히 파악하고 있던 그린은 고개를 숙이며 대답했다. 자신을 배려해 주는 그에게 감사를 느끼며, 로엔은 망토를 펄럭이며 세톤 성을 바라보았다.

　"유스, 에바, 가자! 세톤 성까지 날아가는 거다!"

　[넵!]

　[맡겨두시라고요~ ♪]

　로엔을 등에서부터 끌어안은 유스의 몸이 하늘 높이 떠올랐다. 그 뒤를 따라 에바, 이프론이 둥실 떠올랐고, 마지막으로 커다란 한 쌍의 날개를 펄럭이며 제크리스가 날아올랐다.

　세이레인의 수도 세톤의 성문은 모두 돌파되어 있었다. 클라인시커 후작은 꾸역꾸역 끊임없이 외성으로 진입하는 토라 군을 맞아 격렬한 전투를 벌이고 있었다.

"어림없다!"

"으아악—!"

겁도 없이 검을 휘둘러 오는 기사의 가슴에 플레일을 휘둘러 날려 버린 클라인시커 후작은 아직 점령되지 않은 망루와 연락하는 기수에게 물었다.

"상황은?!"

"비관적입니다! 이대로는 버틸 수 없습니다! 각하, 지시를!"

클라인시커 후작은 분한 듯 입술을 깨물었다. 병력 규모가 비슷하다지만 질적으로 너무 차이가 나고 있었다. 적어도 팰러딘들만 살아 있었어도—라며 클라인시커 후작은 속으로 아쉬워했다.

하지만 상황은 그런 생각을 할 수 있을 정도로 여유있지 못했다. 군에 정확한 지시를 내릴 수 있는 사람이 자신밖에 없는 상황에서, 지금은 1분 1초가 아까웠다.

잠시 고심하던 클라인시커 후작이 내성으로의 퇴각을 지시하려는 순간, 그의 몸에 순간적으로 오싹한 기분이 들었다.

"……?"

클라인시커 후작은 고개를 돌려 내성을 바라보았다. 보이진 않았지만, 끈적거리고 기분 나쁜 느낌이 끊임없이 그의 감각을 자극했다. 잠시 고민하던 클라인시커 후작은 내성으로 퇴각하는 대신, 가장 공세가 약한 남문으로 빠져나가 후일을 도모하기로 결정했다.

세이레인 내성에서 치솟은 사기는 갈수록 짙어지고 있었다. 유스에게 몸을 맡겨 세이레인 왕성으로 향하는 로엔이 기분 나쁜 감각에 인상을 찌푸렸다.

"늪에라도 빠진 기분인걸, 이거?"

그 표현 그대로였다. 위로 치솟을 뿐만 아니라 옆으로도 퍼져 나가는 사기는 주변의 모든 것을 휘감고 있었다. 헤어 나올 수 없는 수렁에 빠진 듯한 그 질척질척한 감각은, 영락없이 늪에 빠졌을 때 그대로였다.

약간 뒤처져 있던 제크리스가 로엔에게 다가와 말했다.

"곧 내성이니 지금부터는 내려서 달려가는 것이 좋겠다."

로엔은 고개를 끄덕였다. 이미 내성의 경계에 접어든 듯, 발밑에 펼쳐져 있던 격렬한 전투의 흔적은 사라져 있었다.

"유스."

[네.]

유스가 굳은 목소리로 대답하며 서서히 아래로 내려갔다.

지상에 내려온 로엔과 이프론, 제크리스, 유스, 에바는 높이 솟은 세이레인 왕궁을 올려다보았다. 이제는 눈으로 확인할 수 있을 정도로 짙어진 사기가 왕궁을 감싸듯 휘감아 돌고 있었다. 그리고 그 위, 가장 높이 솟아오른 첨탑 꼭대기에 모두의 시선이 집중되었다.

"저기군."

"저기네요."

모두의 의견이 일치했다. 제크리스는 끊임없이 온몸에 감겨드는 불쾌한 감각을 떨쳐 내려는 듯 첨탑을 올려다보며 농담을 했다.

"바보는 높은 곳을 좋아한다던데, 딱 그 꼴이군요."

물론 그 농담에 웃는 사람은 없었다. 머쓱해진 제크리스가 어깨를 으쓱하자 이프론이 먼저 왕궁의 입구로 걸어가며 말했다.

"시간이 없다. 서두르자."

창칼이 난무하는 아비규환의 장인 외성과는 다르게 왕성의 내부는 조용했다. 아무리 전시 상황이라 해도 시종 한둘쯤은 돌아다닐 법도 한데, 드넓은 왕성에 사람의 모습은 그림자조차 보이지 않고 있었다.

빠른 속도로 복도를 달려가며 로엔이 의아한 듯 중얼거렸다.

"이상한데……."

"뭐가?"

"사람이 아무도 없다는 거요."

"전쟁에 패했으니, 목숨을 보전하기 위해 숨어 있을 수도 있잖아?"

제크리스의 대답에 로엔은 고개를 가로저었다.

"달라요. 아무리 숨어 있다 해도 이렇게까지 사람의 흔적이 사라지는 일은 없거든요. 뭐랄까… 그래, 마치 버려진 성 같은 느낌입니다."

로엔의 말에 제크리스는 달리는 그대로 잠시 눈을 감고 감각을 확대했다. 잠시 후 눈을 뜬 제크리스가 고개를 끄덕이며 말했다.

"그렇군. 적어도 내 주위 20미터 내에 생명체의 느낌은 없다. 무너지기 직전인 나라라고 해도 왕성을 이렇게까지 비워놓을 리가 없지."

그의 말에 이프론이 당연하다는 듯 대꾸했다.

"도망간 게 맞을 거다."

"네?"

"이 정도로 강력한 사기다. 보통 사람이 이런 기운을 접하면, 우선

이곳을 벗어나려 하는 게 정상이겠지."

대화를 나누는 사이에 로엔 일행은 첨탑의 계단을 오르고 있었다. 계단을 오를수록 온몸을 휘감는 불쾌감이 더욱 진해지는 것을 느끼며 로엔이 인상을 찌푸렸다.

"도대체 얼마나 많은 사람의 원혼이 모여야 이 정도가 되는 거죠?"

"나도 모른다. 확실한 것은, 백이나 이백 정도의 원혼으로는 불가능하다는 정도뿐이다."

"빌어먹을……."

이프론의 대답에 로엔이 입술을 깨물었다. 일이 이렇게까지 된 것에 대해 스스로 책임을 느끼고 있는 모양이었다. 어떤 의미로 그것은 틀린 말이라 하기 힘들었다. 길리언의 제안을 뿌리치고 토라 제국을 지원해 대륙 전체를 전화의 소용돌이에 몰아넣은 데에는 로엔의 역할이 상당 부분을 차지하고 있었으니까.

"자책하지 마라. 인간과 악마의 일은 다르다."

무슨 생각을 하는지 짐작한 듯 제크리스가 로엔을 격려했다. 하지만 그다지 위로가 되지는 못한 듯, 로엔의 표정은 아까보다 더욱 딱딱하게 굳어 있었다.

기나긴 나선의 계단을 올라 로엔 일행은 첨탑의 꼭대기 층에 도착했다. 굳게 닫힌 문 앞에서 잠시 숨을 고른 로엔이 문을 노려보았다. 그 시선은 문이 아닌, 문 너머에 있을 무언가를 바라보고 있는 듯했다.

"여기다. 이 너머에 데이탄 헬마스터가 있겠지."

"……."

말없이 로엔이 고개를 끄덕였다. 각오를 다지듯 크게 심호흡을 한 로엔이 앞으로 나서, 육중한 문을 향해 양손을 뻗었다.

끼기기긱—

녹슨 경첩이 삐걱대는 소리가 울리며, 첨탑 최상층의 광경이 천천히 펼쳐졌다.

"—흡!"

순간, 로엔이 숨을 크게 들이켰다.

붉었다.

붉었다.

온통 붉었다.

넓은 방 안은 붉은색으로 가득했다. 방 안 가득 생생한 선홍색이 로엔의 눈을 어지럽히고 있었다. 그리고 그와 함께 짙은 피비린내가 로엔의 코를 찔렀다. 바닥을 흥건하게 적시고 있는 핏물과 어지럽게 흩어져 있는 고기 조각이, 이 안에서 무슨 일이 있었는지를 알려주고 있었다.

로엔은 아연한 표정으로 완벽한 지옥과 다름없는 방 안을 바라보았다. 이내 돌아온 정신으로 모든 것을 알아챘을 때, 로엔은 치미는 구역질 아래에서 솟구치는 격렬한 분노의 감정에 절규하듯 노호성을 터뜨리고 있었다.

"데이탄 헬마스터—!"

차박—

로엔이 내디딘 발걸음에 핏물이 튀었다. 그런 것은 아무래도 상관없다는 듯, 로엔은 분노로 하얗게 변해 버릴 것 같은 이성을 애써 가다듬으며 방의 중앙을 노려보았다.

『늦었군. 기다리고 있었다, 로엔 리스나르트.』

무저갱의 심연에서 솟아오르는 듯한 목소리가 방 안을 울렸다. 로엔의 시선이 못 박히듯 고정된 방의 중앙, 거대한 핏빛 덩어리 앞에 검은 그림자가 서 있었다. 바로 이간의 대공, 데이탄 헬마스터였다.

데이탄은 언제나 깊이 덮어쓰던 로브의 후드를 벗은 채 고개를 숙이고 있었다. 그 모습에 로엔이 다시 한 번 격렬한 분노를 터뜨렸다.

"무슨 짓을 한 거냐, 데이탄 헬마스터!"

로엔의 노호성에도 데이탄은 냉정했다. 여전히 심연에서 흘러나오는 듯 무겁고 음울한 목소리로 데이탄이 말했다.

『보고 있는 그대로다. 설명이 더 필요하다면 해줄 수도 있지만.』

"닥쳐라! 이런 짓을 하고도, 무사하리라 생각하는가?!"

그 순간, 데이탄이 고개를 들었다. 두 눈에서 뿜어져 나오는 푸른 광채에 로엔이 움찔하며 한 걸음 물러났다.

그것을 조소하듯 데이탄의 말이 이어졌다.

『재미있는 말을 하는군, 로엔 리스나르트.』

"무슨 헛소리를 하려는 거냐?"

전과는 다른 데이탄의 태도에 기세가 눌린 로엔이 지지 않겠다는 듯 대꾸했다. 그러자 데이탄의 눈에서 흘러나오는 광채가 더욱 강렬해졌다.

『무사하리라 생각하냐고 물었나? 이제 보니 아무것도 모르는 모양이로군. 이프론이 이야기해 주지 않았나 보지?』

"닥쳐라!"

이프론이 앞으로 나서며 외쳤다. 그러나 데이탄의 말은 계속 이어졌다.

『과거, 비극적인 삶을 살았던 한 마법사가 있었다. 그는 어떤 이유로 두 개의 몸으로 분리되어 하나는 절대선을, 하나는 절대악을 대변하는 존재가 되었다.』

"닥치라고 했다, 데이탄 헬마스터!"

『필연적으로 둘은 대립할 수밖에 없었다. 서로가 서로의 목숨을 노리며 피 튀기는 싸움을 계속해 왔다. 그에 동조한 천사와 악마들이 전쟁을 일으켜 서로 소멸할 때에도, 그 둘만큼은 영원히 끝나지 않을 것 같은 싸움을 계속할 수밖에 없었다.』

"닥쳐! 닥치란 말이다!"

이프론의 외침은 거의 절규에 가까웠다. 로엔은 놀란 얼굴로 '마법의 아버지'라 불리며 경외시되는 존재를 바라보았다. 처음 만난 후로 몇 년, 그 어느 때에도 흔들리지 않던 전설의 마법사가 동요하고 있었다.

데이탄의 말은 계속되었다.

『그렇게 수백 년이 지났다. 그러던 중 절대선을 대변하던 존재는 고뇌했다. 어째서 자신들은 또 하나의 자기 자신을 죽이지 못해 안달하는 것일까. 왜 선과 악은 병존할 수 없는가라고 말이지.』

로엔은 묵묵히 데이탄의 말을 듣고 있었다. 예전 라비니어스에서 돌아오던 여로에서 이프론이 하던 말과의 연관을 느꼈기 때문이다.

『또다시 수백 년이 지났다. 이제는 서로가 지쳐 왜 싸우는가라는 이유에도 무감각해져 가던 동안, 그들은 충격적인 사실을 알게 되었다.』

충격적인 사실이라는 말과는 달리 데이탄의 목소리는 담담했다. 절규하던 이프론도 고개를 숙인 채 말이 없었다.

『과거 주신이 내렸던 예언의 서, 준비된 세 개의 봉인에 대한 기록에서 그들은 진실을 알게 되었다. 흩어진 창세신의 파편, 그중 하나가 세계에 가져올 파국을 막기 위한 세 개의 봉인. 봉인은 모두 한 존재만을 겨냥하고 있었다. 분리, 대립, 그리고 소멸까지, 이 모든 것이 그들, 아니, 그를 겨냥해 미리 준비되어 있었던 것이다!』

흥분한 듯 데이탄의 어조는 점점 격앙되고 있었다.

『거기에 주신은 하나를 더했다. 신에 대항하는 고대의 잔재를 쓸어내기 위한 수단으로, 선악의 균형을 맞추기 위한 수단으로 실로 교묘하게 그들을 이용했다!』

푸르게 흘러나오는 안광을 더욱 강렬히 빛내며 데이탄은 외쳤다.

『결국은 이런 거다! 실컷 이용해 놓고, 예정된 시기가 되었으니 이제는 사라지라는 거다! 납득할 수 없다! 주신 따위가 무엇이기에 내 운명을 멋대로 주무르고, 소멸시키려 하는 것인가! 난 아직 살고 싶다! 살고 싶단 말이다!』

"큭―!"

감정을 주체하지 못한 듯 데이탄의 몸에서 마력의 폭풍이 터져 나왔다. 모든 것을 휩쓸어 버릴 듯 강렬한 마력의 폭풍에 로엔은 몸을 앞으로 숙여 쓰러지지 않게 견뎌야 했다.

핏빛 폭풍이 잦아들고 로엔이 고개를 들었을 때, 데이탄은 비릿한 미소를 지으며 로엔을 노려보고 있었다.

"무사하리라 보냐고 묻는 것부터가 이미 바보 같은 일이라는 말이군, 데이탄 헬마스터."

담담한 목소리가 데이탄을 향했다. 숙였던 몸을 당당히 바로 편 로엔에게 데이탄이 대꾸했다.

『그렇다.』

"그래, 그렇단 말이지……."

로엔은 고개를 끄덕였다. 마치 납득한 것 같은 그 모습에 이프론이 황급히 로엔에게 말했다.

"로엔 군, 저 말에……."

"―그래서?"

『뭐?』

바로 튀어나온 로엔의 목소리가 이프론의 말을 끊었다. 갑작스런 물음에 의아한 표정으로 그를 바라보는 데이탄에게 로엔은 분명한 목소리로 다시 말했다.

"그래서, 어쩌라고?"

『대체 무슨―』

"주둥이 닥쳐! 살기 위해서 했다고 네가 한 모든 일이 악행에서 선행으로 변하기라도 하나? 너 하나의 생존을 위해서 수십만이 죽었다. 그렇게 살고 싶어할 정도로 네가 목숨을 소중히 여기는 만큼, 죽어간 사람들의 목숨도 소중하다."

찰박―

한 걸음 앞으로 나선 로엔의 발에 밟힌 피 웅덩이가 파문을 일으키며 옆으로 밀려났다. 그것을 흘끗 내려다본 로엔은 한 걸음 더 앞으로 나아가면서 검을 뽑아 들었다.

"그러니까 쓰러뜨린다. 이 방을 붉게 물들이며 죽어간 이들을 위해

서라도, 네가 일으킨 전쟁에 희생되어 승천조차 하지 못한 원혼들을 위
해서라도, 전쟁의 종지부를 찍으려 목숨을 희생하신 내 아버지를 위해
서라도―"

로엔의 걸음이 점점 빨라졌다. 그것은 어느새 질주가 되어 방 저편
에 서 있는 데이탄을 향해 로엔은 맹렬히 대시했다.

"널 용서할 수 없다―!'

쉬이익―!

노호성과 함께 날아든 로엔의 검이 파공성을 일으키며 데이탄을 갈
랐다. 칼끝에 느껴지는 저항감과 함께 피가 분수처럼 튀어 올랐다. 무
언가 베어낸 것이 확실했지만, 로엔은 자신의 검이 빗나가기라도 했다
는 듯 고개를 들어 황급히 방 안을 살폈다.

『그래. 네 말대로일지도 모르겠군.』

로엔의 머리 위에서 데이탄 헬마스터의 목소리가 울렸다.

"너 이 자식―!"

로엔이 노려보았지만 데이탄은 로엔이 뛰어오른다 해도 닿지 않을
곳까지 떠올라 있었다. 기습에 대비해 뒤로 물러나는 로엔을 업신여기
듯 내려다보면서 데이탄이 말했다.

『어차피 쓸데없는 소리였다. 그런 의미에서, 선물을 하나 주도록 하
지.』

데이탄이 가볍게 손가락을 튕겼다. 그러자 데이탄의 아래에 있던 거
대한 핏빛 덩어리가 움직이기 시작했다. 심상찮은 기세에 뒤로 물러난
로엔이 이프론을 바라보았다.

"이프론, 저건……?"

이프론은 대답하지 않았다. 하지만 저 기괴한 덩어리의 정체를 파악한 듯, 그의 얼굴은 지금 딱딱하게 굳어 있었다.

제크리스와 유스, 에바 역시 경악한 얼굴로 꿈틀거리는 덩어리를 바라보고 있었다. 굳어 있는 제크리스의 입에서 신음성이 터져 나왔다.

"설마……."

"…억지로 심은 것이냐, 네 녀석."

억눌린 듯 괴로운 목소리가 이프론에게서 흘러나왔다. 무서울 정도로 공기를 짓누르는 이프론의 어조에도 데이탄은 그저 어깨를 으쓱할 뿐이었다.

『그저 계약일 뿐이다.』

"그래, 그렇다는 건가."

이프론이 이를 악물며 데이탄을 노려보았다.

"과연 네놈의 방식답군. 계약할 수밖에 없는 상황으로 몰아넣고, 스스로가 원해서 계약했다고 믿게 만든다. 이루어진 계약이 계약자에게 어떤 결말을 가져오는지는 네가 알 바 아닐 테니까."

데이탄은 대답하는 대신, 붉게 물든 방의 누구라도 확인할 수 있는 비릿한 미소를 지었다.

꿈틀거리는 덩어리는 어느새 거대한 사람의 형상을 갖추고 있었다. 그중 머리라고 생각되는 부분을 확인한 로엔이 신음 섞인 한마디를 내뱉었다.

"길리언인가……."

로엔의 말대로였다. 이제 거의 형태가 완성된 3미터 정도의 거대한 고깃덩이에는 세이레인의 철혈황제, 길리언 아스나드 폰 미드가르드 네오토라의 자취가 그대로 남아 있었다. 하지만 그 덩어리는 길리언이라 하기에도 무리가 있어 보였다. 이미 사람이라 할 수 없을 정도로 크게 부풀어 오른 근육과 그 사이를 맥동 치는 거대한 혈관은 비위가 조금만 약한 사람이 보더라도 금세 구토를 일으킬 정도로 흉측했다. 거기다 쉴 새 없이 뜨거운 김을 내뿜고 있는 그의 입에는 정체가 충분히 짐작되는 고기 조각이 붙어 있어 그로테스크함을 한층 증폭시키고 있었다.

이프론이 입술을 깨물며 로엔에게 말했다.

"이미 저것은 사람이라 할 수 없는 존재다. 육체뿐 아니라 정신마저도 완전히 파괴되어 버린 게 분명하다."

"대체… 저것의 정체가 뭡니까?"

"인간의 몸에 원혼을 결집시킨 것이다. 수십만에 달하는 원혼을 단지 하나의 혼백에 허락하지 않는 인간이란 그릇에 억지로 밀어 넣은 결과가, 바로 저것이다. 설마 자신의 힘으로 만들지 않고 다른 사람의 몸에 밀어 넣을 줄은……."

이프론의 설명에 로엔은 비로소 상황을 이해했다. 그리고 이프론과 마찬가지로 이를 악물며 '한때 길리언이었던 것' 을 노려보았다.

그때 데이탄의 목소리가 다시 방 안을 울렸다.

『공들여 준비한 선물이다만… 마음에 드는지?』

로엔은 대답하지 않았다. 대신 살기 가득한 눈으로 데이탄을 쏘아볼 뿐이었다.

『마음에 드는 모양이군. 좋아, 시간이 되었다. 마음껏 복수에 미쳐 봐라.』

『그오오오오오─』

그 순간 붉은 괴물의 입에서 터져 나온 포효가 방 안을 진동시켰다. 붉은 흉안(凶眼)을 빛내며 포효하는 괴물을 보며 이프론이 외쳤다.

"저건 수십만의 원령이 결집한 괴물 그 자체다! 어떤 공격을 해올지 모르니 조심해라, 로엔!"

『그오오오─』

천지를 뒤집어 버릴 듯한 기세로 달려드는 괴물을 정면으로 바라보며, 로엔은 검을 쥔 손에 힘을 넣었다.

한편, 외성을 손쉽게 점거한 프란은 내성으로의 진입을 놓고 심각하게 고민을 하고 있었다.

"내성으로 진군해야 할 텐데, 저걸 보면 전혀 그러고 싶은 기분이 안 든단 말이야……."

프란은 세이레인 왕궁에서 가장 높이 솟은 첨탑의 꼭대기를 바라보았다. 그곳에서는 조금 전부터 핏빛 안개가 소용돌이치듯 첨탑을 감싸고 있었다.

"욱─"

안개를 보자마자 치밀어 오르는 구역질을 참으며 프란이 입을 막았다. 아까부터 몇 번을 봤지만 도저히 익숙해지지 않는 느낌이었다. 마치 인간이 당할 수 있는 모든 참혹한 살해 장면이 모여 있는 것을 보는 것과 비슷한 기분에, 프란은 첨탑에서 시선을 내리며 자신의 명령을 기다리는 전령에게 말했다.

"내성 진입은 포기한다. 아니, 전군 외성에서 퇴거, 본진으로 물러나도록 하라. 아무래도 느낌이 좋지 않다.”

“네, 각하.”

전령이 달려간 후, 프란은 몇 번 심호흡을 한 다음 다시 첨탑을 바라보았다. 그 순간,

『그오오오오ㅡ』

첨탑에서 괴수의 포효가 들려왔다. 무저갱의 심연에서 올라오는 듯한 울부짖음에 잠시 모골이 송연해지는 느낌을 받은 프란은 황급히 첨탑에서 고개를 돌려 버렸다.

『그오오오오ㅡ』

약간의 시간 차를 두고 다시 들려온 포효에 진저리를 치던 프란은 조금 전 제7기사단에서 올라온 보고를 기억해 냈다.

“대체 무슨 일이 벌어지고 있는 거냐, 로엔.”

『그오오오ㅡ』

무서운 기세로 내려치는 공격을 바닥을 구르며 피해낸다. 납작하게 눌러 버리려는 듯 날아오는 괴물의 팔을 중심에서부터 반으로 가르자 새빨간 피가 터져 나오며 시야를 가렸다. 그 틈을 타 휘두르는 반대쪽 팔을 미처 보지 못한 로엔은 그대로 한쪽으로 날아가 벽에 처박혀 버렸다.

“큭, 빌어먹을ㅡ!”

로엔은 거칠게 욕지거리를 뱉어냈다. 상황은 최악이었다. 눈앞의 괴물은 집요하게 로엔만을 노리고 있었다. 좀 전부터 데이탄과 대치 중인 이프론을 제외한 제크리스, 유스, 그리고 에바가 쉴 새 없이 공격을

피부었지만 괴물은 모두 무시한 채 로엔만 공격하고 있었다.

괴물은 그다지 강한 존재는 아니었다. 속도와 파괴력은 무시무시했지만, 그것을 감안해도 로엔이 충분히 상대할 수 있는 레벨에 불과했다. 그러나 로엔은 한때 길리언이었던 이 괴물을 상대하는 데 난감함을 느끼고 있었다.

일단 끝이 없었다. 상처가 나도 그 순간 복원되는 경이적인 회복력도, 제크리스가 쏟아낸 압도적인 공격에 치명상을 입어도 그때뿐이었다. 이러다간 체력에 한계가 있는 쪽이 먼저 쓰러질 것은 자명한 일, 그리고 그 한계가 어느 쪽에 먼저 찾아올지 역시 분명했다.

게다가 괴물을 상대하는 데에 본능적인 거부감이 든다는 것도 문제였다. 괴물의 선홍색 피부를 볼 때마다, 괴물의 공격을 막아낼 때마다 스멀거리는 거부감, 존재 자체를 마주 대하기 싫다는 거부감은 로엔으로서도 어떻게 할 수 있는 것이 아니었다. 그것은 제크리스나 유스, 에바도 마찬가지인 듯 예전의 압도적인 모습을 보이지 못하고 있었다.

"치잇—!"

반으로 갈라 버린 주먹이 순식간에 도로 달라붙는 것을 본 로엔이 혀를 찼다. 상당히 귀찮은 회복력이 아닐 수 없었다. 마음속에 한 가닥 초조함을 느끼면서 몸을 비틀어 괴물의 거대한 주먹을 피하는 순간, 괴물의 뒤편에서 당황한 제크리스의 외침이 들려왔다.

"로엔!"

"네?"

로엔의 의아한 시선이 제크리스를 향했다. 그의 얼굴에서 낭패감을 읽어내는 순간, 강렬한 충격이 로엔을 덮쳤다. 그와 동시에 찬란한 빛무리가 방 안을 뒤덮었다.

"윈드 · 아트모스피어 나이프!"

『가이아 · 라이징 스톤(Rising Stone)!』

이프론과 데이탄은 치열한 마법 대결을 펼치고 있었다. 복잡한 마법 따윈 필요없었다. 속성을 초월해 서로가 서로에게 상극일 수밖에 없는 둘의 마력은, 단지 간단한 마법만으로도 서로의 마법을 파쇄하고 치명상을 입힐 수 있는 위력을 지니고 있었다. 결국 둘의 대결은 얼마나 빠르게, 얼마나 정확하게 상대의 마법을 파훼하고 곧바로 다음 마법을 내놓는가로 판가름날 수밖에 없었다.

"마나 볼트!"

『마나 볼트!』

동시에 터져 나온 데이탄과 이프론의 마법이 서로를 향해 날아갔다. 정확히 두 사람에게서 똑같이 떨어진 지점에서 충돌한 마나 볼트는 서로의 마력을 상쇄하며 흔적도 없이 사라져 갔다.

충돌의 결과 따윈 확인할 필요도 없었다. 그저 상대보다 더 빠른 마법의 발현을 위해 마법을 방출하자마자, 곧바로 두 사람은 다음 마법의 영창에 들어가고 있었다.

"파이어 · 플레임 웨이브(Flame Wave)!"

『아쿠아 · 프리징 실드(Freezing Shield)!』

불과 얼음의 마법이 충돌해 화려하게 허공에 비산했다. 바람이 날카롭게 대기를 가르고 대지가 솟아오르는가 하면, 암흑과 빛이 그림자와 섬광을 터뜨리며 서로를 지웠다.

끝이 나지 않을 것 같은 공방전이 쉴 새 없이 펼쳐졌다. 서로에게 말을 건넬 여유 따윈 존재하지도 않았다. 결국은 한 몸, 서로가 서로를 너무나 잘 알고 있는 이상 한순간의 틈이 그대로 소멸로 직결된다는 것을 잘 알고 있었기 때문이다.

그러나 이 싸움이 애초부터 데이탄에게 불리하게 시작되었다는 것은 자명했다. 천 년의 삶에 지쳐 이제 소멸의 운명에 순응하려 하는 이프론과 거슬러 살아남으려 하는 데이탄. 그러나 두 사람의 운명은 하나로 연결되어 있었다. 결국 이프론이 한순간이라도 마법을 멈추고 데이탄의 마법에 직격당하는 순간, 데이탄 역시 소멸하는 것이었다. 그렇기에 쉴 새 없이 공격을 퍼붓는 이프론에 비해 데이탄은 조금 수비적으로 전투에 임하고 있었다.

지리한 공방이 이어지던 중 이프론의 손이 크게 교차했다.

"선더 · 레인 오브 라이트닝!"

『―!』

갑자기 대단위 마법을 사용하는 이프론의 모습에 데이탄이 눈을 흡떴다. 그 순간, 과거 로엔이나 카렌이 사용한 것과는 비교도 되지 않는 강력한 벼락의 비가 데이탄을 노리고 집중적으로 쏟아져 내렸다.

『크으으으―!』

가까스로 막아낸 데이탄의 입에서 신음이 흘러나왔다. 하지만 이게 끝이 아니었다.

"파이어 · 윈드 · 이몰레이션 플레일(Immolation Flail)!"

양팔을 활짝 펼친 이프론의 입에서 노호성이 터지는 것과 동시에 그의 몸을 둘러싸고 수십 개의 화염구가 생겨났다. 각각의 화염구는 마치 이프론을 호위하듯 그를 중심으로 회전하고 있었다.

"가라!"

이프론의 외침에 모든 화염구가 쏘아져 나갔다. 하지만 그 방향은 제각각이어서, 데이탄을 위협할 만한 방향으로 날아가는 것은 몇 개 되지 않았다.

날아오는 화염구에 데이탄이 양팔을 십자로 교차하며 주문을 외었다.

『앱솔루트 실드(Absolute Shield)!』

우윳빛의 반구형 막이 데이탄을 둘러쌌다. 그 순간, 이프론의 입가에 짙은 미소가 걸렸다.

"걸렸군!"

활짝 펼쳐졌던 이프론의 팔이 크게 호선을 그리며 교차했다.

『흡—!』

사방팔방으로 날아갔던 화염구가 일제히 방향을 바꿔 데이탄에게 쇄도했다. 수십 발이나 되는 화염의 탄환이 날아드는 모습에 데이탄의 안색이 사색으로 변했다. 데이탄은 황급히 다음 마법을 펼쳐 막아내려 했지만, 이미 때는 늦어 있었다.

콰콰콰쾅—!

데이탄이 서 있던 자리에 화염구가 작렬하며 대폭발이 일어났다. 결계가 쳐져 있었던 듯 무너지진 않았지만 탑이 거세게 진동할 정도로 커다란 폭발이었다.

그러나 이프론은 멈추지 않았다. 둘은 곧 하나, 상대가 치명적인 타격을 입었다면 이프론 역시 그것을 느낄 수 있었다. 특히 이렇게 교전하는 도중이라면 상대의 상태를 느끼는 감각은 더욱 극대화된다. 이 감각을 통해 비록 허를 찌르는 데는 성공했지만, 결정적인 타격을 주지 못했다는 것을 안 이프론은 더욱 거세게 데이탄을 몰아붙였다.

"아스트랄 · 디바인 디스트럭션!"

모든 어둠을 태워 없앤다는 빛 계열 최고 마법 디바인 디스트럭션이 발동되었다. 평범한 마스터 마법사가 사용하는, 단순한 공격 마법일 뿐인 디바인 디스트럭션과는 달랐다. 마법의 아버지, 아스나스 이프론이 사용하는 진정한 디바인 디스트럭션이 지금, 여기에서 펼쳐지고 있었다.

찬란한 빛무리가 데이탄이 서 있던 자리를 중심으로 모여들었다. 보통 사람이라면 눈을 감은 상태에서도 고개를 돌려야 할 정도로 강렬한 빛무리의 중심을 노려보면서 이프론이 외쳤다.

"이제 끝이다! 천 년 악몽을 그만 닫고 나와 함께 허무로 돌아가는 거다!"

『크―!』

이프론이 두 주먹을 움켜쥐는 순간 섬광이 넓은 방 안을 가득 채웠다. 그와 함께, 데이탄의 비명이 터져 나왔다.

『크아아아아―!』

비명에 화답이라도 하듯 섬광은 더욱 그 강도를 높여갔다. 마치 한 조각의 어둠이라도 용납하지 않겠다는 듯 방 안 구석구석까지 찬란한 빛으로 채워가던 섬광은, 마침내 한순간 초신성의 폭발을 연상케 하는 거대한 빛의 확산을 일으켰다."

『아아아아아―!』

데이탄의 비명이 방 안을 가득 채웠다. 혹시 이것이 대악마의 최후가 아닐까 하는 생각이 들 정도로 처절한 비명이었다. 빛의 확산과 함께 절정에 달한 그 비명 소리는, 확산을 일으킨 빛이 순식간에 사라지는 것과 함께 잦아들었다.

"크으윽……."

어느새 바닥에 무릎을 꿇고 있던 제크리스가 고통스러운 신음을 흘리며 일어났다. 천사라고는 하나 그의 본질은 타락한 자, 모든 어둠을 지워 없앤다는 성스러운 빛무리의 영향에서 무사할 수는 없었다. 그나마 빛무리를 보는 순간, 모든 날개를 펼쳐 최대한 방어에 전념했기에 타격이 적었던 것이다.

백열하는 빛무리에 순응했던 시야가 침침하게나마 돌아오는 것을 느낀 제크리스는 가장 먼저 방 안의 상황을 파악했다. 갑작스런 마법에 대응하지 못했는지, 유스와 에바가 구석까지 날려간 채 포개지듯 쓰러진 모습이 보였다. 그녀들의 모습에 빛무리가 덮치기 직전 로엔이 일격당했다는 것을 떠올린 제크리스는 황급히 로엔의 모습을 찾았다.

"로엔!"

벽 한쪽에 처박혀 쓰러져 있는 로엔의 모습과 그 앞에 우뚝 서 있는 핏빛 괴물의 모습에 제크리스가 큰 소리로 로엔을 불렀다. 하지만 로엔은 기절한 듯 미동도 없었고, 괴물은 금방이라도 로엔에게 일격을 가하려는 듯 두 팔을 높이 치켜든 상태였다.

다급해진 제크리스가 로엔을 향해 달려갔다. 타천사의 이름에 걸맞게 번개 같은 속도로 괴물의 앞에서 로엔을 빼낸 제크리스는, 뒤로 쾌 물러나서야 괴물이 움직이지 않는다는 사실을 알게 되었다.

『크으…….』

그때 들려온 신음 소리에 제크리스의 시선이 방 중앙으로 돌아갔다. 거기에는 후드를 뒤로 넘긴 데이탄이 고개를 숙인 채 몸을 가누는 모습이 보였다.

데이탄은 상당히 낭패한 모습이었다. 몸을 가려주던 흑색의 로브는 너덜너덜해졌고, 안색도 창백하게 변해 있었다. 누가 봐도 적잖은 타격을 입은 듯한 모습이었다.

조금 떨어진 곳에서 이프론이 차가운 시선으로 그 모습을 바라보고 있었다. 명백하게 기선을 잡은 입장임에도 왜인지 그의 표정은 딱딱하게 굳어 있었다.

이윽고 이프론의 입이 열렸다.

"무슨 속셈이냐?"

『큭, 알 수 없는 말을 하는군. 보는 대로다. 병신같이 일격을 당해 궁지에 몰렸지 않나. 그뿐이다.』

데이탄의 비웃음에도 이프론의 표정은 변하지 않았다.

"헛소리. 이렇게 치밀하게 준비해 온 네놈이 이제 와서 허술하게 당해줄 리가 없을 터, 무슨 속셈이지?"

『홍, 그런 게 있을 리가 있나.』

어느 정도 충격에서 회복된 듯 데이탄이 몸을 바로 세웠다.

『너도 바보로군. 고작 그따위를 묻기 위해 소망을 이룰 결정적 기회를 날리다니. 내가 무슨 꿍꿍이를 가졌든 그대로 날 소멸시키면 원하는 대로 이루어질 것을..』

"그까짓 기회 따윈 다시 만들면 될 뿐. 조금 전의 일격으로 상당한 타격을 입은 네놈을 허무로 돌려보내는 정도야 간단한 일이다."

이프론의 냉랭한 대꾸에 데이탄이 수긍한다는 듯 고개를 끄덕였다.

『그건 그렇군. 아무튼 그 유도 마법에는 솔직히 놀랐다. 새로운 마법이라도 개발한 거였나?』

"내가 한 것은 아니지만 그렇다. 각 원소의 특성을 조합해 더욱 강력한 마법으로 재탄생시킨다. 발상 자체는 새로운 것이 아니지만 응용의 유연함에는 나조차도 놀랄 정도였지."

『호오―?』

데이탄의 낯빛에 의외라는 표정이 떠올랐다. 모든 마법을 섭렵하고, 천사·악마·드래곤의 전유물이었던 마법 체계를 인간에 맞도록 새롭게 확립해 사실상 마법을 '창조한' 것이나 다름없는 이 남자가 놀랄 정도라는 말에 상당히 흥미를 가진 듯했다.

"허무로 돌아가는 선물로 알려주지. 융합하지 않고 접목한다, 이 정도면 알아듣겠지?"

『과연, 그렇군! 억지로 하나로 만들 필요가 없었단 말인가!』

"그렇다. 그럼 이제 허무로 돌아가라! 아스트랄·파이어·세이크리드 토치(Sacred Torch)!"

이프론의 영창을 시작으로, 원래 하나였던 두 마법사는 다시금 치열한 마법전에 돌입했다.

제크리스는 유스와 에바, 로엔을 한데 눕힌 후 상황을 살폈다. 이프론과 데이탄이 치열한 마법 전투에 돌입한 가운데 괴물―수십만의 원령이 억지로 주입된 길리언은 동상이 된 것마냥 여전히 움직임이 없었다.

"원한령 역시 마이너스 에테르의 결집체인만큼, 디바인 디스트럭션의 성광(聖光)에 데미지를 받은 것인가."

나름대로 상황을 해석한 제크리스는 몸을 일으켰다. 이프론의 디바인 디스트럭션을 막아내는 데 꽤 힘을 소모했지만, 아직 싸울 수는 있을 것 같았다.

흘깃 괴물 쪽을 바라본 제크리스는 검을 쥐고 앞으로 나섰다. 이프론을 돕기 위해서였다. 수백 년간 함께해 온 친우이자 아버지 같은 존재가 사라지는 것은 달갑지 않은 일이었지만, 이프론 자신이 원하는 일이니 어쩔 수 없었다.

그때였다.

"응?"

문득 느껴진 기이한 감각에 제크리스가 괴물을 바라보았다. 하지만 괴물은 여전히 석상처럼 서 있을 뿐이었다.

기분 탓이라고 생각한 제크리스가 고개를 흔들며 몸을 돌리려는데, 다시금 그 기이한 감각이 느껴졌다. 좀 더 분명하게 느껴진 감각을 무시하지 못하고, 제크리스는 다시 괴물 쪽으로 고개를 돌렸다.

조금 전과 마찬가지로 괴물은 두 팔을 들어올린 자세 그대로였다. 얼핏 보기엔 변한 게 없어 보였다. 그러나 분명히 달라진 것이 있었다.

"크기가… 줄어들었어?"

허리를 펴고 일어나면 천장에 머리가 닿을 정도로 거대하던 괴물의 몸이 줄어 있었다. 금방 봐서는 알아채지 못할 정도였지만, 주의 깊게 관찰하는 지금은 확실히 느낄 정도로 괴물의 몸은 서서히 작아지고 있었다.

이 알 수 없는 현상에 제크리스는 긴장의 끈을 다시 조이며 괴물을 바라보았다. 변하는 것은 괴물의 몸만이 아니었다. 괴물의 몸이 작아질수록, 조금 전부터 느껴지던 이상한 감각은 반비례하듯 커져 갔다.

계속 줄어들던 괴물의 몸은 평범한 사람보다 좀 큰 정도에서 축소를 멈췄다. 어떤 일이 벌어질지 알 수 없어 쉽게 접근하지 못하고 있던 제크리스는 괴물이 축소를 멈추자 경계심을 돋우며 발을 떼어 한 걸음, 앞으로 내디디려 했다.

"우욱―!"

그 순간 제크리스는 움츠리듯 발을 뒤로 빼내며 허리를 꺾었다. 참을 수 없을 정도로 역한 기분이 치밀어 올랐다. 마치 잔인하게 살해된 시체의 산을 보고 난 것 같은, 아니, 그것보다 더욱 심한 장면을 봤다 해도 이렇게 구역질이 치밀어 오를 것 같지는 않았다.

몸을 가누지 못하고 결국 두어 걸음 비틀거리며 물러나서야 기분이 가신 것을 느낀 제크리스는 당황한 얼굴로 괴물을 바라보았다. 축소를 멈춘 괴물은 이제 기형적으로 부푼 근육을 변형시켜 완전한 인간의 형태를 갖추고 있었다.

"도대체 무슨 일이… 설마!"

거기까지 중얼거린 제크리스는 뇌리를 스치는 생각에 황급히 고개를 돌려 데이탄과 이프론을 바라보았다. 거대한 마법이 충돌한 듯 마력의 폭풍이 미친 듯이 휘몰아치는 가운데, 데이탄을 궁지로 몰아넣은 이프론이 최후의 일격을 가하기 위해 강력한 신성 마법을 준비하는 것이 보였다.

마침내 최후의 일격이 데이탄의 머리 위로 떨어지는 순간, 데이탄의 입가에 미소가 스치고 지나갔다.

"이프론, 멈추—!"

『크하하하하하하하—!』

제크리스는 이프론을 제지하기 위해 황급히 소리쳤지만 이미 때는 늦었다. 제크리스의 외침과 동시에 터져 나온 광소성을 묻어버리며, 찬란하게 뻗어 나온 신성 마법의 광휘가 데이탄을 뒤덮었다.

"파이어 · 헬 · 인페르노!"

『윈드 · 타이푼(Typhoon)!』

이프론의 손에서 뻗어 나온 보라색 화염이 돌풍을 타고 화려하게 비산했다. 마치 윤무를 벌이듯 일렁이던 보랏빛 불은 상극하는 마력 간섭에 곧 힘을 잃고 사라졌다. 그 위로, 이번에는 싸늘한 얼음 안개가 내려앉았다.

"아쿠아 · 윈드 · 아이시 미스트(Icy Mist)!"

대기를 탐욕스럽게 먹어치우며 세력을 넓혀가는 얼음 안개에 데이탄은 굳이 대응하지 않고 훌쩍 뛰어 뒤로 물러났다. 그 뒤를 수십 발의 빛의 화살이 쏜살같이 추격했다.

"아스트랄 · 엔세스트럴 라이트 스피어(Ancestral Light Spear)!"

조금의 틈조차 주지 않고 쇄도하는 빛의 화살에 데이탄은 어쩔 수 없이 두 손을 들어 캐스팅을 외쳤다.

『헬 · 다크 필드(Dark Field)!』

　심연의 어비스(Abyss)를 연상케 하는 칠흑의 어둠이 데이탄을 장막처럼 둘러쌌다. 이프론이 쏘아낸 빛의 화살은 하나도 남김없이 어둠에 먹혀 사라졌다.

　연계해 쏘아낸 마법이 하나도 효과를 보지 못했지만 이프론은 공격의 고삐를 늦추지 않았다. 그의 두 손이 거침없이 허공을 가르며 보통의 마법사들은 흉내조차 낼 수 없는 거대한 마법진을 그려냈다. 그 마법진을 본 순간, 데이탄의 입에서 신음 섞인 목소리가 터져 나왔다.

　『―고대 신성어 마법?!』

　"Σ τ μ ζ ο υ β!"

　이 세계의 언어 체계로 이해할 수 없는 외침과 함께 방 안에 엄청난 마력의 폭풍이 몰아쳤다. 그것이 자신이 알고 있는 강력한 파괴 마법의 전조라는 것을 알아챈 데이탄은 마찬가지로 두 팔을 크게 휘저으며 주문을 외우기 시작했다.

　『Γ αη δ ὺ ν!』

　신들이 일으킨 이적이 아닐까 싶을 정도로 거대한 두 개의 마력이 충돌하며 파문을 일으켰다. 충돌의 파장으로 일어난 후폭풍이 모든 것을 휩쓸어 버릴 기세로 몰아쳤고, 제어가 풀린 마력이 제멋대로 날뛰며 여기저기 충돌해 폭음을 일으켰다.

　마력의 폭풍이 어느 정도 잦아들었을 때 드러난 둘의 모습은 승부의 저울추가 어디로 기울어졌는지를 명확하게 보여주고 있었다. 처참한 모습으로 한쪽 무릎을 꿇고 있는 데이탄과 그 앞에서 양손을 가슴 앞에서 깍지 껴 모은 이프론. 하나이자 둘이고, 대륙에 마법을 확립하고 전파하는 데 가장 큰 공헌을 한 존재들은 말없이 서로를 바라보았다.

이제 최후의 일격만을 남겨둔 이프론이 마력을 고도로 집약시키기 시작했다. 직시하는 것만으로도 눈이 멀어버릴 것 같은 빛이 그의 양 손에서 백열하고 있었다.

데이탄은 움직이지 않았다. 한쪽 무릎을 꿇은 채 힘없이 고개를 숙인 그의 모습은, 이제 사신의 운명에 체념하고 소멸을 받아들이려는 모습처럼 보였다.

"마지막이다."

불쑥 튀어나온 이프론의 말에 데이탄의 고개가 약간 흔들렸다.

『…마지막이겠지.』

조금 전까지와는 달리 지친 목소리였다. 그것을 항복의 의사로 받아들인 이프론은, 이제 마무리를 짓기 위해 두 손을 높이 치켜들었다.

이프론의 손에 완성된 신성 마법이 마력을 받아 더욱 강렬히 빛났다. 아무런 저항도 받지 않은 아프론의 신성 마법을 내리꽂는 순간, 데이탄이 불쑥 고개를 들었다. 그의 입에는 짙은 미소가 걸려 있었다.

"—!!"

상대의 꿍꿍이에 넘어갔음을 깨달은 이프론이 황급히 마력을 풀어내려 했지만 이미 때는 늦어 있었다. 신성 마법의 빛이 데이탄의 정수리에 내리 꽂히는 순간, 제크리스의 당황 섞인 외침과 데이탄의 광기 섞인 웃음소리가 동시에 터져 나왔다.

"이프론, 멈추—"

『크하하하하하하하—!』

그 순간 작렬한 신성 마법이 방 안의 어둠을 모조리 살라 없애며 모두의 시야를 하얗게 물들였다.

End of Thousands Years

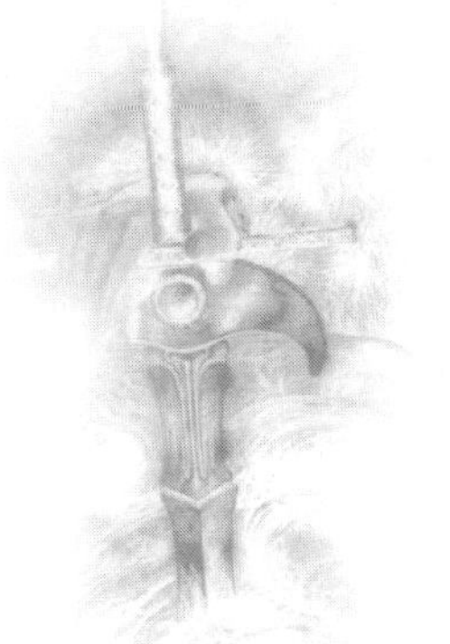

Letetenia Saga

End of Thousands Years

"크으……."

로엔은 신음을 흘리며 정신을 차렸다. 오른쪽 팔에 저릿저릿한 통증이 오는 것을 느끼며 몸을 일으킨 로엔은 문득 자신이 정신을 잃었던 상황을 깨닫고는 황급히 공격에 대비했다.

"……."

그러나 닥쳐오는 위협은 없었다. 이상함을 느낀 로엔은 천천히, 하지만 주의 깊게 방 안을 둘러보았다.

피로 붉게 물든 고요한 방은 빛을 잃은 듯 어두컴컴했다. 꽤 긴 시간이 지난 듯, 탑의 창으로 어둑어둑한 그림자가 비쳐들었다. 비록 피아를 식별할 수 없을 정도는 아니었지만, 그렇다고 쉬이 무언가를 확인할 수 있을 정도로 밝은 것도 아니었다.

어둠 속, 방의 한가운데 검은 그림자가 서 있었다. 보통 사람보다 조금 큰 그 그림자는 마치 석상처럼 미동도 않고 그저 자리에 서 있었다.

로엔은 바닥을 짚고 완전히 일어섰다. 옷에 굳은 피가 질척하게 달라붙어 불쾌한 느낌이 들었지만, 로엔은 개의치 않고 바닥에 떨어진 검을 주워 든 뒤 고개를 돌려 상황을 살폈다.

가장 먼저 구석에 쓰러진 두 개의 그림자가 들어왔다.

"유스와 에바인가……."

부드러운 곡선의 실루엣으로 누구인지를 파악한 로엔은 다시 고개를 돌렸다. 이번에는 그녀들의 반대편 벽에 실 끊어진 인형처럼 쓰러진 다른 그림자가 보였다. 힘없이 축 늘어진 12장의 회색 날개, 바로 제크리스였다.

로엔은 다시 고개를 돌렸다. 그러나 나머지 한 명, 아스나트 이프론의 모습은 보이지 않았다. 거기에 더해 데이탄 헬마스터 역시 사라진 상태였다.

다시 한 번 살펴봐도 이프론의 모습이 보이지 않자, 로엔은 조심스럽게 중앙의 그림자를 경계하며 옆으로 한 발짝 걸음을 옮겼다.

"……."

로엔의 움직임에도 그림자는 아무런 반응이 없었다. 그럼에도 경계를 늦추지 않으며 로엔은 조심스럽게 제크리스 쪽으로 걸음을 옮겼다.

마침내 제크리스에게 당도한 로엔은 한쪽 무릎을 꿇고 제크리스의 상태를 살폈다. 제크리스는 치명적인 부상을 입은 듯, 입가에 날개와 같은 잿빛 광혈(光血) 자국을 남긴 채 정신을 차리지 못하고 있었다.

"도대체 무슨 일이……."

로엔은 신음 섞인 목소리를 흘렸다. 제크리스의 강력함은 그 스스로도 이미 알고 있었다. 과거 라비니어스로 향하는 길에서 만난 디바인 나이트, 그리고 자신으론 상대조차 할 수 없는 강력함을 지닌 유스와 에바, 이런 엄청난 존재들조차 한 수 접어주는 강자가 바로 제크리스였다. 그런 제크리스가 형편없이 당해 구석에 쓰러져 있다니, 대체 어떤 존재가 이런 일을 할 수 있는지 로엔은 짐작조차 할 수 없었다.

아니, 짐작 가는 부분은 있었다. 방 가운데 석상처럼 선 그림자, 왠지 모를 기이한 존재감을 풍기는 그 그림자를 조심하라고 로엔의 본능이 끊임없이 경고를 보내고 있었다.

"크윽……."

그때 미약한 신음이 제크리스에게서 흘러나왔다.

"제크리스! 괜찮아요?!"

로엔이 황급히 물음을 던지자, 제크리스는 흐릿한 정신을 차리려는 듯 고개를 세차게 몇 번 흔들더니 왼손으로 이마를 짚으며 대꾸했다.

"으으… 그럭저럭 움직일 수는 있을 것 같아."

거기까지 말하던 제크리스는 갑자기 고개를 번쩍 들며 로엔에게 물었다.

"잠깐, 이프론, 이프론은?"

"사라졌어요. 데이탄 역시 보이지 않고요."

"그래, 역시 그렇게 된 거로군……."

로엔의 대답에 제크리스는 납득한 듯 고개를 끄덕였다. 하지만 그건 제크리스만일 뿐, 로엔은 전혀 상황을 파악하지 못하고 있었다.

"도대체 무슨 일이 있었던 겁니까?"

로엔의 물음에 제크리스는 쓴웃음을 지으며 무언가 대꾸하려 했다. 그러나 그의 표정은 곧 딱딱하게 굳었다.

"미안하게도, 한가롭게 이야기를 나눌 때는 아닌 것 같다."

심각한 목소리에 로엔은 제크리스의 시선을 따라 방 가운데를 향해 고개를 돌렸다. 그 순간 로엔의 표정이 굳어졌다.

"…움직이고 있어?"

기이한 존재감을 풍기며 서 있던 그림자가 움직이고 있었다. 확연하게 사람의 형상을 갖춘 그림자는 로엔과 제크리스를 인식이라도 한 듯 그들을 향해 천천히 걸음을 옮기고 있었다.

로엔은 몸을 일으켰다. 검을 쥔 손에 힘을 넣고, 긴장의 끈을 조이며 기세를 높였다. 상대의 알 수 없는 존재감에 물러나지 말라고 정신에 채찍질을 가하며, 로엔은 다가오는 그림자를 노려보았다.

다가오던 그림자는 경계하는 기척을 느낀 듯 로엔에게서 좀 떨어진 곳에서 걸음을 멈췄다. 어둠 속이라 상대의 얼굴을 파악하기는 힘들지만, 거동을 알아채기에는 충분한 거리였다.

로엔은 더욱 경계심을 높였다. 상대는 정체를 알 수 없는 존재였다. 그 역량을 파악하지 못하는 이상, 상대와 거리를 두고 있다 해서 결코 안심할 수는 없었다.

침묵이 서서히 로엔과 그림자 사이의 공간을 잠식했다. 그림자와 로엔 사이에 마치 팽팽하게 당겨져 언제 끊어질지 모르는 실 같은 긴장감이 감돌고 있었다.

순간 그림자의 팔이 움직였다. 로엔은 움찔하며 상대의 공격에 대비했지만, 그림자로부턴 아무런 공격의 기미도 보이지 않았다.

극도로 날카로워진 신경을 애써 가다듬으며 로엔이 흐트러진 자세를 바로잡았다. 그때 어느새 떠올랐는지 달빛이 창을 통해 방 안으로 비쳐들었다.

그 순간, 로엔과 제크리스의 눈이 크게 흡떠졌다.

"이프론?!"

당황과 경악에 물든 제크리스의 외침이 터져 나왔다. 비쳐든 달빛, 그 흐릿한 빛에 어렴풋하게 드러난 상대의 얼굴은 바로 그들이 너무나도 잘 알고 있는 자, 아스나트 이프론이었다.

"이프론, 도대체……?!"

반가운 마음에 달려가려던 로엔을 제크리스가 제지했다. 의아한 표정으로 로엔이 돌아보자, 그는 턱짓으로 이프론을 가리키며 말했다.

"이프론이 아니다."

"뭐라고요?"

로엔이 믿기지 않는다는 듯 반문했다. 확실히 로엔이 알고 있는 이프론에 비해 많은 것이 달라지긴 했다. 2m가 훌쩍 넘어가는 키와 달빛에 그대로 노출된 압축된 근육과 온몸에서 풍겨오는 기이한 존재감, 마지막으로 로엔과 제크리스 둘을 향한 냉혹한 표정이 그를 이프론이란 존재라 확신하기엔 너무나도 이질적이었다.

"하지만……."

무언가 반론을 하려던 로엔의 입이 곧바로 다물어졌다. 자신과 대치하고 있는 상대의 입에서 흘러나온 목소리 때문이었다.

"그 말 그대로다. 난 이프론이 아니지."

로엔은 경악한 표정으로 눈앞의 존재를 바라보았다. 비웃음 섞인 미성, 지옥에 가서라도 결코 잊을 수 없을 목소리가 이프론인 줄 알았던 존재의 입에서 흘러나오고 있었다.

로엔은 말했다.

"서, 설마……."

불신의 감정이 가득 담긴 목소리였다.

로엔의 반응이 유쾌하기라도 했는지 그는 웃음을 터뜨렸다.

"그 설마다. 다시 볼 수 있어서 기쁘군, 로엔 리스나르트."

"데이탄 헬마스터―?!"

"크하하하하하―!"

로엔의 당황한 외침을 덮어버리며 데이탄의 웃음이 방의 대기를 진동시켰다. 한참 동안이나 계속되던 웃음은 로엔의 얼굴이 참혹하게 일그러질 즈음이 돼서야 멈췄다.

웃음을 그친 데이탄은 득의에 찬 미소를 지으며 말했다.

"궁금한 게 많겠지? 특별히 기분이 좋으니, 대답해 주지."

그러더니 잠시 뜸을 들인 데이탄이 다시 내뱉었다.

"소멸시키기 전에― 말이야."

소름 끼치는 목소리였다. 그 목소리가 계속해 풍겨오는 기이한 존재감과 아우러져 오싹해지는 것을 느끼며, 로엔이 주춤 한 발짝 뒤로 물러났다. 상대의 정체를 알게 된 이상, 언제라도 짓쳐들지 모를 적의 공격에 대비하기 위해서였다.

경계하는 로엔의 모습에 데이탄은 피식 웃음을 터뜨렸다.

"이런, 이런. 아직은 없애 버릴 생각이 없다니까― 나도 꽤나 신용이 없군 그래."

그럼에도 로엔은 경계를 멈추지 않았다. 결국 물음은 그 옆에 쓰러져 있던 제크리스에게서 나왔다.

"어떻게, 네가 이프론의 모습을 하고 있는 거지?"

데이탄은 어깨를 으쓱하며 대꾸했다.

"쓸데없는 질문을 하는군. 당연하지만, 이게 나의 본모습이다. 그동안 마법으로 외양을 바꿔왔을 뿐. 생각해 본 적 없나? 한 존재에서 갈라진 두 개의 조각이 어째서 다른 모습을 하고 있는지?"

데이탄의 대꾸엔 조롱이 섞여 있었지만 제크리스는 개의치 않는 듯 곧바로 다음 질문을 던졌다.

"좋아. 그럼 이프론은 어디 있지?"

"크, 크큭― 크하하하―!"

데이탄은 갑자기 허리를 꺾으며 웃기 시작했다. 마치 기뻐서 어쩔 줄을 모르겠다는 듯, 작은 웃음은 곧바로 큰 웃음이 되어 너른 방을 울렸다.

한참을 가가대소하던 데이탄은 웃음을 멈추며 제크리스를 바라보았다.

"아아, 기다리게 해서 미안하군. 결론을 말하자면, 그는 존재하면서도 존재하지 않는다."

"빙빙 돌리지 말고 분명하게 대답해라! 이프론은 어디 있나!"

마치 수수께끼 같은 대답에 발끈한 제크리스가 고함쳤다. 그러자 데이탄은 다시 한 번 어깨를 으쓱하더니, 한심하다는 듯 말했다.

"이해를 못하는군. 말하는 그대로다. 존재하면서, 존재하지 않는다."

그러면서 데이탄은 왼손을 들어 엄지손가락으로 자신의 가슴을 툭툭 건드렸다. 마치 아스나트 이프론은 여기에 있다—라고 말하는 것처럼.

"……."

제크리스의 얼굴이 눈에 띄게 일그러졌다. 상대가 무엇을 말하려 하는지 알아챘기 때문이다.

"너, 너, 설마……."

데이탄은 킥— 히스테릭하게 웃더니 말했다.

"불쾌한 상상을 하는 모양이군. 네가 생각하는 그런 것과는 다르다. 원점으로 돌아갔다고나 할까."

"데이탄— 헬마스터—!"

순간 분노한 외침과 함께 제크리스의 몸이 앞으로 쏘아져 날아갔다. 신들을 제외하면 모든 차원계를 통틀어 대적할 자가 없다는 존재의 전력을 담은 일격이 데이탄 헬마스터에게 내리 꽂히고 있었다.

그때 데이탄이 번득, 이를 드러내며 잔혹하게 웃었다.

"꺼져라!"

콰쾅—

거대한 폭음과 함께 회색 물체가 날아가던 속도 그대로 팅겨나 벽에 충돌했다.

"제크리스!"

갑작스런 상황에 적응하지 못하던 로엔이 깜짝 놀라 쓰러진 제크리스에게 달려갔다.

"쿨럭, 쿨럭—!"

제크리스는 답답한 듯 연신 격렬한 기침을 했다. 그의 입에서는 기침과 함께 잿빛 광혈이 목구멍을 통해 토해졌다.

"제크리스!"

로엔이 재차 불렀지만 제크리스는 정신을 차리지 못했다. 실 끊어진 나무 인형처럼 축 늘어진 제크리스의 모습에 이를 악문 로엔이 고개를 돌리자, 잔혹한 웃음 띤 그대로 데이탄 헬마스터가 말했다.

"주제도 모르고 날뛰는 놈에겐 걸맞는 훈계가 필요한 법이지. 킥 킥."

"데이탄······."

로엔의 악다문 잇새로 신음 섞인 목소리가 흘러나왔다. 제크리스가 일격에 나가떨어질 정도의 강력함, 분하지만 로엔이 맞싸울 수 있는 상대가 아니었다.

데이탄은 팔짱을 끼더니 로엔을 내려다보며 말했다.

"불쾌하군. 언제까지 날 그따위 이름으로 부를 생각이지? 데이탄 헬마스터와 아스나트 이프론은 사라졌다. 천 년의 시간이 지나, 나뉘었던 두 개의 조각이 합쳐져 이제 본래의 모습을 찾은 것이다!"

그러더니 데이탄은 양팔을 활짝 펼치며 소리 높여 외쳤다.

"엔션트 블러드(Ancient Blood), 오래된 자(Elder One)의 마지막 계승자이자 마법의 지배자, 라이아드 더 로드 오브 매직(Lyard The Lord of Magick), 그것이 나의 이름이다!"

그 순간 데이탄, 아니, 라이아드의 몸을 중심으로 강력한 마나의 파장이 회오리쳤다. 비록 물리력을 가진 파장은 아니었지만, 그 강렬한 기세에 맞서기 위해 로엔은 전력을 다해 버텨야 했다.

마나의 파장이 가라앉자 라이아드는 싸늘한 눈으로 로엔을 바라보았다. 상대가 자신에게 특별히 적의를 품는 것 같지 않은데도 로엔은 자신도 모르게 등골이 오싹해지는 것을 느꼈다.

상대는 자신과 동일한 개체로서 로엔을 바라보는 것이 아니었다. 마치 무해한, 하지만 귀찮은 벌레를 바라볼 때의 시선, 그 이상도 이하도 아니었다.

로엔은 등골에 스미는 공포를 애써 떨쳐 내려 노력하며 라이아드를 바라보았다.

"겁먹고 뒷걸음질치지 않는 것은 칭찬해 주지. 리스나르트의 이름을 잇는 자."

라이아드는 비웃음을 입가에 띠며 말했다.

"그 용기에 경의를 표하는 의미로, 궁금한 것이 남아 있다면 대답해 주지."

"그렇다면."

로엔은 사양하지 않았다. 공포는 떨쳐 냈지만, 여유를 갖고 상대에 맞설 준비를 할 시간이 필요했다. 어떻게든 마음을 추슬러야 할 판에 상대가 시간을 준다는데 마다할 이유가 없었다.

"두 존재가 하나가 되었다는 것은 무슨 의미지?"

"아아, 그게 궁금한가?"

라이아드는 다시 팔짱을 끼며 대꾸했다. 이쪽이 무엇을 생각하고 있는지 따윈 빤히 읽고 있다는 듯 가소롭게 바라보는 그의 표정에 다시 한 번 등골에 오한이 스쳤지만, 로엔은 내색하지 않은 채 고개를 끄덕였다.

"간단하다. 데이탄 헬마스터와 아스나트 이프론은 원래 하나였다. 그것이 바로 나, 라이아드 더 로드 오브 매직이었고, 이제 두 존재가 합쳐져 원래대로 돌아온 것일 뿐이지."

원래의 존재로 돌아온 것이 어지간히 기쁜 듯, 라이아드의 말이 끝날 즈음에는 목소리에 웃음기가 섞여 있었다.

로엔은 고개를 가로저으며 다시 물었다.

"내가 묻는 것은 그런 게 아니다. 둘이 하나에서 갈라졌고, 원래 존재의 선성과 악성을 가지게 되었다는 것은 이미 들어서 알고 있는 사실. 둘의 존재가 하나로 돌아왔다고 해도 이상할 것은 없어. 단지, 내가 알고픈 것은 그 과정이다. 어떻게 둘이 하나로 돌아갈 수 있었던 건가, 그게 궁금하다는 이야기다."

라이아드는 이를 드러내며 웃었다.

"고작 그런 게 궁금했었나? 하긴, 마음의 준비를 하려면 시간이 필요할 테니 가급적 긴 화제를 꺼내는 게 유리하겠지."

짐작은 했지만, 상대가 자신의 의도를 파악하고 있음을 직접적으로 듣자 로엔은 뜨끔했다. 하지만 라이아드는 상관없다는 듯 멋대로 이야기를 시작했다.

"어디부터 시작하는 게 좋을까. 그렇지, 데이탄 놈, 상당히 훌륭한 생각을 하고 있었더군."

"안 돼―!"
『크하하하하하하하―!』
데이탄의 광소성과 함께 신성 마법의 섬광이 방 안을 가득 채웠다.

눈을 뜰 수 없을 만큼 강렬한 정화의 빛에 제크리스는 또다시 데미지를 입지 않기 위해 방어에 전력을 기울여야 했다.

방 안에 존재하는 모든 어둠을 태워 버린 빛이 사라진 후 방은 다시 원래의 붉은빛으로 돌아왔다. 모든 어둠을 정화하는 신성 마법의 빛도 이 불길한 붉은 핏빛만은 어쩔 수 없었던 모양이다.

"크윽……."

또다시 신성 마법에서 몸을 보호하는 데 상당한 힘을 소모해 버린 제크리스가 조심스럽게 빛의 날개를 접으며 일어났다. 백열하는 섬광이 사라져 암순응을 시작한 눈을 든 제크리스는 가장 먼저 상황의 변화를 파악했다.

강렬한 신성 마법에 직격당한 데이탄이 서 있던 곳에는 아무것도 남아 있지 않았다. 고여 있던 핏물이 밀려나 새하얀 대리석 바닥에 파인 자국이 유일한 흔적이었다.

그 앞에 이프론이 망연한 표정으로 서 있었다. 원래대로라면 데이탄의 소멸에 함께 사라졌어야 할 그가 아직 존재를 유지하고 있었다. 이유는 간단했다. 데이탄은 완전히 사라지지 않은 것이었다.

"이프론!"

제크리스는 황급히 이프론 옆으로 다가갔다. 상대의 수법에 넘어갔다는 것이 어지간히 충격이었는지, 이프론은 아직도 망연한 표정이었다. 그는 자신을 부르는 제크리스 쪽은 돌아보지도 않은 채 씁쓸한 표정으로 중얼거렸다.

"완전히… 당했군."

이프론의 말에 제크리스는 자신도 모르게 고개를 돌려 아직도 석상처럼 움직일 줄 모르는 괴물을 바라보았다. 신성 마법이 펼쳐지기 전에 들었던 불길한 예감과 생각, 그 생각이 거의 확신으로 굳어져 가는 것을 느끼며 제크리스가 물었다.

"역시, 저 정체를 알 수 없는 마력덩어리가……."

"저런 불완전한 것을 만들어냈을 때부터 알아챘어야 하는데… 단지 시간이 부족했을 거라고 넘겨짚은 것부터가 실책이었다. 수십 년 전부터 준비해 왔을 놈에게, 시간이 부족할 리가 없는 것을……."

그때 괴물의 몸이 떨리는가 싶더니, 천천히 움직이기 시작했다. 뻐근한 듯 몸 여기저기를 움직이던 괴물은 이윽고 몸을 돌려 제크리스와 이프론 쪽을 바라보았다.

"고맙다고 해야겠지? 아스나트 이프론."

"데이탄, 네놈—"

이프론이 이를 악물며 데이탄을 노려보았다. 그러자 괴물, 아니, 데이탄 헬마스터는 어깨를 으쓱하며 말했다.

"아아, 네게는 정말로 감사하고 있다. 네가 아니었다면 결코 성공할 수 없었을 테니까."

어느새 데이탄의 입가에는 비열한 미소가 자리 잡고 있었다.

"비록 물리적 실체로 존재하고는 있다지만, 너와 나는 어디까지나 아스트랄 사이드(Astral Side)에 속한 영적 존재에 다름 아니지. 서로의 속성, 즉 상극의 마법에 치명적으로 약한 약점을 보완하기 위해, 난 단독으로 이 차원계에 현계하기 위한 필요 조건, 즉 적당한 소체를 찾았다. 그것이 바로—"

"이 나라의 실질적인 최고 권력자, 길리언 아스나드 폰 미드가르드 네오토라인가."

내뱉듯 이은 이프론의 목소리에 데이탄은 고개를 끄덕였다.

"이 나라에 대해서라면 너무나도 잘 알고 있으니까. 킥킥킥……."

잠시 나직하게 웃던 데이탄은 이야기를 계속했다.

"그리고 그를 부추겨 대륙 전체를 아우르는 대규모 전쟁을 일으킨다. 원래부터 야망이 커다란 자였던 만큼, 그것은 너무나도 간단한 일이었지."

"거기에서 닥치는 대로 수집한 원혼을 그릇이 되는 소체(紹體)에 억지로 밀어 넣는다. 과대한 마이너스 에테르에 육신은 당연히 거부 반응을 일으키고, 영혼은 광기를 이기지 못해 자멸한다. 영혼이 사라져 텅 빈, 하지만 마이너스 에테르로 구성된 고순도 마력으로 가득 찬 육체에 신성 마법을 조사해 강제로 정화한다. 그동안 과밀한 마력에 적응한 몸은 속성의 불균형이 해소되면서 원래대로 돌아오고, 그 후 스스로의 영혼을 조각해 의식체와 함께 이식한다―겠지?"

다른 사람은 끼어들 틈도 없이 빠르게 내뱉은 이프론의 말에 데이탄이 박수를 치며 대꾸했다.

"훌륭해! 완벽하게 파악하고 있었군!"

경망스러울 정도로 과장된 그 행동에 이프론이 이를 뿌드득 갈았다.

"네놈―"

"아!"

무언가 말하려던 이프론의 말을 갑자기 데이탄이 끊었다.

"물론 여기에는 부족한 것이 하나 있지. 그게 뭔지 모르진 않겠지,

아스나트 이프론?"

"모를, 리가 있을까—"

어금니가 부서져라 이를 갈며 이프론이 대꾸했다.

"조각된 영혼은 완벽히 균형을 이뤄야 완성된다. 그렇지 않으면……."

"그 불안정성에 육신과 영혼, 양쪽 모두가 붕괴되지."

다시 어깨를 으쓱하며 데이탄이 말했다.

"그래서 말인데, 이제 네가 필요하게 되었다."

"……."

이프론은 대답하지 않고 데이탄을 노려보았다. 그의 시선에는 오직 하나의 감정만이 자리하고 있었다. 순수한 적의, 바로 그것이었다.

보통 사람은 받는 것만으로도 기절해 버릴 이프론의 시선을 데이탄은 그저 웃으며 받아넘겼다. 빙글빙글 웃는 표정 그대로 데이탄이 이프론에게 말했다.

"물론 순순히 받아들이지 않겠지?"

"대답을 알면서 묻는 저의는 뭐지?"

싸늘한 대답에 데이탄의 오른쪽 입꼬리가 더욱 올라갔다.

"그거야—"

"—!!"

데이탄의 몸이 모두의 시야에서 사라졌다. 순간적으로 데이탄의 움직임을 놓친 이프론은 당황해 상대를 찾으려다 문득 복부에서 느껴지는 강한 충격에 자신도 모르게 비명을 토해냈다.

"컥—!"

“이프론!”

어느새 이프론의 눈앞에 나타난 데이탄이 상대의 복부에 주먹을 꽂아 넣은 것을 본 제크리스가 놀라 데이탄에게 달려들었다.

“귀찮군.”

“크윽—!”

데이탄이 아무렇게나 휘두른 손짓 한 번에 강렬한 마력의 폭풍이 휘몰아쳤다. 아무런 가공조차 되어 있지 않은 마력의 폭풍에 급히 방어 태세를 취한 제크리스의 몸이 몇 미터나 뒤로 죽 밀려났다.

단지 손짓 한 번만으로 제크리스를 떨쳐 낸 데이탄이 이프론의 목을 움켜쥐었다. 마치 솜털을 잡은 듯 간단히 이프론을 들어 올린 데이탄은 잔혹한 미소와 함께 손아귀에 힘을 넣으며 말했다.

“돌아가는 거다. 천 년 전, 마도의 정점에서 군림했던 바로 그때로!”

“누… 가, 너 따위… 에게…….”

데이탄의 손아귀에서 벗어나려 몸부림치며 이프론이 말했다. 그러면서, 이프론은 젖 먹던 힘까지 짜내 오른손에 마력을 그러모았다. 그 순간이었다.

서걱—

“아아아아아악—!”

이프론의 처절한 비명이 방 안을 울렸다.

“자살하려고? 그렇게는 안 되지.”

데이탄이 왼손으로 뽑아낸 이프론의 오른팔을 뒤로 던지며 말했다.

“확률적으로 양자 모두의 소멸이 아닐 가능성 때문에 상대의 소멸을 노리다, 궁지에 몰리자 반대의 가능성을 믿고 자아 소멸로 마지막 반전을 노리려는 속셈을 읽지 못할 거라 생각했나?"

"빌어… 먹을… 크으윽!"

이프론은 뽑혀 버린 오른팔에서 몰려오는 통증에 신음했다. 그 모습을 즐거운 듯 바라보던 데이탄이 최후의 선언을 했다.

"그렇다! 그 빌어먹을 주신이 예비한 운명의 고리를 이제야말로 확실하게 끊어놓고 말겠다! 크하하하하하하!"

데이탄의 팔에서 보라색 오라가 일렁였다. 처음에는 옅게 둘러쌀 뿐이던 보라색 오라는 빠른 속도로 짙은 색으로, 또 팔에서 데이탄의 몸 전체로 퍼지기 시작했다.

"이프론—!"

제크리스가 다시금 달려들었지만 데이탄의 손짓 한 번에 엄청난 데미지를 입고 의식을 잃어버렸다. 가공할 힘이었다. 수십만의 원혼이 갖고 있던, 거기에 정화까지 되어 사용에 아무런 제한조차 없는 마력에서 나오는 파워는 실로 무시무시할 정도였다.

"끝난다! 이걸로 나의 계획은 완성된다! 크하하하하—!"

데이탄의 외침에 호응하듯 보라색 마력의 물결이 데이탄과 이프론을 중심으로 회오리쳤다. 그 마력의 파도가 높아지고, 이윽고 데이탄과 이프론의 몸을 완전히 덮어버렸다.

"…이제 알겠나?"

"그렇게 된 것이었군."

라이아드의 설명에 로엔은 고개를 끄덕였다. 그의 설명에 데이탄이 지금까지 획책해 온 모든 일에 대한 의문이 확실하게 풀리고 있었다.

로엔은 검끝을 바닥으로 향한 후 살짝 뒤쪽으로 내밀었다. 그리고는 라이아드를 흘낏 바라보았다. 그 모든 행동을 라이아드는 팔짱을 낀 채 재미있다는 얼굴로 바라보고 있었다.

"저항할 생각인가?"

"말할 필요가 있을까?"

로엔의 대답에 라이아드는 상체를 살짝 틀며 알 수 없다는 듯 말했다.

"여기 있는 나는 네 원한의 대상이었던 데이탄 헬마스터가 아니다. 그는 이미 사라졌다. 게다가 너는 내 상대가 되지 못한다. 내가 완벽한 몸을 되찾은 지금, 이 세상 모든 악의 정점에 군림하는 레이가르라 해도 날 감당할 수 없을 것이다. 그런데도 날 막아서겠다고?"

로엔은 킥 웃음을 터뜨렸다.

"뭐가 우습지?"

"아니, 조금 전까지 소멸시키겠다느니 어쩌니 하면서 데이탄 헬마스터로서 말하던 주제에 그렇게 말하는 건 우습다고 생각지 않아?"

잠시 생각하던 라이아드는 고개를 끄덕였다.

"아무래도 돌아온 지 얼마 되지 않아 정신 쪽이 불안정한 모양이군. 뭐, 상관없다. 그 목숨은 보전해 줄 테니, 돌아가라."

"푸하하하하하―!"

갑자기 로엔이 커다란 웃음을 터뜨렸다. 듣는 사람마저 시원스럽게 느껴질 맑은 웃음이었다.

한참을 웃던 로엔이 라이아드를 바라보았다. 그 시선에는 한심함과 함께, 상대를 향한 살기가 진득하게 배어 있었다.

“당신, 뭔가 착각하는 모양인데…….”

뒤로 내렸던 로엔의 검끝이 아름다운 호선을 그렸다. 그 검끝이 이 윽고 라이아드를 향했을 때, 로엔의 목소리가 날카롭게 방을 울렸다.

“지금 당신이 데이탄 헬마스터인가 아닌가는 상관하지 않아. 중요한 것은 지금 당신이 데이탄 헬마스터의 계획, 그 결과로 나타난 결과물이란 것이지. 내 말 알겠어?”

“나를 원래대로 되돌리는 과정에서 나온 희생이니, 그 결과인 나 역시 증오의 대상이 된다는 건가.”

라이아드는 웃었다. 그 입가에 걸린 진한 살기를, 로엔은 놓치지 않았다.

“재미있군. 인간은 역시 재미있어. 그리고—”

“—!!”

로엔이 황급히 망토로 몸을 둘러싸는 순간, 강렬한 충격파가 로엔을 덮쳤다. 충격파의 기세를 이기지 못하고 바닥을 몇 번이나 굴러간 로엔의 머리 위로 싸늘한 라이아드의 목소리가 들려왔다.

“천 년 전이나 지금이나 변함없이 멍청하군.”

“크윽…….”

이제는 거의 말라붙어 가는 붉은 핏물로 범벅이 된 로엔이 신음을 삼키며 일어났다. 단 일격에 형편없는 꼴이 되어서도 대항하겠다는 마음은 사라지지 않은 듯, 양손으로 검을 쥐고 앞으로 내밀고 있었다.

“쓸데없는 짓.”

다시 한 번 충격파가 로엔을 덮쳤다. 로엔은 이번에도 형편없이 밀려나다 바닥을 굴렀다.

그런데 이상했다. 저 강력한 제크리스마저 단번에 벽까지 튕겨내는 라이아드의 일격이 로엔에게는 그다지 효과를 발휘하지 못하고 있었다. 기껏해야 반동을 못 이겨 몇 바퀴 굴러가는 것뿐, 로엔이 받는 직접적인 충격은 거의 없다고 해도 과언이 아닐 정도였다.

라이아드도 그것을 깨달았는지 로엔을 바라보며 미간을 가볍게 찌푸렸다.

"주신의 각인인가. 귀찮군."

"귀찮은 게… 많아 좋겠군. 웃차!"

텀블링하듯 날렵하게 몸을 일으키며 로엔이 말했다. 기습에 당해 형편없이 굴러가던 처음과는 달리, 이번엔 라이아드의 기세를 많이 해소해 낸 모습이었다.

로엔은 일어나 당당히 섰다. 검끝을 라이아드 쪽으로 내밀어 경계하면서, 천천히 틈을 노렸다. 그러면서 로엔의 머리 속은 끊임없이 회전했다.

비록 상대의 공격을 큰 타격 없이 해소했다지만, 라이아드와 로엔 사이에 놓인 격차는 너무나 컸다. 전력은커녕 간단한 손짓 한 번만으로 로엔을 날려 보낼 수 있는 라이아드에 비해, 로엔은 당장 상대에게 타격을 줄 수 있는 유효한 수단부터 강구해야 할 처지였다. 그리고 그 사실은 로엔보다 라이아드가 더욱더 잘 알고 있었다.

로엔의 몸을 간단히 훑어본 라이아드가 비웃듯 말했다.

"마력 차단 결계인가. 과연, 로드 오브 매직이라 불리는 내게 그것 이상의 효과적인 수단은 없었겠지."

라이아드의 한쪽 눈썹이 꿈틀, 치켜 올라갔다.

“—!!”

콰앙—

로엔의 아래쪽 바닥이 폭발하면서 돌 조각이 사방으로 비산했다. 로엔은 황급히 피하려 했지만, 사방으로 무질서하게 날아드는 파편을 모두 피하기엔 역부족이었다.

“크윽—!”

곳곳에 파편을 맞은 로엔이 비틀거리다 한쪽 무릎을 꿇었다. 팔의 급소라도 당한 듯, 로엔의 오른팔이 축 늘어져 있었다.

순식간에 로엔의 앞까지 다가온 라이아드가 코웃음 치며 말했다.

“하지만 물러. 마력을 차단한다 해도 그 영향으로 발생한 물리력까지 막아주진 않을 터, 그 정도로는 나를 이길 수 없다.”

로엔이 고개를 쳐들고 라이아드를 노려보았다. 그 순간 라이아드의 오른발이 로엔의 턱을 강하게 올려 찼다.

“큭—!”

신음과 함께 로엔의 몸이 높이 떠올랐다. 턱에서부터 정수리까지 꿰뚫어오는 충격에 정신을 차리지 못하는 로엔의 얼굴을 향해, 들어올려졌던 라이아드의 오른발 뒤꿈치가 강하게 내리찍혔다.

콰앙—

강렬한 기세로 날아간 로엔이 벽과 충돌해 앞으로 쓰러졌다.

“쿨럭, 쿨럭—!”

바닥에 엎드린 로엔이 격렬한 기침을 토해냈다. 안면을 정면으로 얻어맞은 타격보다 날아가 벽에 충돌한 데미지가 더 큰 것처럼 보였다.

그것을 경멸하는 시선으로 내려다보며 라이아드가 말했다.

"이렇게 너를 전투 불능으로 만드는 정도는 얼마든지 할 수 있다."

자만도, 오만도 아니었다. 라이아드는 단지 순수한 사실만을 말하고 있었다.

로엔의 상태는 절망적이었다. 단 세 번의 공격으로 입은 타격이 모두 누적되었고, 오른팔이 탈골되었다. 그것보다 로엔을 더욱 괴롭게 하는 것은, 지금 몸이 정상으로 돌아간다 해도 라이아드를 이길 가능성이 단 1%도 보이지 않는다는 사실이었다.

"허억, 허억, 허억!"

심한 충격에 숨을 쉬지 못하던 로엔이 가까스로 거친 숨을 몰아쉬었다. 그의 얼굴은 괴로움과 참담함으로 심하게 일그러져 있었다.

"끝이다. 영원히 너 자신의 무력함을 원망하며 절규해라."

그 말을 끝으로 라이아드는 몸을 돌렸다. 그에게 있어 꼴사나운 몰골로 쓰러져 바닥을 기는 로엔은 더 이상 관심의 대상이 되지 못했다.

"크윽……."

쓰러진 로엔은 라이아드의 등을 바라보며 이를 갈았다. 분하지만, 라이아드의 말대로였다. 지금 로엔에게 있어 상대를 타도할 수단은 아무것도 없었다. 적어도 그 무엇이라도 가를 수 있는 검기라도 가지지 않는 한, 로엔에게 승산이란 존재하지 않았다.

『너에게 주는 마지막 가르침이다. 잘 보아라, 로엔.』

문득 로엔의 뇌리에 아버지의 모습이 떠올랐다. 검을 감싼 푸른색 오라, 일격에 수만의 병사를 분쇄하던 빛의 해일. 시공을 가르는 차원의 검, 그런 검기가 있다면 자신에게도 승산은 있었다.

"할, 수… 있어……."

로엔은 이를 악물고 중얼거렸다.

『보아라, 이것이 리스나르트의 검이다!』

분명히 보았다. 그의 아버지가 생명을 걸고 보여준 궁극의 검. 선택받은 검가의 후예로서 검의 길을 걸어 가까스로 이르른 하나의 종착점. 그 종착점을 로엔은 분명히 보았다.

로엔은 고개를 들었다. 어느새 정신을 차리고 일어났는지, 제크리스와 라이아드가 싸우는 모습이 보였다. 아니, 그것은 싸움이라고 하긴 힘들지도 몰랐다. 어디까지나 공격하는 쪽은 라이아드, 제크리스는 일방적으로 몰리고 있을 뿐이었으니까.

로엔은 오른팔에 힘을 넣었다. 그러나 완전히 탈골되어 버린 오른팔은 덜렁거릴 뿐 전혀 로엔의 말을 듣지 않았다.

하는 수 없이 왼팔만으로 바닥을 짚고 일어난 로엔은 오른팔을 붙잡았다. 탈골된 어깨를 맞추는 방법은 알고 있었다. 남은 것은 고통을 견디는 것뿐.

로엔은 크게 심호흡을 한 다음 이를 악물고 왼손에 힘을 넣었다.

"흡!"

우드득—

뼈마디가 마찰하는 소름 끼치는 소리와 함께 로엔의 오른팔이 제자리를 찾았다. 끔찍한 고통에 아직 힘은 제대로 들어가지 않았지만, 오른팔은 그런대로 말을 들어주는 것 같았다.

제크리스와 라이아드의 싸움은 끝을 향해 달려가고 있었다. 활짝 편 16장의 날개 대부분이 꺾이고 연신 거친 숨을 내뱉는 제크리스에 반해, 라이아드는 지친 기색조차 보이지 않았다.

로엔은 바닥에 나뒹구는 자신의 검을 집어 들었다. 뇌리에 단 하나의 이미지, 그 이미지를 떠올리는 데 모든 사고를 집중했다.

『생각해라, 네가 가진 힘이 무엇인지. 네 이마에 새겨진 세 번째 봉인, 답은 반드시 거기에 있다.』

이프론은 그렇게 말했다. 만약 이프론이 최악의 상황, 즉 라이아드의 부활까지 염두에 두고 말한 것이라면, 분명 로엔에게 무언가 눈앞의 적을 끝장낼 수 있는 방법이 있을 터였다.

"크아악—!"

마침내 잿빛 피분수를 뿜으며 제크리스가 멀리 나가떨어졌다. 그 모습을 즐기듯 감상하던 라이아드는 로엔이 일어나 있다는 것을 이미 알고 있었다는 듯 로엔을 향해 몸을 돌렸다.

"나와의 격차를 알면서도 다시 일어나다니, 정신력만큼은 칭찬해 주지."

로엔은 대꾸하지 않았다. 대신 뇌리의 이미지에 더욱 정신을 침전시켜 갔다. 라이아드의 비아냥도, 팔의 고통도, 끊임없이 뇌리에 경고를 보내는 본능까지 모두 차단한 로엔의 사고는 끝없는 의식의 바다 속으로 점점 빠져 들어갔다.

"무엇을 노리는지 모르겠지만, 쓸데없는 짓이다."

로엔의 행동에서 무언가 이상함을 느꼈는지, 라이아드가 그를 향해 걸어오며 말했다. 하지만 그 말은 이미 모든 감각을 닫은 로엔에게는 들리지 않는 것이었다.

거침없이 걸어온 라이아드가 로엔의 앞에 섰다. 팔을 뻗으면 간단히 목을 움켜쥘 수 있는 거리. 하지만 로엔은 움직이지 않았다.

"용기를 가상히 여겨 고통없이 보내주고 싶지만, 그럴 수 없는 불변의 육체를 저주해라."

라이아드의 오른손이 로엔의 목줄을 움켜쥐었다. 그 손이 단번에 로엔의 목을 꺾어버리려는 순간—

화아악—

찬란한 섬광이 로엔의 이마에서 뿜어져 나왔다.

로엔의 의식은 깊이 가라앉아 있었다. 외부의 모든 자극으로부터 차단된 로엔의 의식은 처음부터 떠올리고 있었던 이미지, 그것 하나만을 명확히 느끼고 있었다.

로엔이 보고 있는 이미지는 간단했다. 고대라고 불리던 때보다 더욱 이전, 최초의 신이 차원을 갈라 세계를 창조한 바로 그 찰나의 시간이 로엔의 의식을 끝없이 스쳐 가고 있었다.

우주의 시작 이전에 존재했던, 무시무시한 혼돈의 소용돌이에 로엔은 전율했다. 허무가 지배하는 끝이 보이지 않는 절대진공의 공간이 가져다주는 절망과 공포에 비하면, 조금 전 느꼈던 라이아드가 보여준 것은 단지 티끌만도 못하다고 생각될 정도였다.

끝없는 허무의 심연에 전율하던 로엔의 의식에 문득 하나의 빛이 보였다. 이 거대한 혼돈과 허무의 대공동(大空洞)에 비하면 작은 촛불보다 초라한 빛이었지만, 로엔에게는 태양보다도 찬란하게 보였다.

꺼져 갈 듯 희미하던 빛은 점점 그 밝기를 더해갔다. 하지만 이상하게도 빛은 밝아지면서도 저 먼 곳까지 비추지 않고 있었다. 그것이 로엔에게는 마치 힘을 응축해 모으고 있는 것처럼 보였다.

로엔의 예상은 틀리지 않았다. 똑바로 바라볼 수 없을 정도로 강렬하게 변해가던 빛은, 어느 순간 거대한 폭발을 일으키며 허무의 바다를 불사르기 시작했다.

그 순간, 허무 속에 질서가 생겨났다. 무거운 것은 가라앉아 대지가 되었고, 가벼운 것은 떠올라 공기가 되었다. 혼돈 속에서 제멋대로 떠돌던 모든 것들이 자리를 찾아 세계를 구성하기 시작했다.

그 와중에 혼돈으로 다시 돌아가려는 것들도 있었다. 그러나 빛은 무질서를 용납하지 않았다. 혼돈이 생겨나는 곳에는 어김없이 눈부신 빛이 나타나 규칙의 세계로 되돌려 보냈다.

하지만 혼돈과 허무도 쉽게 물러서지 않았다. 빛이 미치지 못하는 곳에는 어김없이 무질서가 나타났고, 그러면 빛이 일어나 다시 모든 것을 질서로 되돌렸다.

그것은 장엄한 광경이었다. 로엔은 모든 것을 잊고 그 광경을 바라보았다. 끝나지 않는 빛과 허무의 싸움, 그것은 마치 선과 악의 싸움과도 같았다.

악이 득세하면 선이 그것을 부순다. 하지만 선의 손이 미치지 못하는 곳에 악은 다시 나타난다. 그 과정이 무한하게 반복되면서, 세계는 쉼없이 변화해 나갔다.

로엔은 그 모습을 지켜보며 자신도 저 빛처럼 되고 싶다고 느꼈다. 빛은 힘을 가지고 모든 것을 지키는 질서의 수호자였다. 로엔 역시 소중히 생각하는 모든 것들을 지키고 싶었다. 하지만 그에게는 힘이 없었다. 로엔은 라이아드는커녕, 유스와 에바, 심지어 이미 허무로 돌아간 검의 대공 이스카조차 쉽게 이기지 못하는 나약한 한 명의 인간에 불과했다.

"갖고 싶다—"

로엔은 이 세계에서 처음으로 소리 내어 말했다. 가식과 거짓이 일체 배제된, 순수한 소망만을 담은 목소리였다.

그 목소리에 반응이라도 하듯 로엔의 바로 앞에 빛이 나타났다. 처음으로 가까이에서 보는 빛의 모습에 로엔은 신기해하며 빛을 이리저리 관찰했다.

빛은 움직임이 없었다. 마치 붙잡아줄 것을 기다리는 듯, 그저 로엔의 앞에 떠 있을 뿐이었다.

로엔은 빛을 향해 천천히 손을 뻗었다. 마치 오래도록 소망하던 물건을 다루듯 조심스러운 손놀림이었다.

로엔의 손끝이 빛에 닿으려는 순간, 빛이 갑자기 일렁였다. 흠칫한 로엔이 손을 거두려는데, 느닷없이 빛이 로엔의 이마로 쏘아져 들어왔다.

"와아아앗—!"

당황해 무언가를 해보기도 전에 빛은 로엔의 이마를 꿰뚫었다. 그 순간, 로엔의 의식체가 산산이 부서지며 세계가 하얀 빛으로 가득 찼다.

라이아드는 당황해 로엔의 목을 움켜쥔 손을 놓았다. 하지만 로엔의 몸은 목을 잡혀 있던 그대로 허공에 뜬 채 이마에서 찬란한 빛을 뿜어내고 있었다.

"무슨 일이 벌어지고 있는 거지?"

라이아드는 빛을 뿜어내는 로엔의 이마를 보며 중얼거렸다. 이프론과 데이탄, 둘 모두가 가졌던 지식으로 이것이 세 번째 주신의 각인 때문에 벌어지는 일이란 것은 짐작했지만, 그 세 번째 각인이 구체적으로 무엇인지까지는 모르고 있었다. 만약의 사태에 대비해 라이아드는 급히 뒤로 물러나 로엔과의 거리를 벌렸다.

로엔의 이마에서 뿜어지는 빛이 서서히 잦아들었다. 그와 함께 붕 떠 있던 로엔의 몸이 바닥으로 내려앉았다.

감겨 있던 로엔의 두 눈이 천천히 뜨여졌다. 심홍의 깊이를 가진 붉은 눈동자가 명확한 의사를 가지고 라이아드를 향했다.

"기다리게 했군, 라이아드."

로엔이 담담하게 말을 건넸다. 아까와는 확연히 다른 여유있는 목소리에 라이아드가 동요를 감추며 대꾸했다.

"흥, 허세를 부린다고 달라지는 것은 없다. 쓰러져, 그 영원한 삶이 죽지도 살지도 못하는 비참한 것으로 바뀔 뿐."

"글쎄, 과연 그럴까?"

로엔은 웃었다. 평정을 가장하는 것도, 허세를 부리는 것도 아니었다. 단지 고요한 호수면처럼 마음이 움직이지 않을 뿐이었다.

"모든 것은 꺼내보면 아는 일."

그렇게 말하며 로엔은 온몸에 힘을 뺐다. 늘어뜨린 팔과 안정된 호흡, 쓸데없는 힘이 사라진 완전한 자연체가 거기에 있었다.

라이아드도 그것을 모를 정도로 바보가 아니었다. 빈틈을 노려 선공을 가하는 대신, 그는 다시 한 번 말을 건넴으로써 상대를 탐색하는 것을 선택했다.

"조금은 변한 게 있는 모양이군. 고작 그게 네가 믿는 것인가?"

로엔은 대답하지 않았다. 대신 자연체 상태 그대로 라이아드를 향해 걸음을 떼어놓았다.

저벅, 저벅—

로엔이 걸음을 옮기는 순간, 라이아드의 마음에 하나의 불안감이 생겨났다. 로엔이 걸음을 옮길수록 점점 커진 마음의 불안감은, 둘의 거리가 상당히 좁혀졌을 때에는 견딜 수 없을 정도로 커져 있었다.

"까불지 마라!"

불안감을 견디다 못한 라이아드가 세차게 손을 휘둘렀다. 그의 손끝에서 생겨난 마력의 돌풍이 모든 것을 휩쓸어 버릴 기세로 로엔을 덮쳐 갔다. 그러자 로엔의 검이 호선을 그리며 앞으로 뻗어 나왔다. 그 순간, 노도처럼 몰려오던 마력의 폭풍이 산들바람처럼 흩어져 버렸다.

"무슨—!"

믿을 수 없는 광경에 라이아드의 당황한 외침이 방 안을 가득 울렸다. 전력을 다한 것은 아니었지만, 조금 전의 로엔 정도쯤은 다발로 몰려와도 모두 휩쓸어 버릴 정도의 위력은 되었다. 그런데 로엔의 칼질 한 번에 힘을 잃고 흩어져 버린 것이다.

"믿을 수 없다! 어떻게 나의 마력을—!"

"믿을 수 없다면 다시 한 번 해보지 그래?"

웃음 섞인 목소리로 로엔이 말했다. 상대를 비웃는 의도가 전혀 없는 순수한 웃음, 오히려 그것이 라이아드의 화를 더욱 돋우었다.

"좋다! 이번에야말로—"

라이아드는 양손에 전력을 집중했다. 가능한 최대 출력의 마력으로 로엔을 제압할 생각인 듯, 그의 손에 집중된 마력은 가공할 수준이었다.

우우웅─

한계 이상으로 응축된 마력에 대기가 미친 듯 울부짖었다. 라이아드에게서 뻗어 나오는 폭발적인 기세만으로도 어지간한 천사는 접근조차 하지 못할 정도였지만, 로엔은 아무런 영향도 받지 않는 듯 검을 앞으로 내민 채 우뚝 서 있을 뿐이었다.

"완전히 끝내주마!"

라이아드 주변의 공간이 일그러지기 시작했다. 허용량을 넘어 모여든 마력에 반발해 공간 왜곡 현상이 벌어진 것이다.

그 순간, 로엔의 검에 옅은 오라가 덧씌워졌다. 그것을 본 라이어드가 경악한 표정으로 외쳤다.

"시공단열참! 어떻게─!"

거기까지 외치던 라이어드는 곧 알겠다는 듯 고개를 끄덕였다.

"그렇군. 주신의 축복, 아니, 저주받은 핏줄 리스나르트… 벌써 여기까지 도달했단 말인가."

가라앉은 목소리로 중얼거리던 라이어드는 한껏 마력을 끌어 모은 두 팔을 가운데로 모으며 외쳤다.

"시공을 초월해 차원을 가르는 검이라도 소용없다! 승리는 나의 것이다!"

그 외침에 호응하듯 대기는 더욱 미친 듯이 울부짖고, 공간은 일그러짐을 넘어 블랙홀(Black Hole) 현상을 일으키기 시작했다.

"불변의 육체라 해도 감당할 수 없을 것이다! 임계를 넘은 초차원의 저편, 무한한 허무의 세계로 사라져라!"

그때 귀를 멍멍하게 만드는 소음을 뚫고 차분한 로엔의 목소리가 울려 퍼졌다.

"착각하고 있군."

"뭐?"

황당한 듯 바라보는 라이어드를 향해 로엔은 냉정하게 말을 이었다.

"에누마 · 일리쉬는 단순히 차원을 가르는 검이 아니다. 심연의 암흑 속 허무의 끝에서 세계를 창조해 낸 태초의 빛이자 모든 혼돈을 법칙 안으로 되돌리는 궁극의 질서, 그것이 바로 창세의 빛 에누마 · 일리쉬의 정체다."

"헛소리! 그런 허풍에 넘어갈 줄 아느냐! 놀이는 끝났다! 원시의 혼돈 속으로 사라져라!"

라이어드의 손에서 해방된 마력의 광풍이 로엔을 향해 몰아쳤다. 공간의 왜곡, 태초의 혼돈을 휘감은 압축된 마력이 일진광풍처럼 라이아드의 앞을 가로막는 모든 것을 휩쓸어 버리며 로엔에게 쇄도했다.

그 순간, 로엔의 입가에 미소가 걸렸다. 그와 함께 로엔의 검이 찬란한 빛을 뿜어내기 시작했다. 라이아드가 뿜어낸 마력은 로엔에게 채 접근하기도 전, 빛이 머무는 곳에 도달하는 순간 흔적도 없이 사라졌다.

"이럴 수가—!"

라이아드는 눈을 크게 떴다. 천 년이 넘는 시간 동안 세계의 모든 것을 알게 되었다고 생각했던 라이아드였다. 그러나 그의 눈앞에서 벌어지는 일은 그의 인식 범위를 벗어나고 있었다.

라이아드의 마력을 완전히 해소한 로엔이 검을 높이 치켜들었다. 아직도 찬란한 빛을 뿜어내는 검을 힘차게 앞으로 내리그으며, 로엔이 우레 같은 외침을 터뜨렸다.

"끝이다, 라이아드! 에누마 · 일리쉬!"

로엔의 검에서 뻗어 나온 하얀 섬광이 라이아드의 몸을 관통했다. 라이아드를 꿰뚫은 빛은 그 어떤 충격으로도 뚫리지 않던 벽마저 넘어 끝없이 뻗어나갔다.

"로엔……."

멀리, 토라 군 진영에서 그 빛을 본 카렌이 자신도 모르게 중얼거렸다. 왜인지 몰라도, 보기만 해도 마음이 평온해지는 저 빛은 분명 로엔이 만들어낸 것일 거라 카렌은 확신하고 있었다.

빛이 사라진 공간에는 로엔과 라이아드만이 서 있었다. 가공할 마력을 뿜어내던, 검을 내려친 자세 그대로 둘은 조금도 움직이지 않고 있었다.

먼저 움직인 것은 라이아드였다. 비틀거리며 바닥에 한쪽 무릎을 꿇은 그는 고개를 숙인 채 중얼거렸다.

"운명에 불복해 준비한 천 년의 시간, 이것마저도 모두 운명의 일부였던가……."

공허한 목소리였다.

로엔은 검을 꽂아 넣고 라이아드를 바라보았다. 그의 몸은 천천히 가루가 되어 구멍으로 불어드는 바람에 흩어지고 있었다.

로엔은 흩어지는 라이아드에게서 등을 돌렸다. 쓰러진 제크리스에게로 걸음을 옮기면서 로엔은 조용히 중얼거렸다.

"운명에 순응하는 것 역시 운명을 결정하는 요소 중 하나… 단지 질서에서 벗어난 방향으로 불응해 운명의 수레바퀴를 가속한 것이 당신의 유일한 실수였습니다."

엉망으로 망가진 제크리스와 유스, 에바를 떠메고 왕궁을 나온 로엔은 문득 하늘을 바라보았다. 어느새 밤이 지났는지 먼 산 너머로 아침해가 떠오르고 있었다.

그 눈부신 광경을 잠시 바라보던 로엔은 다시 토라 군 진영을 향해 걸음을 옮겼다. 어느새 봤는지, 카렌과 프란이 이쪽을 향해 달려오는 것이 로엔의 시야에 잡혔다.

"로엔, 괜찮냐… 악!"

"풋!"

소리를 지르며 달려오다 자빠지는 카렌을 본 로엔이 피식, 웃음을 터뜨렸다. 그때 문득, 과거 자신에게 마법을 걸 때 했던 데이탄의 말이 생각났다.

『영원한 시간의 지옥에서 고통받으시길…….』

잠시 그 말을 곱씹던 로엔은 고개를 흔들었다. 아직 먼 미래를 걱정할 필요는 없다. 이것이 그의 운명이라면, 받아들이고 즐기면 될 뿐이었다. 비록 영원에 가까운 세월을 함께할 수는 없겠지만, 이별 뒤에는 새로운 만남이 있으니까.

"너 방금 웃었지!"

"네가 바보 같은 짓을 하니 그렇지."

“뭐어—?!”

발끈하는 카렌의 모습에 로엔이 크게 웃음을 터뜨렸다.

“하하하하하—”

맑게 하늘 높이 울려 퍼지는 로엔의 웃음을 축복하듯, 찬란한 아침 햇살이 그들의 위로 내리비추고 있었다.

New Start

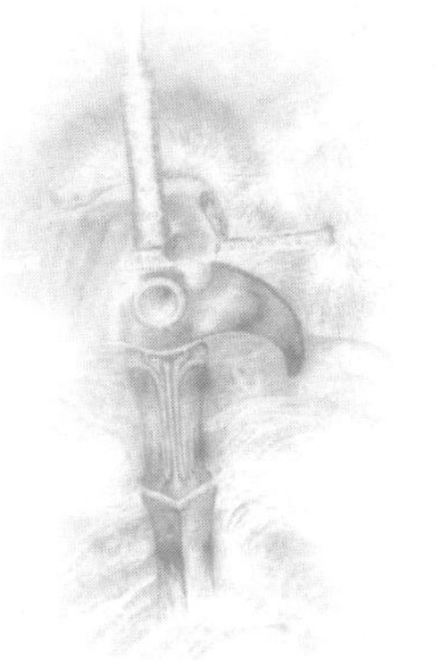

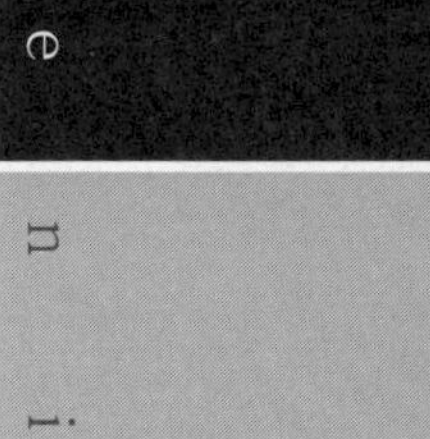

토라 제국력 712년, 제국은 내란의 소용돌이에 휩싸였다. 통일 후 끊임없이 독립을 시도하던 제국 서남의 자치령, 라비니어스가 또다시 전쟁을 일으켰기 때문이다.

야만적이고 용맹한 라비니어스의 전사들은 곧장 그들 영토의 동쪽에 위치한 사우스그레이 평원을 점령하기 위해 물밀듯 제국 요새 레너스를 향해 진격했다.

탐욕스러운 야만인들의 물결에 레너스 요새에는 비상이 걸렸다. 모든 예비 병력에 대한 긴급 동원령이 내려진 가운데, 병사들은 수성을 위한 만반의 준비를 갖추느라 눈코 뜰 새 없이 바빴다.

"서둘러서 옮겨라! 거기는 물 끓일 준비하고! 횃불은 충분히 갖췄는지 확인해! 어서!"

고래고래 고함을 지르던 지휘관이 몸을 부들부들 떨며 움직이지 못
하는 병사의 엉덩이를 걷어차며 호통을 내질렀다.

"이 멍청한 자식! 훈련 때 뭘 배운 거냐! 성벽에 보호받는 주제에 겁
쟁이처럼 벌벌 떨다니!"

"하지만……."

"하지만은 무슨 하지만이야! 얼른 움직이지 못해?!"

"예, 옛!"

병사는 더듬거리며 대답한 뒤 자기 자리를 찾아 움직였다. 그 뒤를
바라본 지휘관이 혀를 차며 중얼거렸다.

"멍청한 놈들. 얼치기 보이 스카우트를 데리고 싸우는 기분이군."

차례차례 준비가 갖춰지고, 마침내 수성전을 벌일 채비가 끝났다.

성벽 아래로 새카맣게 몰려드는 야만인들의 모습에, 아까 전 엉덩이
를 걷어차인 병사가 부들부들 떨며 중얼거렸다.

"죽을 거야… 난 죽을 거야……."

그때 누군가가 병사의 어깨를 가볍게 두드리며 말했다.

"괜찮아. 넌 죽지 않아."

"헉!"

깜짝 놀라 돌아본 병사가 안도의 한숨을 쉬었다.

"뭐야, 로엔. 깜짝 놀랐잖아."

병사의 뒤로, 병사 복장을 한 남자가 서 있었다. 막 소년에서 청년으
로 넘어가는 시기나 될까, 옅은 금발에 붉은 눈동자가 인상적인 17세
가량의 소년이었다.

로엔이라 불린 소년은 병사 옆에 주저앉아 그의 어깨를 토닥였다.

"괜찮아. 벌써 몇 번이나 이곳으로 쳐들어왔지만, 아무도 이 요새의 성벽을 못 넘었잖아."

"그, 그럴까?"

로엔의 말에 병사가 반문했다. 그러면서도 소년의 말에 적이 안심이 되는 눈치였다.

"그렇다니까. 지금까지 내 말이 틀린 적 있었어?"

"아니!"

병사는 황급히 부정했다. 그 말대로, 로엔의 말은 지금까지 틀린 적이 없었다. 또래의 소년들에게 있어 로엔의 말은 가히 절대적이라 할 정도로 신뢰를 얻고 있었다.

한차례 병사의 등을 더 두드려 준 로엔이 자리에서 일어났다.

"괜찮을 거야, 정말로."

성벽 너머, 먼 곳을 바라보며 로엔이 중얼거렸다.

"으, 응."

황급히 고개를 끄덕인 병사가 고개를 들었을 때, 로엔은 이미 어딘가로 사라지고 없었다.

"로엔?"

병사는 눈을 끔뻑거리며 로엔이 서 있던 자리를 멍청한 눈으로 바라보았다.

라비니어스의 야만인들이 막사를 세운 곳에서 좀 떨어진 숲. 그곳에 검은 로브를 입은 남자가 있었다. 후드를 깊게 눌러쓴 그는 바닥에 붉은 피로 무언가를 그리고 있었다.

마법진이 완성되는 순간, 불길한 검은 기운이 치솟아올랐다. 그것을 보는 남자의 후드 아래로 드러난 입에 조용히 미소가 그려졌다.

그때였다.

"과연, 마기가 느껴진다 해서 와봤더니 생각대로였군."

"누구냐!"

깜짝 놀란 남자가 날카롭게 외쳤다. 그러자 어둠 속에서 천천히, 병사 복장을 하고 허리에 한 자루 검을 찬 로엔이 걸어 나왔다.

일개 병사 복장인 로엔의 모습에 남자는 불쾌한 표정을 지었다.

"뭐야, 고작 병사 따위가 이 몸의 행사에 끼어들려 하다니……. 꺼져라. 네놈같이 하찮은 놈에게 쓸 시간 없다."

"과연 그럴까?"

로엔의 입가에 걸린 미소에 남자는 문득 불안감을 느꼈다. 그 순간, 로엔의 검이 남자의 가슴에 박혀 있었다.

"어, 떻게……."

말을 채 끝맺기도 전에, 남자는 절명했다. 하지만 로엔은 자리를 뜨지 않았다. 마법진에서 검은 마기가 강렬히 치솟아올랐기 때문이다.

『절망의 때가 왔다! 나, 공포의 군주 디아블로의 권세 앞에 모든 살아 있는 것들은 경배하라!』

"놀고 있네."

소환된 순간 환희의 포효를 외치던 디아블로의 외침이 뚝 그쳤다. 보는 것만으로도 사람을 공황에 몰아넣는다는 사안이 격렬한 분노를 담고 목소리가 들려온 쪽으로 향했다.

『감히 어떤 놈이— 너, 너는!』

“오래간만이군, 디아블로.”

웃으며 건네는 로엔의 인사에 디아블로는 당혹감을 감추지 못했다.

『네놈이 대체 왜 여기 있는 것이냐! 로엔 리스나르트!』

“고향이니까.”

간단한 대꾸에 디아블로는 꿀 먹은 벙어리가 되어 멍청히 로엔을 바라보았다. 그러자 로엔은 검을 도로 검집에 꽂아 넣으며 디아블로에게 말했다.

“오래간만에 환상계 공기를 마시는 기분은 알겠지만, 그만 마계로 돌아가라.”

『건방진―!』

무시무시한 마력의 파장이 로엔을 향해 몰아쳤다. 그러나 로엔은 눈썹 하나 까딱 않고 디아블로를 바라보았다.

“네놈을 불러낸 놈들 패거리가 일으킨 반란 때문에 내가 아는 이들이 전쟁에 말려들었다. 지금 기분이 좋지 않으니 꺼져라, 디아블로.”

『크윽―』

무시무시한 로엔의 기세에 디아블로가 신음을 흘렸다. 잠시 사안을 빛내며 로엔을 노려보던 디아블로는 이내 시선을 거두며 으르렁대는 목소리로 말했다.

『언제까지 이렇게 당할 거라 생각 마라, 로엔 리스나르트.』

“언제든지 환영하지.”

로엔의 대답과 함께 디아블로의 몸이 흐릿해지더니 곧 사라졌다. 악마계로 돌아간 것이다.

피로 그려진 마법진을 흘낏 바라본 로엔이 나직하게 중얼거렸다.

“최근 유행처럼 번진다는 흑마법인 모양이군. 이단으로 규정돼 탄압되고 있다더니, 결국 극단적인 방법을 선택한 건가.”

로엔은 몸을 돌렸다. 그가 나타난 곳, 디아블로의 마력으로 엉망이 된 숲으로 걸음을 옮기며 로엔이 말했다.

“이유야 어찌 됐든, 질서를 깨고 혼란을 부르는 이상 놔둘 순 없지.”

로엔의 몸이 점점 숲의 어둠에 잠겨들었다. 적막이 찾아온 어두운 숲, 그 사이로 새로운 시작을 알리는 바람이 조용히 불고 있었다.

THE END

Leviathan

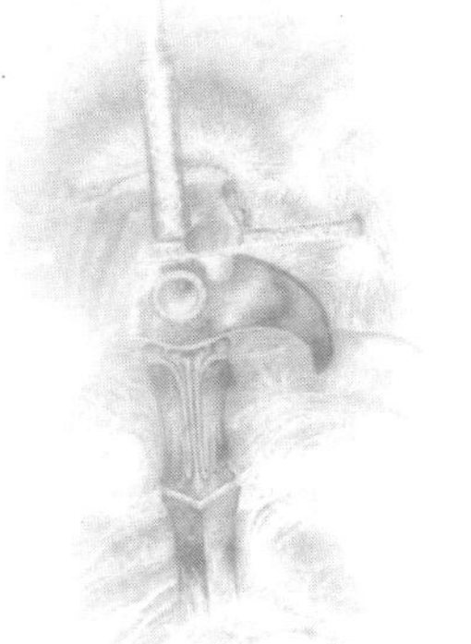

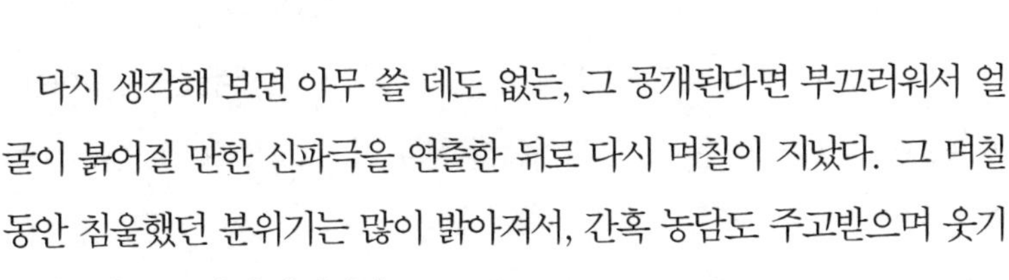

10

다시 생각해 보면 아무 쓸 데도 없는, 그 공개된다면 부끄러워서 얼굴이 붉어질 만한 신파극을 연출한 뒤로 다시 며칠이 지났다. 그 며칠 동안 침울했던 분위기는 많이 밝아져서, 간혹 농담도 주고받으며 웃기도 할 정도로 화기애애했다.

"정말로 어떻게 할 수 없는 거냐, 이 중국 요리?"

상연이가 짬뽕이 맛이 없다며 해인이에게 불평했고, 우리 중 유일하게 침대 신세를 지지 않고 있고, 또 그래서 잡다한 일을 도맡아 처리하는 해인이가 대꾸했다.

"나보고 어쩌라구. 나도 맛있어서 여기 요리를 먹는 게 아니란 말이다."

"하지만 이건… 관두지. 입만 아프니까. 네 녀석과 이야기해 봤자……."

상연이 녀석은 그렇게 투덜거리고는 다시 먹다 만 짬뽕을 먹기 시작했다. 솔직히 나 역시 상연의 심정이 이해가 갔다. 내가 지금 먹고 있는 자장면 역시, 원료에서 맛을 직접 뽑아내 적당히 혼합한 듯한 맛이라 도저히 인간의 솜씨로 가능한 맛이 아니었다. 다만 이거나마 먹지 않으면 배가 고프기 때문에 먹을 뿐이었다.

입원비는 매일매일 정산하기 때문에 나와 상연이, 해인이의 돈은 이미 바닥이 드러났다. 그런데도 지금까지 버틸 수 있었던 것은, 최후의 카드로 끝까지 아끼고 아끼면서 꺼내지 않았던 어머니의 직불카드 덕분이었다.

만일을 대비해서 어머니에게 받아두었던 것인데, 이게 이런 용도로 쓰일 줄은 전혀 생각하지 못했다. 평소 어머니는 부잣집 마나님다운 사치는 별로 하지 않고 만일을 대비한 저축을 많이 해두셨는데, 이 직불카드에 들어 있는 돈 또한 그래서 현재 잔고가 4,700만 원이나 될 정도로 많은 돈이 저축되어 있었다.

"이제… 슬슬 퇴원하는 게 좋겠군. 몸도 많이 나아진 데다가, 더 이상 진현이의 신세를 지는 것도 미안하고 하니."

짬뽕 그릇을 내려놓으며 상연이가 내 얼굴을 힐끗 바라보며 말했고, 난 그에 대해서 아무런 말도 꺼내지 않았다. 오히려 반대한 것은 해인이였다.

"몸도 성치 않은 녀석이 벌써부터 나갔다가 무슨 일을 당하려고 그래? '뇌신의 단죄'를 한 방 더 맞아야 정신을 차리겠냐?"

침묵이 병실 안을 지배했고, 더불어 분위기가 급속도로 냉각되었다.

방금 해인이가 한 말은, 우리 세 명 사이에서 암묵적으로 기피하는 금기와도 같은 것이었기 때문이다. 해인이도 자신이 실언한 것을 깨달았는지, 머리를 긁적이며 말했다.

"…미안. 내가 너무 경솔하게 말한 것 같다."

"아니, 잘 말해주었어. 솔직히 내 성격에 맞지 않아, 이대로 당하기만 하는 건. 예전에 이야기했던 예정대로 퇴원하는 게 좋겠어. 게헤나로 가는 워프 게이트를 열기 위해서라도 말이지. 불행 중 다행이랄까, 기쁘기는 하군. 다리를 다치지 않은 것이."

얼음같이 차가운 냉정 속에 불타오르는 혈기를 가득 담고 있는, 양날의 검과 같은 거침없는 상연이의 목소리가 귀를 울렸다. 예정… 그런 건 들은 적이 없는데. 아마도 내가 의식을 잃고 있을 때 둘이서 상의했었나 보군. 어쨌거나 둘의 대립에서 난 언제나 중립이었고, 이번에도 별로 다르지 않았다. 해인이는 내 얼굴을 잠시 바라보다가 한숨을 푹 내쉬며 상연이에게 말했다.

"알았다. 단, 내일이다. 오늘 퇴원 수속을 하고, 내일 퇴원하도록 하자."

상연도 그 말에 더 고집 부릴 수는 없었는지, 순순히 해인의 말에 따랐고, 해인은 한숨을 푹푹 내쉬면서도 퇴원 수속을 밟기 위해 밖으로 나갔다.

별일없이 하루가 지나갔다. 이렇게 말하긴 해도 별일있기를 바란 것은 아니다. 오히려 별일없기를 바라며 하루를 가슴 졸이며 지내야 했다. 그동안 뭔가를 하려고 하면 꼭 일이 벌어졌기에, 난 불안한 마음을 가슴속에 품은 채로 하루를 보냈다. 다행히 무사히 하루가 지나가서 이윽고 다음날이 되었고, 우리는 퇴원할 수 있었다.

상연이는 아직도 어깨부터 시작해 배에 걸쳐 붕대를 감고 있었지만 몸을 움직이는 데는 그다지 문제가 없었기에, 우리는 일단 아버지의 콘도로 피하기로 결정을 보고 부산행 차에 올랐다.

차 안에서 난 앞으로의 예정에 대해 상연이에게 물었다.

"앞으로 어떻게 할 거지?"

"글쎄… 해인이와는 일단 게헤나로 도피하기로 결정을 했지만, 어떻게 될지… 아직은 모르겠군. 네 의견도 들어봐야 하니까."

게헤나라… 뭔지는 모르겠지만, 상연의 말로는 그나마 안전한 장소인 모양이었다.

"게헤나? 뭔지는 모르겠지만, 어떻게 가야 하는 거지?"

"일단 차원 간 워프 게이트를 열어야 하지만, 불가능해. 힘이 없는 지금 자력으로 워프 게이트를 여는 건. 결국은 마력이 거의 없는 이 물질계에서 필사적으로 찾을 수밖에는 없는 거지. 마력이 강하게 발생하는 곳을."

"마력이… 강하게 발생하는 곳?"

다시 현실감없는 이야기들이 나오고 있다. 워프 게이트라느니, 마력이라느니… 현실 속의 비현실. 하지만 이것들은 나에게 있어서 상당한 무게가 되어 다가오고 있었다. 이 비현실적인 것들에 당장 내 생명을 걸어야 하는 것이다.

어쨌든 내 말에 상연이는 고개를 끄덕이고는 다시 말했다.

"그래, 마력이 강하게 발생하는 곳. 지금으로서는 어디인지 정확하

게 알 수는 없지만, 어느 정도는 추측할 수가 있어. 몇 가지 사실들로
미루어볼 때."

상연이가 말을 마치자 이번에는 해인이가 그 말에 보충을 해주었다.

"일단 우리는 지맥, 수맥이라는 것에 주목했지. 무속인들이나 지관
들의 말로는 땅의 기, 물의 기가 강하게 흐르는 곳. 그것에서 우리는
마력과의 유사점을 찾으려 했던 거야. 마력 역시 자연의 거대한 흐름
이니까. 그리고 그중 수맥은 제외. 우리가 필요한 마력을 충당할 수 있
을 정도로 강한 수맥은 찾을 방법이 없어. 그럼 남은 것은 지맥인데,
그중 강한 마력을 품을 가능성이 가장 큰 지맥은……."

"백두산에서 태백산맥을 걸쳐 지리산까지 내려오는 거대한 지맥."

마지막은 내 입에서 나왔다. 그 외에는 달리 해석할 방법이 없었다.
해인이 녀석의 말 그대로라면, 잘은 모르겠지만 그 워프 게이트라는 것
을 여는 데에는 꽤나 거대한 마력이 필요한 듯했고, 마력의 흐름을 지
맥과 동일시한다면 그 정도의 거대한 마력을 충족시키기 위해서는 일
반인들도 알 수 있을 정도로 유명한 지맥들밖에 없었다. 나 역시 가끔
은 지맥에 관련된 신문 기사나 TV프로를 본 적이 있었고, 그 프로들이
우리나라에서 가장 으뜸으로 치는 지맥은 아까 내가 언급한 바로 그
지맥이었다.

해인이는 내 말에 고개를 끄덕이고는 다시 말했다.

"맞아. 워프 게이트를 열 정도로 거대한 마력은 아마도 그곳 이외에
서는 찾을 수가 없을 거야. 그러니 일단 네 아버지 콘도에서 잠시 휴식
을 취하다가 이후의 상황을 봐서 천사나 악마들이 계속 공세를 가해오
면, 그때는 게헤나로 도피하는 거지. 무책임하면서 소극적인 방법이지

만, 어쩔 수 없어. 우리에게는 이 이상의 선택권이 없어."

해인이의 목소리는 그렇게 말하면서 점점 낮아졌고, 또 침울해져 갔다. 덩달아 나까지 마음이 어두워졌는데, 그때 상연이가 뚱한 목소리로 한마디 했다.

"어이어이, 너무 비관적인 거 아냐? 초상집 분위기나 연출하고 말이지. 인간의 삶은 짧아. 낙관적인 생각만 하고 살아도 부족할 정도로."

"넌 걱정되지 않는다는 거냐? 언제 그 망할 천사들이 다시 올지 모르는데?"

해인이가 황당한 표정으로 상연이에게 물었고, 상연이는 뚱한 표정 그대로 해인이의 물음에 대답했다.

"나도 마찬가지다, 걱정되는 건. 하지만 언제까지나 비관만 하고 살 건 없다고 본다."

"확실히 그건 그렇지만……."

해인이가 할 말이 없는 듯 말꼬리를 흐렸고, 상연이의 말은 계속 이어졌다.

"그 삶은 아무런 가치가 없지. 비관과 절망으로만 이루어진 삶이라면."

얼마간을 달려, 우리가 탄 버스는 부산에 도착했다. 터미널에서 내린 우리는 곧바로 택시를 잡아타고 아버지의 콘도로 향했다.

"해운대였지? 너희 아버지 콘도가 있는 곳."

상연이의 물음에 난 가볍게 고개를 끄덕였고, 상연이가 턱을 쓰다듬으며 말했다.

"흐음… 수영이나 하고 갈까?"

해인이와 나는 어이가 없다는 표정으로 상연이 녀석을 바라보았다. 수영? 이 한겨울에? 해인이도 마찬가지 생각을 했는지 어이없는 표정에 뜨악한 표정을 더한, 차마 말로는 표현할 수 없을 정도의 기괴한 표정으로 상연이에게 말했다. 어지간히 황당했나 보다, 표정이 저 모양인 거 보면.

"수영? 너 얼어 죽으려고 작정했냐? 한겨울에 웬 수영이야?"

"글쎄? 재미있을 것 같았거든. 한겨울에 수영해 보는 것도."

꽤나 재미도 있겠다. 난 한숨을 내쉬며 창밖으로 시선을 돌렸고, 해인이 역시 못 말리겠다는 듯 한숨을 내쉬었다.

어쨌거나 택시는 우리가 원하는 곳으로 달려서 아버지의 콘도, '해운대 콘도미니엄' 앞에 도착했다. 아무리 생각해 봐도 조악한 이름이다, 저 이름은.

나는 그렇게 생각하면서 프런트에 다가갔고, 프런트의 직원이 나에게 말했다.

"무슨 일로 오셨습니까?"

여기서 할 일이 숙박 외에 다른 일이 있을까… 난 그런 상당히 쓸데없는 생각을 하면서 그의 물음에 대답했다.

"강진현이라는 이름으로 특실 하나 예약해 두었습니다만."

특실이라는 말에 그는 상당히 의심스럽다는 표정으로 내 얼굴을 유심히 바라보다가 곧 데스크에 놓인 컴퓨터를 두들겼다. 뭘 그렇게 쳐다보는 건지. 내가 거짓말이라도 하는 걸로 생각한 것 같았다. 하긴, 그렇게 생각하는 것도 무리는 아니다. 새까맣게 어린 녀석이 와서는 다짜고짜로 특실 하나 예약해 두었다는 소릴 지껄이니 말이다. 잠깐의 시간이 지난 후, 그는 나에게 카드키 하나를 건네주며 말했다.

"410호실입니다. 즐거운 시간 보내시기 바랍니다."

"수고하세요. 이제 들어가……."

내가 상연이와 해인이에게 호실을 말해주기 위해 뒤를 돌아보았을 때, 두 녀석의 모습은 보이지 않았다. 녀석들은 벌써 엘리베이터 앞에 가서 자기들끼리 무언가 말들을 주고받고 있었다. 망할. 물주는 난데 행세는 녀석들이 하려 드는군.

난 가벼운 스텝으로 두 녀석의 뒤로 걸어갔고, 언제나처럼 녀석들의 사이에 서며 약간은 딱딱해진, 시비 건다고 오해받기 딱 좋은 말투로 녀석들에게 물었다.

"방 번호도 모르고 올라가려고 하다니, 이제 바보가 된 건가."

"어차피 이렇게 네가 와서 알려주게 될 거, 뭣 하러 기다려?"

"…410호실이다."

해인이의 대꾸에 나는 달리 할 말을 찾지 못하고 입을 다물어 버렸다. 옆의 상연이 녀석을 바라보니, 녀석은 해인이의 말이 당연하다는 듯 눈을 감고서 고개를 끄덕이고 있었다. 음, 열 좀 받는군.

매스컴에서 '해양왕'으로 불리는 아버지가 세운 콘도답게, 방 내부는 호텔급의 수준을 자랑하고 있었다. 방 안으로 들어선 상연이가 내부를 보고는 가볍게 휘파람을 불며 감탄했다.

"휘익~! 멋진데? 하늘과 땅 차이인걸? 예전에 수학여행 갔을 때 숙박한 곳이랑 비교하면."

"야야, 비교할 데가 없어서 그런 데다 비교를 하냐? 이 정도면 거의 호텔 수준인걸."

해인이 역시 감탄하며 상연이에게 면박을 주었다. 수학여행이라… 거기서 숙박한 곳은 정말 굉장했었다. 상연이가 덮으려던 이불에 바퀴벌레가 찌그러져 죽어 있기도 하고……. 상연이 녀석, 기겁하면서 나에게 바퀴벌레 좀 떼어내 달라고 달라붙었지. 그 생각을 하자 슬며시 웃음이 나왔고, 내 웃음을 보았는지 해인이가 인상을 찡그리며 상연이에게 말했다.

"야, 저것 봐. 진현이 녀석이 이상한 표정으로 웃고 있어."

크윽… 저 녀석, 잠자는 사자의 코털을 건드리는군. 하지만 곧바로 이어진 상연이의 다음 말이 내 온몸에서 힘이 빠지게 만들었다.

"저건 음흉하다고 하는 거야. 이상하다고 하는 게 아니라."

그래, 너희끼리 잘 해먹고 잘 놀아라. 난 어깨를 축 늘어뜨리고는 침대로 다가가 침대 위에 풀썩 쓰러졌고, 그런 내 모습을 보던 해인이가 나에게 말했다.

"너 안 씻을 거냐? 병원에만 처박혀 있어서 안 씻은 지 꽤 되었잖아?"

그러고 보니 온몸이 끈적끈적하긴 하군. 하지만 지금은 귀찮다. 난 팔을 힘없이 흔들며 나중에 씻을 거라는 표시를 해인이에게 했고, 해인이는 알아들었는지 더 이상 내게 아무 말도 하지 않고 상연이에게 말했다.

"후… 저 지저분한 녀석은 놔두고, 우리끼리 목욕이나 하자."

저 녀석이! 내가 막 침대에서 일어나려는 찰나, 상연이의 멋진 카운터가 터졌다.

"너 혼자 해. 난 변태가 아니니까."

확인해 볼 필요도 없이, 해인이의 표정은 상당히 찌그러졌을 거라 추측할 수 있었다. 아까 전부터 날 비꼬더니, 잘되었군.

11

순서대로 대충 씻은 후 우리는 어딘가에서 식사라도 하기 위해 콘도 밖으로 나왔다. 콘도의 지하에 식당이 있기는 했지만, 내 경험으로 그곳의 음식은 맛이 그다지 좋지 않았다. 그래 나는 나가자고 해인이와 상연이를 설득, 밖으로 나온 것이다. 하긴, 나오기 싫었어도 돈을 찾을 수 있는 직불카드는 내가 가지고 있으니 어쩔 수 없이 나와야 했을 거다. 아무튼 그런 결과론적인 이야기는 저리 집어치우도록 하고, 해인이 녀석이 우리에게 물었다.

"뭐 먹을까? 중국집 갈까?"

"넌 한이 맺혔나, 중국 요리에? 병원에서 그렇게 먹었으면 되었지, 또 먹자고?"

이건 상연이의 퉁명스러운 반응. 해인이는 상연이의 반응에 볼을 부풀리고는 뚱한 목소리로 투덜거렸다.

"하여간 저 망할 도치법… 내가 어서 저 녀석을 먹어버리던지 해야지. 나, 참."

의미 불명의 말이었다. 해인이 녀석은 상연이를 말발로 이기지 못하면 항상 의미 불명의 말로 현실 도피를 하려 하곤 했다. 그렇게 투덜거리는 해인이를 싹 무시해 버리고, 상연이가 나에게 물었다.

"뭐 먹고 싶냐, 넌?"

"나?"

난 검지로 내 얼굴을 가리키며 반문했고, 상연이는 고개를 끄덕였다. 으음, 먹고 싶은 거라. 뭘 먹지? 내가 이렇게 고민에 빠져 있는 동안, 현실 도피를 끝냈는지 해인이 녀석이 웃으며 상연이에게 말했다.

"저 녀석이 결정하기를 기다렸다가는, 아마도 우리는 밤늦게까지 여기 서서 쫄쫄 굶고 있어야 될걸?"

으윽… 해인이 녀석, 날 놀리는 데 재미가 들린 듯하다. 하지만 내가 결정을 잘 내리지 못한다는 것은 사실이었기에, 난 뭐라 반박할 말을 찾으려다가 그만두었다. 녀석하고 말다툼하는 것만큼 쓸데없는 것은 없었기 때문이다. 이 점에 대해서는 상연이 녀석도 나랑 같은 의견이었다.

결국 최종 결정권은 상연이에게 넘어갔고, 상연이는 잠시 나와 해인이를 번갈아 바라보다가 이윽고 입을 열었다.

"먼저 사러 가자, 옷이나."

그 말에 나와 해인이는 동시에 상연이의 얼굴을 바라보았다가, 다시 시선을 돌려 서로를 바라보았다. 확실히 해인이 녀석을 보니 옷의 필요성이 절실하게 느껴졌다. 이건 길가의 거지도 아니고. 꾀죄죄한 행색에 때가 꼬질꼬질하게 묻어 있는, 덤으로 여기저기 찢어진 부분까지 있는 해인이의 옷들을 보고 있으니 한숨이 나왔다.

해인이 역시 나와 마찬가지 생각이었던 듯, 우리는 거의 동시에 한숨을 내쉬었다.

꽤 많은 돈을 찾은 우리는 해인이의 강력한 주장으로 근처에 있는 프로스펙스 매장으로 들어갔다. 해인이 녀석은 프로스펙스 마니아다. 프로스펙스가 국산이라나 뭐라나. 그럼 르까프 매장은 왜 안 가는 건지 모르겠다. 그것도 국산이라던데.

나와 상연은 스포티한 캐주얼은 입을 생각이 전혀 없었기에, 해인이 녀석만 신이 났다. 이 옷을 대보고 저 옷도 대보고… 그렇게 10여 분 이상을 끌던 해인이 녀석이 마침내 옷을 다 골랐을 때, 나와 상연이 녀석은 이마에 손을 짚고는 고개를 돌려 버렸다.

머리에 두른 얇은 하얀색 밴대너에, 검은색 티셔츠 위로 얇은 붉은색 점퍼를 입었다. 그리고 아래는 짙은 남색 바지. 녀석에게 너무나도 안 어울리는 스타일이었다. 대체 거울을 보기나 한 건지… 어쨌거나 녀석은 그걸로 하겠다 고집을 부렸고, 난 고개를 절레절레 젓고는 돈을 지불했다. 통장에서 돈 나간 거 보면 아마도 어머니는 기절하시겠군. 아마도 두 달간은 용돈이 없을 거 같다. 아니, 집도 부숴먹었으니 반년은 없겠군.

다음은 상연이 차례. 자취하면서 알바로 생활하는 탓에 상당한 절약가인 녀석은 꽤 멀리 떨어져 있는 보세 매장으로 들어갔다. 상연이는 생긴 것답지 않게 상당히 세련된 패션 스타일을 구사하는 녀석이었는데, 역시 구관은 명관이었다. 파란색 뉴욕 양키즈 모자 위로 녀석이 항상 가지고 다니는—그 와중에서도 어떻게 저건 챙겨 왔는지 솔직히 이해가 가지 않았다—짙은 선글라스를 씌우고, 역시 뉴욕 양키즈라고 쓰인 하

늘색 반팔 야구 난방 아래로 푸른색 긴팔 티셔츠를 받쳐 입은 뒤 아래
는 짙은 톤의 청바지. 겨울에 푸른색이라니 뭔가 아귀가 맞지 않는 것
같지만 그래도 잘 어울렸다. 더불어 돈도 해인이 녀석의 반밖에 안 들
었다.

다음은 나였다. 메이커든 아니든 가리지 않고, 옷도 내 마음 내키는
대로 주워 입는 탓에 간단히 자가 진단해 본 내 패션 센스는 0점에 가
까웠다. 해인이 녀석보다 더하다는 이야기다.

어쨌거나 이렇게 꾀죄죄한 행색으로 다닐 수는 없었고, 나 역시 상
연이가 옷을 산 그 매장에서 옷을 골랐다. 그냥 겨울에는 전체적으로
검은색 톤을 선호하는 나였기에, 다 검은색으로 골라 버렸다.

검은색 목티에 두껍지 않은 검은색 코트. 그리고 아래는 블랙 진. 내
가 보기에는 그럭저럭 봐줄 만했다. 상연이 녀석과 해인이 녀석은 이
상한 눈으로 바라봤지만 난 내 결정에 만족하고 있었고, 이미 사버린
옷을 바꿀 생각 또한 없었다.

그럼 이제 밥을 먹으러 가볼까?

'해운대 콘도미니엄'이라는, 상당히 조악한 이름을 가진 아버지의
콘도에서 머문 뒤로 사흘이 지나갔다. 콘도에 도착한 날에 나는 어머
니에게서 전화를 받을 수 있었는데, 그동안 연락이 안 되어 걱정했다는
말에 나는 가슴이 뭉클해 옴을 느낄 수가 있었다. 뒤이어 아버지가 며
칠간 어디에 있었냐고 묻긴 했지만, 난 적당히 둘러대서 넘길 수 있었
다. 집이 부서진 것에 대해서는 어떻게 알게 되셨는지는 모르지만, 아
버지가 이미 알고 있었기 때문에 그에 대해서 말하는 데에도 상당히

진땀을 빼야 했다.

사흘 동안, 우리는 별다른 사고를 당하지 않고 즐겁게 지냈다. 물론 해인이 녀석과 상연이 녀석은 평소의 활기찬 모습으로 돌아와서 사사건건 으르렁대긴 했지만, 난 그 사이에서 마음껏 현실감을 맛볼 수 있었다. 그래, 이게 현실이다. 그 말도 안 되는 일들은 이제 잊고 상연이, 해인이와 함께 즐겁게 노는 거다.

하지만 내 마음 한구석에 숨겨져 있던 작은 불안만은 끝내 없어지지 않았다. 녀석들과 오륙도에 가서 낚시를 하면서도, 상연이와 해인이가 각각 기계 하나씩을 차지하고는 끝도 없는 말다툼을 하며 펌프 더블을 하는 것을 미소 지으며 바라볼 때에도 그 불안은 내 마음 한구석에 자리잡아 날 두렵게 만들었다.

폭풍 전야란 말이 불현듯 내 머리를 스치고 지나갔다. 설마… 난 고개를 흔들어 그런 불길한 생각을 머리 속에서 떨쳐 내려 노력했다. 그래, 그런 일은 다시는 없을 거다. 단지 잠깐 있었던, 흔치 않은 경험 중의 하나라고 생각하자. 난 애써 이런 생각들을 하려 노력했다. 하지만 내 마음속의 불안은 씻겨지지 않았다.

지워지지 않는 불안을 가슴에 담은 채 부산에서의 네 번째 날이 밝아왔다.

희미하게 들려오는, 혁대나 그 비슷한 물건으로 바닥을 내려치는 듯한 소리에 난 잠에서 깨어났다. 몸을 일으켜 앉고는 소리가 들리는 쪽을 바라보니, 해인이와 상연이가 블랙잭을 하고 있는 게 보였다. 아직까지도 하고 있는 건가.

난·잠이 좀 덜 깬, 멍한 표정으로 녀석들을 바라보았다. 상연이, 해인이의 표정과 벌겋게 물들어 있는 손목으로 미루어볼 때 꽤 치열한 접전이 벌어졌던 듯싶다.

고개를 돌려 시계를 바라보았다. 4시 46분. 내가 기권하고 잠자리에 든 게 밤 11시 30분이었으니까, 대략 5시간 정도 잔 듯싶었다.

"아하암……."

몸을 크게 펴며 기지개를 켜는 소리에 상연이와 해인이가 이쪽을 돌아보았다. 둘 다 수면 부족임을 증명해 주는 토끼 눈을 하고 있었다. 만약 저런 성격들을 가진 토끼 두 마리가 있다면, 동화의 소재로는 상당히 재미있을지도. 내가 두 녀석을 보며 이런저런 쓸데없는 생각들을 하고 있을 때, 상연이가 손목을 주무르며 나에게 말했다.

"떴어, 네 머리."

그런가… 난 거울 앞에 가서 머리를 살펴보았다. 부스스한 데다가 멍한 표정의 얼굴에, 붕 뜬 머리. 내가 봐도 꽤나 가관인 모습이었다. 세수를 하는 게 좋을 것 같군. 난 다시 판을 벌리는 두 녀석을 흘끗 바라본 다음, 욕실로 걸어가며 한마디를 툭 던졌다.

"자두는 게 좋아. 오늘 힘들지 않으려면."

그다지 말을 하지 않는 내가 꺼낸 말에 의아해할 게 분명한 녀석들의 시선이 느껴졌지만, 난 무시하고 욕실 안으로 들어갔다.

쏴아아—

시원하게 쏟아지는 물소리가 내 머리까지 맑게 깨워주고 있었다. 샤워기에서 쏟아지는 뜨거운 물을 온몸으로 맞으며, 난 오늘의 예정에 대

해서 생각해 보았다. 오늘은 스케이트를 타러 가기로 했었지. 해인이
녀석이 시설 좋은 데가 있다고 하던데, 얼마나 좋을지 기대되는군.

"대충 씻고 나와봐! 화장실 좀 들어가자!"

갑자기 문을 탕탕 두드리는 소리와 함께 상연이의 외침이 들려왔다.
설마 블랙잭 하는 동안에 화장실도 한번 안 간 건가.

"내가 먼저야, 밀치지 마!"

뒤이어 해인이의 목소리가 들렸고, 난 어이없는 표정을 지을 수밖에
없었다. 나참, 이런 것까지 싸우는 건가. 가볍게 한숨을 내쉬며 난 샤
워기를 켰다.

"휘이익! 꽤 괜찮은 시설인데?"

감탄할 때 상연이는 주로 휘파람을 불었다. 이번에도 예외는 아니어
서, 꽤 널찍한 데다가 시설도 잘 되어 있는 스케이트장을 보고 상연이
는 휘파람을 불며 감탄했다.

"시설만 좋은 게 아니라, 서비스도 괜찮다고. 내가 괜히 추천하는 게
아니라니까?"

해인이 녀석이 스케이트의 끈을 묶으면서 말했고, 난 어깨를 한 번
으쓱해 주고는 스케이트의 끈이 제대로 묶여 있는지 다시 한 번 살펴
보았다. 이 정도면 되겠지.

"그러고 보니, 승부를 못 냈었지? 트랙 50바퀴 돌기."

상연이가 씨익 웃으며 트랙을 가리키고는 해인이에게 말했고, 해인
이 역시 씨익 웃으며 자리에서 일어나고는 상연이의 말에 답했다.

"이번에도 승리는 내가 가져가겠어. 봐주지 않을 테니, 포기하는 게

좋을 거야."

평소에 서로 으르렁거리듯 스포츠에 있어서도 둘은 경쟁 상대였는데, 보통 스피드를 겨루는 승부에 있어서는 해인이, 힘과 섬세한 기교를 필요로 하는 스포츠는 상연이가 승리하곤 했다. 어쨌거나 이번에도 폭주하겠군. 난 가볍게 한숨을 내쉬며 자리에서 일어섰다.

"아, 이번에도 진현이겠지? 심판을 맡는 건 말야."

상연이가 확인하듯 해인이에게 물었고, 해인이는 당연하다는 듯 고개를 끄덕이고는 날 바라보며 말했다.

"이번에도 부탁할게. 나중에 맛있는 거 사줄 테니까."

해인이가 저 약속 지키지 않을 거라는 건 내가 잘 알고 있다. 평소에도 주로 맛있는 것을 사는 쪽은 부잣집 도련님에 해당하는 내 쪽이었으니까. 어쨌거나 난 고개를 끄덕여 그 부탁을 승낙했고, 우리 셋은 얼음으로 뒤덮인 트랙으로 나갔다.

예전에 승부를 벌였을 때처럼 상연이와 해인이는 달려갈 준비를 하며 트랙에 섰고, 난 벽에 살짝 몸을 기대고는 팔을 들어 카운트를 했다.

"자… 준비… 5, 4, 3, 2, 1… 출발!"

내 팔이 내려오는 것과 동시에, 녀석들은 주위 사람들에게 꽤나 주목받을 것이 분명한 엄청난 속도로 앞으로 나아가기 시작했다.

"하아… 하아… 망할… 또 져버렸군."

거친 숨을 내쉬며 상연이 중얼거렸고, 해인이 역시 거칠어진 숨을 진정시키며 상연이에게 말했다.

"그럼, 하아… 네 녀석이 이길 수 있을 줄 알았냐? 후우."

"후, 하지만 다음에는!"

상연이가 두 주먹을 불끈 쥐며 말했다. 그 꽤나 우스꽝스러운 반응에 난 고개를 가볍게 젓고는 녀석들에게 말했다.

"승부는 아무래도 좋지만, 이제부터는 어떻게 할 생각이지?"

"…응?"

녀석들은 의아한 표정으로 날 바라보았다. 역시나, 아무 생각도 안 하고 있었군. 난 오른손으로 얼굴을 덮어버리고는 녀석들에게 다시 말했다.

"상당히 민폐를 끼쳐 버린 것 같은데, 이제는 어떻게 할 생각이야?"

그제야 녀석들은 주위를 둘러보았다. 썰렁한 링크. 모두 트랙 밖에서 이쪽만을 바라보고 있었다. 상황을 파악했는지, 녀석들의 얼굴이 천천히 붉어지기 시작했다.

"야, 나가자……."

"그, 그래. 그게 좋겠다."

슬금슬금 주변의 눈치를 보며 밖으로 나가는 녀석들을 보면서 난 깊은 한숨을 내쉬었다. 어떻게 된 게 경쟁만 붙으면 주위를 보지 못하는 건지. 의자에 앉아서 스케이트화 끈을 풀어내는 녀석들을 한심하다는 표정으로 바라보면서, 나 역시 링크 밖으로 나왔다.

스케이트장에서 나온 우리는 곧바로 콘도로 돌아가기로 결정을 한 후 버스를 타기 위해 걸어가고 있었다. 평소와 마찬가지로, 해인이와 상연이는 말다툼을 하면서였다.

"다음번에도 예외는 없을걸? 넌 죽었다 깨어나도 날 못 이긴다고."

"으으윽."

해인이의 비꼬는 말에 상연이는 이를 부드득 갈았지만, 결국은 어떤 반박도 하지 못했다. 해인이의 말은 반쯤은 사실이었으니까.

"그, 그렇지만… 어……?"

무언가 할 말이 더 남아 있는 듯 뭐라 말을 꺼내려던 상연이 갑자기 입을 다물더니 그 자리에 멈춰 섰다. 그 모습을 보고 해인이가 마땅찮은 표정을 지으며 물었다.

"갑자기 또 왜 그래?"

"방금 희미하게 느껴졌는데, 신성력이……?"

상연이는 그렇게 말하면서 주위를 둘러보았다. 그런 상연이에게 해인이가 인상을 가볍게 찡그리면서 핀잔하듯 말했다.

"뭐야? 난 아무것도 느끼지 못했는데… 잘못 느낀 거 아냐?"

"그런가? 하지만 확실하게 느껴졌는데."

상연이는 이상하다는 표정을 지으며 말했고, 해인이는 상연이의 어깨를 두드리면서 말했다.

"분명 잘못 느낀 거야. 며칠 동안 잘 놀다가 왜 갑자기 신경과……."

이번에는 해인이가 입을 다물어 버렸다. 그렇게 잠시 동안 가만히 서 있다가 표정을 굳히며 해인이가 다시 입을 열었다. 그 녀석 역시 표정이 굳어져 있었다.

"빌어먹을 일이지만, 네 녀석 말이 맞는 것 같다. 어서 돌아가자."

우리는 급히 택시를 잡아타고 콘도로 돌아왔다. 넓은 침대 위에 며칠 전에 산 관광 지도를 펴놓고, 우리는 앞으로의 일에 대해 상의하기 시작했다.

"아무래도 다시 찾아낸 것 같군. 예상보다 시간이 좀 더 걸렸지만 말야."

상연이가 굳어진 표정으로 말했고, 해인이가 팔짱을 끼면서 그 말에 답했다.

"아마도 정확한 위치까지는 파악하지 못한 것 같아. 아마 진현의 몸에서 희미하게 흘러나오다 끊어지다 하는 봉인체 특유의 마력을 추적해서 알아냈겠지. 그럼 이제 예정대로 시작하는 건가?"

해인이의 물음에 상연이는 고개를 끄덕이고는 말했다. 차분한 목소리였다.

"몇 가지 준비를 해서 가는 게 좋겠어. 아마도 산으로 들어가게 되면 우리를 파악하기가 쉬워질 테니… 해인이, 넌 몸 상태 괜찮지?"

해인이는 고개를 끄덕였다. 상연이는 알겠다는 표정을 지으며, 얼마 전에 부러진 왼쪽 어깨를 가볍게 돌려보며 중얼거렸다. 저, 저거… 저렇게 돌려도 괜찮은 거야?

"흠… 다 붙은 듯하군. 좋았어. 진현아, 넌 어때? 꽤 지칠 텐데, 오랫동안 달리는 거 할 수 있겠어?"

저 말이 사실이라면, 의사들이 기절할 만한 회복력이로군. 아무튼 난 상연의 물음에 고개를 끄덕여 주었다. 뛰는 것 정도라면… 별 문제 없겠지. 상연이는 내 무언의 대답에 역시 고개를 끄덕이고는 말했다.

"그럼 몇 가지 물건을 사러 갔다 오자. 만일의 사태에 대비해야 하니까."

시내에 나가서 우리가 산 물건들은 꽤나 잡다한 물건들이었다. 먼저 포목점에 들러 광목 약 1m 정도를 사더니, 다음은 철물점에 들어가서 과도 다섯 개와 속이 비어 있는 약 1m 정도의 알루미늄 봉 두 개를 샀다. 그리고 마지막으로 프라모델 전문점에 들어가서 꽤 고급인 가스식 에어 건 하나와 탄창 네 개, 가스식 에어 건 전용 가스 하나, 알루미늄제 서바이벌 게임 전용 B.B탄 두 봉지를 샀다. 이런 걸로 어떻게 추적자들을 막겠다는 건지는 모르겠지만, 아무튼 상연이가 필요하다고 해서 우리는 그것들을 사 들고 다시 콘도로 돌아왔다.

"이런 잡다한 물건들로 대체 뭘 하겠다는 거야?"

난 상연이에게 이 물건들을 살 때부터 품었던 의문점을 물었고, 상연이는 자신만만한 표정으로 나에게 말했다.

"보고만 있어봐. 무기들을 만들려는 거니까."

무… 기? 이런 잡다한 것들로? 난 한숨이 나오려는 것을 애써 참으며 상연이를 바라보았다. 하지만 상연이는 이미 내 쪽을 보고 있지 않았다. 두 손을 깍지 껴서 앞으로 내밀어 우두둑 하는 소리를 내며, 상연이는 씨익 웃고는 해인이에게 말했다.

"그럼, 시작해 볼까?"

"……."

"뭐 해? 받으라니까. 이게 무기다, 네가 사용할."

상연이가 이마의 땀을 훔치고는 내게 에어 건을 건네주며 말했지만, 난 대답하지 않았다. 아니, 황당해서 대답할 수가 없었다. 이건 지금까지 내가 겪었던 그 어떤 일들보다 더욱 황당한 일이었다. 세상에 20미터는 더 떨어져 있을 건물의, 그것도 두꺼울 것이 분명한 현관의 유리문을 깨버리는 에어 건이라니… 살상용 무기로 써도 전혀 하자가 없을 무식한 에어 건이었다. 난 물끄러미 상연의 손에 들린 에어 건을 바라보면서, 방금 전의 일을 회상해 보았다.

"방식은 알고 있지? 마력 부여로 형태 변환을 시키는 거. 일단은 해 보는 거야, 잘될지는 모르겠지만."

상연의 말에 해인은 고개를 끄덕이며 과도를 하나 집어 들고는 말했다.

"쩝… 상당히 피곤해질 것 같은데… 하는 수 없지."

그러더니 해인이는 정신을 집중하는 것처럼 눈을 감았다. 그리고 잠시 후, 내 눈이 휘둥그레질 만한 변화가 과도에 일어났다. 과도의 형태가 변하기 시작한 것이었다. 이윽고 원래 한쪽 날뿐이었던 과도는 양쪽에 날을 가진 단검으로 변했고, 해인이는 그 과도, 아니, 단검의 날 위에 올려놓은 메모지가 잘리는 것을 보고는 꽤 흐뭇해 보이는 미소를 지으며 말했다.

"되네? 될지, 안 될지 상당히 의심스러웠는데."

그 말이 끝나기가 무섭게 옆에서 부웅 하고 바람 가르는 소리가 들려왔다. 돌아보자 상연이가 검막이가 없는, 아까 산 알루미늄 봉이었을 것이라 추정되는 얇은 검을 들고 서 있는 게 보였다. 황당했다. 결국 그렇게 해서 과도 다섯 개와 알루미늄 봉 두 개는 예리한 날을 지닌 단도와 장검으로 탈바꿈했고, 난 얼이 빠진 모습으로 그 단도와 장검을 바라보았다.

더 황당한 것은 다음이었다. 상연이가 꽤나 지친 표정으로 에어 건을 들고는 해인이에게 말했다.

"난 이 에어 건을 맡을 테니까, 넌 저 알루미늄 탄에 마력을 부여해."

그러더니 에어 건의 총신을 두 손으로 잡고 상연이는 눈을 감았다. 꽤 시간이 지났는데도 상연이의 작업은 끝나지 않았고, 시간이 흐를수록 상연이의 이마에는 하나둘씩 땀방울이 솟아오르기 시작했다. 꽤 힘든 작업인 모양이었다.

차 한 잔쯤 마실 시간이 더 지났을까, 옆에 있던 해인이가 B.B탄 봉지를 바닥에 집어 던지고는 대자로 누워버리며 힘없이 중얼거렸다.

"끝났다… 이젠 때려죽인다고 해도 더는 못해. 후아."

"후우, 이쪽도 끝났어. 그럼, 한번 시험해 볼까, 이 총의 위력을?"

상연이 쪽도 끝난 듯, 상연이는 그렇게 말하며 탄창에 아까 해인이가 집어 던진 B.B탄을 채웠다. 철컥, 탄창이 들어가는 작은 소리가 조용한 방 안을 울렸다. 상연이는 씨익 웃으며 날 바라보고는, 창밖에 있는, 우리 방에서 보이는 가장 가까운 건물을 향해 에어 건을 겨누었다. 그리고 결과는 아까 말한 대로. 난 어이가 없는 표정으로 상연이를 바라보았고, 상연이는 웃는 얼굴 그대로 그 에어 건을 내게 내밀고는 말했다.

"자, 받아. 무기다. 네가 사용하게 될."

"…진현아?"

상연이의 목소리에 난 회상을 멈추고 상연이를 바라보았다. 상연이는 이상하다는 듯 내 머리에 손을 대보며 나에게 물었다.

"어디 아프냐, 너? 음, 열도 없는데."

"……."

난 내 이마에서 녀석의 손을 치우고는 녀석의 손에서 에어 건을 받아 들었다. 그다지 무겁지도 않고, 약간 차갑다고 할 수 있는 청량한 느낌이 내 손을 자극했다. 상연이는 웃는 얼굴로 날 바라보다가, 지쳤는지 곧 해인이 녀석의 옆에 누워버리며 나에게 말했다.

"내일 아침이다, 출발하는 것은. 그러니까 푹 쉬어두라구, 내일 아침까지는."

다음날, 우리는 지리산 남쪽의 하동군으로 향하는 시외버스에 몸을 실었다. 버스를 타러 갈 때 우리는 꽤나 주위의 시선을 끌게 되었는데, 그 이유는 바로 어제 무기들을 살 때 같이 산, 광목으로 보이지 않게 싼 검을 하나씩 들고 있는 상연이와 해인이 때문이었다. 하지만 상연이나 해인이가 그런 걸 신경 쓸 정도로 신경이 가는 녀석들은 아니었고, 나 역시 주변의 시선은 그다지 신경 쓰지 않았기 때문에 우리는 별다른 문제를 일으키지 않고 버스에 오를 수 있었다.

주위의 풍경이 뒤로 빠르게 지나갔다. 난 풍경에서 시선을 떼지 않은 채 내 옆에 앉아서 광목을 만지작거리는 해인이에게 물었다.

"이번에… 간다면, 다시 돌아올 수 있을까?"

"……."

내 물음에 해인이는 대답하지 않았다. 나 역시 말을 하지 않았고, 서로 침묵한 채 얼마간의 시간이 흘렀을 무렵, 해인이가 입을 열었다.

"돌아와야겠지. 가능하다면."

난 침묵했다. 가능하다면… 이라… 불가능할 가능성이 더욱 높은 모양이군.

"…솔직히, 가고 싶지도 않다. 여기엔 부모님도 있으니까."

고개를 돌려 해인이를 바라보았다. 무릎 위에 올려진 두 주먹을 꽉 쥐며 고개를 숙이고 있는 해인이의 모습은 내 심정을 복잡하게 만들었다.

다시 시선을 창밖으로 돌렸다. 풍경이 빠르게 흘러가고 있었다. 어쩌면 다시는 보지 못할지도 모를, 절대로 잊을 수 없는 풍경이.

"휘이익~! 제대로 찾아온 것 같군. 확실히 마력이 충만하게 느껴지는데? 다른 곳에 비해서 말야."

시외버스 터미널에 내렸을 때 상연이 녀석이 가장 먼저 감탄하며 말했다. 해인이도 상연의 말에 고개를 끄덕이며 동의를 표시하고는 감탄했다.

"예전에 설악산에 수학여행 갔을 때 느꼈던 마력도 이 정도는 아니었는데… 이 정도면 거의 환상계 수준이잖아? 마력의 근원지로 가면 확실히 워프 게이트를 열 수 있겠는걸?"

난 아무래도 느끼지 못하겠는데… 터미널인데도 다른 곳보다 공기가 맑아 상쾌한 기분이 드는 것 정도라면 느낄 수 있지만 마력을 느끼는 기분도 이런 기분 비슷한 것일까?

"음… 이 화개면 쪽으로 해서 남쪽 능선을 타고 올라가면 되겠군."

해인이의 목소리에 고개를 돌려 그쪽을 바라보니, 해인이와 상연이가 지도를 들고 이야기를 나누고 있는 것이 보였다. 그렇군. 이 일에서 난 논외자인 것이었다. 마력도 느끼지 못하고, 아는 것도 하나도 없었으니까. 왠지 씁쓸한 맛이 입 안에서 감돌았다. 그때 상연이가 내 쪽을 돌아보더니 말했다.

"아니, 거기보다는… 야, 진현아! 너 가본 적 있다고 했지, 지리산에?"

"응. 몇 번 가본 적은 있는데… 왜?"

내가 고개를 끄덕이며 반문하자, 녀석은 지도를 가지고 내게로 다가오더니 지도를 가리키며 말했다.

"그럼 알지도 모르겠군. 어느 쪽이 편하냐? 이쪽 화개면 쪽의 지방도를 타고 가는 거하고, 시천면 쪽의 국도를 타고 가서 올라가는 거하고."

그걸 내가 어떻게 아나? 난 남원 쪽에서 지리산에 올라간 기억밖에는 없는데. 난 녀석을 물끄러미 바라보다가 다시 지도를 흘끗 보고는 말했다. 아마도, 국도 쪽이 조금은 편하겠지.

"국도 쪽이… 조금은 나을 것 같군."

"거봐! 내 말이 맞잖아."

상연이 녀석은 내 말을 끝까지 듣지도 않고 해인이에게 말했고, 난 녀석의 뒷모습을 보면서 피식 웃어버렸다. 그래도 논외자는 아니었던 모양이군.

시천면 쪽으로 향하는 버스를 잡아타고, 우리는 지리산으로 향했다. 버스에서 내려서 눈 덮인 산을 바라보니 막막한 기분이 들었다. 이제 저 눈 덮인 산으로 고생해서 올라가야 하는 것이다. 그런 생각을 하며 눈 덮인 산을 바라보고 있을 때, 내 어깨를 상연이가 잡았다.

"미안하다, 이런 고생을 시켜서. 하지만 어쩔 수 없잖아, 살기 위해서는."

살기 위해서는… 여운이 남는 말이다. 하지만 꼭 이렇게 한다고 우리가 살 수 있다는 보장이 있는 것일까?

"젠장… 아무리 산이라지만, 이건 너무 심하잖아?"

푹푹 빠지는 발을 들어올리며 해인이가 투덜거렸고, 상연이 녀석이 그런 해인이의 머리통을 한 대 쥐어박았다.

따악!

소리로 보아하니, 잘 익었군.

"아야야… 왜 때려?"

해인이는 머리를 두 손으로 움켜쥐고는 빨개진 얼굴로 상연이를 노려보았고, 상연이 역시 녀석을 노려보며 해인이의 물음에 답했다.

"너만 힘든 게 아니잖아. 그만둘 수 없는 거냐? 그 투덜거리는 거?"

상연의 말에 해인이는 나를 힐끗 바라보더니 입을 다물어 버렸다. 상연이는 녀석을 한심한 눈으로 바라보다가 다시 관광 지도를 힐끗 바라보더니, 이내 그것을 내던져 버리고는 우리에게 말했다.

"아무리 봐도 쓸모가 없군, 이 관광 지도. 역시 의미가 없다는 건가, 눈 덮인 산에서의 등산로란 건."

상연이의 말에 난 쓴웃음을 지어주었고, 상연이 역시 웃더니 방금 또 발이 빠져 버린 해인이의 팔을 잡아끌며 나에게 말했다.

"가자, 여기서 지체할 시간이 없어."

약 10여 분간을 더 올랐을까, 우리는 산에서 내려오는 여섯 명의 사람과 마주치게 되었다. 확실히, 제대로 된 길을 찾아오긴 한 것 같군.

그런 생각을 하며 내가 막 한 발을 내디디려 할 때, 아까부터 발이 푹푹 빠져서 고생하던 해인이가 뒤에서 내 어깨를 잡으며 작은 소리로 말했다.

"잠깐, 신성력이 느껴진다. 여차하면 공격해야 할지도 모르니까, 준비해 둬."

신성력이라… 그렇다는 것은?

난 옆에서 천천히 걸음을 내딛는 상연이의 얼굴을 바라보았다. 상연이는 굳은 표정으로 내게 가볍게 고개를 끄덕이고는 역시 작은 소리로 말했다.

"미처 느끼지 못했다. 주변의 마력이 너무 강해서. 그건 저쪽도 마찬가지일 테니, 조용히 지나가자."

그러고는 앞서 나가면서 앞의 사람들에게 웃는 얼굴로 말을 걸었다.

"이런 겨울에 등산이라니, 산을 많이 좋아하시는 모양이군요."

그 좋아하는 도치법조차 들어가지 않은, 완벽한 표준어였다. 난 멍한 얼굴로 상연이를 바라보다가 해인이 녀석을 바라보았고, 해인이는 역시 웃는 얼굴로 고개를 끄덕이고는 발걸음을 천천히 하며 계속 앞으로 걸어갔다.

다행히 저쪽은 눈치채지 못한 모양인지, 상연의 말에 웃는 얼굴로 말을 받아주었다.

"그렇습니다. 그쪽도 등산인가요? 조금은 늦은 시간인 것 같은데."

맨 앞에 서 있던 갸름한 얼굴의 남자의 말이었다. 상연이는 자연스러운 말투로 그 남자의 말에 대답했다.

"네, 천왕봉을 거쳐서 백무동 계곡 쪽으로 내려갈 생각이거든요. 이 정도면 시간도 얼마 걸리지 않으니까요."

"그러시군요. 그럼 좋은 산행 되시기 바랍니다."

"그쪽도요."

상연이는 내내 웃는 얼굴로 그들의 말을 받았고, 그들 역시 웃는 얼굴로 친절하게 대해주며 우리를 지나쳤다. 그리고 그들이 내 옆을 지나칠 때, 난 뒤에 있던 한 남자와 한 여자가 주고받는 대화를 얼핏 들을 수 있었다.

"그러니까… 하동 시외버스 터미널에서 끊겼다, 이거지? 그 마력이?"

"그래. 그리고 만약 그 사악한 자들이 이쪽으로 왔다면……."

사악한 자. 그들은 우리를 한 번도 본 적이 없으면서 사악한 자로 단정 짓고 있다. 만약 그들이 찾는 그 '사악한 자' 들이 우리라는 걸 알면, 그들은 과연 어떤 표정을 지을까. 방금 전처럼 웃으면서 우리를 대할 수 있었을까.

"어서 가자. 늦은 시간이니까… 저들 말대로라면 말이지."

해인이의 목소리였다. 난 고개를 돌려 해인이를 바라보았고, 해인이는 나에게 웃는 얼굴로 다시 말했다.

"일단은 한시름 놓았잖아. 가자, 상연이 녀석이 우릴 바라보고 있어."

몇 시간을 걸었을까. 우리는 쌓인 눈에 발이 푹푹 빠지면서도 꽤 많은 거리를 걸어왔다. 뒤를 돌아 경치를 보니, 눈 덮인 산이 아름답게 눈앞에 펼쳐져 있었다.

"후우… 좀 쉬다가 가자."

해인이 녀석이 그렇게 말하면서 바위 위에 쌓인 눈을 치우고는 그 위에 앉았다. 상연이도 그 말에 대해서는 별 불만이 없었는지, 역시 바위 위에 앉고는 말했다.

"방심할 수 없어. 처음은 그런대로 잘 넘겼지만, 언제 녀석들이 칼을 들이댈지 알 수 없는 일이거든."

옳은 말이로군. 난 그렇게 생각하며 꽤 널찍한 바위 위의 눈을 치우고는 그 위에 앉았다. 다리가 꽤나 뻐근한 게, 이번 등산이 상당히 힘들었다는 걸 증명해 주고 있었다. 다리를 주무르면서 난 해인이에게 물었다.

"그 워프 게이트라는 것, 여기서는 열지 못하는 거냐?"

해인이는 내 물음에 고개를 끄덕이고는 구체적인 설명을 시작했다.

"여기도 마력이 충만해 있는 장소이긴 하지만, 워프 게이트란 놈이 워낙 마력을 많이 필요로 하거든. 일반적인 마법 중에서는 가장 힘든 마법이니, 말 다 한 거지."

그렇군. 난 고개를 끄덕여 이해했다는 표시를 해주었다.

차 한 잔쯤 마실 만한 시간이 지나고, 상연이가 자리에서 일어나며 말했다.

"자, 이제 출발하자."

"잠깐만."

해인이였다. 상연이는 못마땅하다는 눈초리로 해인이를 바라보다가, 해인이의 표정에서 뭔가 심상치 않은 일이 있다는 것을 느꼈는지 굳은 얼굴로 해인이에게 물었다.

"무슨 일이지?"

"저기, 본격적인 행동을 개시한 것 같은데?"

해인이는 하늘을 가리키며 우리에게 말했고, 나와 상연이의 시선은 해인이가 가리키는 곳으로 향했다. 6개. 6개의 꽤나 큰 날개를 가진 무언가가 이쪽으로 날아오는 것이 보였다.

상연이는 그것을 보더니, 가벼운 한숨을 쉬고는 나에게 말했다.

"아직은 못 찾은 것 같군. 부탁하지. 탄창 하나만큼만 갈겨줘, 저쪽으로."

난 고개를 끄덕이고는 품 안에서 에어 건을 꺼냈다. 안전장치를 풀고는 곧바로 그쪽을 향해 잘 겨냥해서 쏘기 시작했다.

푸슉— 푸슉—

에어 건에서 가스가 빠지는 소리와 함께 몇 발의 B.B탄이 그쪽으로 날아갔고, 이윽고 이쪽을 향해 날아오는 여섯 중 하나가 바닥으로 추락했다.

"좋았어!"

해인이가 감탄사를 내질렀고, 그와 거의 시간을 같이해서 남은 다섯의 천사, 정확하게는 모르겠지만 어쨌든 그들은 흩어지기 시작했다. 어디에서 날아오는지 모르는 미지의 저격에 대한 회피겠지. 난 주의 깊게 겨냥해서 계속 B.B탄을 쏘았다.

푸슉—

탄창에 B.B탄이 다 떨어질 즈음해서 다시 하나가 바닥으로 추락했고, 난 탄창을 빼내고는 다른 탄창을 꺼내서 갈아 끼웠다. '철컥' 작지만 맑은 소리가 울려 퍼졌고, 난 다시 그들을 향해 쏘기 위해 에어 건을 들었다.

"이제 그만 해도 돼. 아직 들키지 않은 데다가, 이쪽에서도 어떻게 해볼 수 있어, 넷 정도라면. B.B탄이나 채워둬, 빈 탄창에다가."

상연이가 날 제지하며 말했다. 그런가? 난 이 상태에서 확실히 끝장 내는 것이 좋다고 생각하는데. 그런 생각을 할 때, 해인이의 다급한 목소리가 들려왔다.

"망할! 신성 마법이다! 상연아, 바리어!"

"아쿠아 · 월 오브 아이스!"

역시 상연이의 다급한 외침과 함께 주변의 눈이 우리의 주변에 모여들어 장막을 형성했고, 잠시 후 쿠웅 하는 거대한 소리와 함께 눈의 장막은 부서지면서 허공으로 비산했다. 그 아름다운 모습에 난 잠시 내가 처해 있는 상황도 잊고 그 모습을 바라보다가, 다시 제정신을 차리고는 상황을 살폈다. 하늘을 보니, 그들이 이쪽으로 날아오는 것이 보였다.

"빌어먹을… 저 녀석들, 사정 봐주지 않겠다는 건가."

해인이가 입술을 잘근잘근 씹으며 중얼거렸고, 상연이가 그 말에 답했다.

"저쪽도 목숨이 걸린 상황일 테니 말이지. 이쪽과 마찬가지로 말야. 어쨌거나, 마법이 된다는 것은 다행이로군. 큰일날 뻔했어. 마력이 충만한 이곳이 아니었다면."

그렇게 말들을 주고받을 동안, 그들은 우리의 바로 위쪽에서 정지했다. 난 에어 건을 고쳐 잡으면서 만약의 공격에 대비했다.

먼저 입을 연 것은 상연이었다.

"누구신가 했더니, 아까 그분들이셨군요. 용건은 말씀하지 않으셔도 알고 있습니다만, 이대로 죽기는 억울하니 순순히 당해주긴 싫군요."

지금 상연이가 쓰는 말투는 누군가를 비꼬고 싶을 때 사용하는, 혹은 상당히 싫은 녀석을 씹어줄 때 사용하는 말투였고, 이 말투는 저들에게 명백한 도발이었다. 아니나 다를까, 그 네 명 중 푸른 머리카락을 가진 한 명이 버럭 화를 내며 소리쳤다.

"이… 사악한 녀석들! 너희가 먼저 공격해 놓고 그 무슨 억지냐!"

"아아, 저희는 살기 위한 자위권을 행사하는 것뿐입니다만."

상연이 녀석이 어깨를 으쓱하고는, 어느새 광목 위로 드러나 있는 알루미늄제 검의 손잡이를 잡았다. 그리고는 도저히 믿을 수 없는 높이—지금 우리를 공격하려는 녀석들이 떠 있는 높이—까지 도약하고는, 단숨에 붉은색 옷을 입고 있는 녀석의 가슴을 찔러 버렸다.

"으아아악!"

"해인아, 받아!"

설마 이런 식으로 기습을 가해오리라고는 생각하지 못했는지, 그 붉은 옷을 입은 녀석은 반항조차 하지 못하고 가슴에서 피분수를 뿜으며 상연이와 같이 바닥으로 추락했고, 상연이는 그 와중에도 녀석의 검을 뽑아서 해인이에게 던졌다.

"오케이! 검이 부실해서 불안했었는데, 잘됐다."

해인이는 그 검을 얼른 받고는 광목에 싼 알루미늄 검을 내던져 버렸다. 그리고는 어느새 생겨난 등의 날개를 펼치면서 날아오르고는, 상연이를 공격하려다 당황한 표정으로 해인이를 바라보는 적들에게 웃는 얼굴로 말했다.

"너희, 사람 잘못 건드렸어. 이런 마력이 충만한 장소에서 우리를 건드리다니, 곧 후회하게 될 거야."

"이, 이럴 수가… 카마엘이 순식간에……."

녀석들은 당황했는지 바닥에 떨어진 이들을 바라보았다. 이런 게 이른바 찬스라는 것인가? 난 에어 건을 하늘로 향하고는 아까 화를 내던, 푸른 머리를 가진 녀석을 겨냥하고 쏘았다.

"으아악!"

그 녀석은 날개에서 피를 흘리며 내 쪽으로 떨어졌고, 내 옆에 돌아와 있었던 상연이가 녀석의 가슴에 검을 찌르고는 나에게 말했다.

"휘이익~! 사격이 수준급인데? 과연 진현, 가장 좋은 것만 타오는 이유가 있었어. 부산에서 인형 뽑기 사격할 때마다 말이지."

그러고는 상연이는 고개를 하늘로 치켜들고는 해인이에게 외쳤다.

"야, 뭐 하는 거야! 얼른 끝내 버리지 않고. 시간 끌 셈이냐? 이런 정도로 당황하는 멍청이 녀석들한테?"

"아, 거 불만 되게 많네. 얼른 끝내 버리면 되잖아."

위에서 해인이가 투덜거리는 목소리가 들렸다. 나도 고개를 들어 해인이를 바라보았고, 해인이는 아래를 향해 왼손으로 V자를 그려주고는 남은 두 녀석을 향해 날아갔다.

"이, 이렇게 된 바에는!"

그래도 자존심은 있었는지, 녀석들은 도망치는 것을 선택하기보다 맞서 싸우는 것을 선택했다. 아마도 2:1이라는 숫자상의 우세 역시 녀석들의 선택에 영향을 미쳤으리라. 그것을 본 상연이 피식 웃으며 중얼거렸다.

"흥. 무모한 짓을 하는군, 저 녀석들. 저 정도는 문제없다고. 해인이가 현재 거의 모든 힘을 봉인당해 있다고 해도 말이지."

"으아악!"

내가 멍한 얼굴로 고개를 돌려 상연을 보았을 때 비명 소리가 들렸다. 다시 급히 고개를 위로 돌리자, 한 녀석이 한쪽 날개가 찢어진 채 바닥으로 떨어지는 것이 보였다. 가슴에 기다란 상처도 있었다. 그걸 본 나머지 한 녀석은 해인이가 노려보자 주춤주춤 뒤로 물러나더니, 결국은 등을 돌려 도망치기 시작했다.

"으… 으아아아아!!"

비명을 지르며 도망치는 녀석을 보며 해인이는 피식 웃더니 왼손을 뻗었다.

"윈드 · 아트모스피어 나이프."

"크아아아악!"

처절한 비명 소리와 함께, 도망가던 녀석은 몸의 곳곳에서 피를 뿜으며 바닥으로 떨어졌다. 아마도, 살아 있지는 않겠지.

해인이는 날개를 접으며 싱글벙글 웃는 얼굴로 바닥에 내려왔다. 상연이는 그런 해인이의 표정에 한숨을 푸욱 내쉬고는, 산의 정상 쪽을 바라보며 말했다.

"어서 가자. 대규모의 투천사단이 급파될 거라는 것은 분명하니까. 상황이 그쪽에 알려지는 대로 말이지."

"어서 놈들을 처치해라! 벌써 여섯 명이나 당했다! 절대최강이라는 성천계의 투천사단이란 녀석들이 이게 무슨 망신이냐!"

순백색의 갑옷을 입은 검은 머리 천사의 외침에, 날 등지고 서서 천사들의 공격을 막아내고 있는 상연이와 해인이에게로 날아오는 공격은 내가 봐도 느낄 수 있을 정도로 더욱 강해졌다.

"크윽!"

상연이가 허벅지에 긴 상처를 입으며 잠시 비틀거렸다. 그리고 그때를 놓치지 않고 천사들의 검이 상연이의 몸 곳곳으로 날아들었다.

"커억!"

"상연아!"

상연이는 피투성이가 되어 비명을 지르며 바닥에 쓰러졌고, 해인이가 상연이의 앞을 가로막고는 다급한 목소리로 상연이를 불렀다.

"상연아! 괜찮아?"

괜찮을 리가 없다는 것은 알고 있었지만, 나 역시 상연이를 부르며 쓰러진 상연이를 뒤로 끌고 갔다. 난 여기저기 상처를 입으면서도 아까보다 훨씬 강력해진 천사들의 공격을 힘겹게 막아내고 있는 해인이를 보면서, 잠시 전의 일을 회상했다.

맨 처음의 여섯 명을 쓰러뜨린 다음, 우리는 산의 정상을 향해서 걸음을 재촉했다. 하지만 그게 헛된 일이었다는 것은 이내 증명되었다. 정상을 향해 다시 출발한 지 5분도 채 되지 않아서, 수십 명의 투천사단이 다시 나타났기 때문이다.

"크윽! 설마, 이 강한 위압감은……."

해인이가 하늘을 바라보며 신음했고, 상연이 역시 이를 부드득 갈며 해인이와 같은 곳을 바라보고는 분노가 가득 담긴 목소리로 말했다.

"분명 디바인 나이트! 설마 했는데, 정말로 파견할 줄은……."

난 상황이 어떻게 돌아가는지 알 수가 없어 둘을 바라보기만 했지만, 대충 둘의 분위기로 봐서는 상황이 심각해졌다는 것 정도는 대충 짐작할 수 있었다.

"감히 신성한 성천계의 천사들을 죽이다니, 용서할 수 없다! 가장 잔혹한 방법, 판데모니엄의 악마들을 처단하는 방법으로 너희를 죽여주겠다!"

푸른색 갑옷을 입은 천사들 가운데에 있던, 순백의 아름다운 갑옷을 입은 검은 머리의 천사가 산이 쩌렁쩌렁 울리도록 외쳤다. 난 그 외침에 몸이 움츠러드는 것을 느끼며 한 걸음 뒤로 물러났다. 아까 전 같았으면 상연이가 한마디 비꼬기라도 했을 테지만, 상연이 역시 입술을 잘근잘근 깨물고만 있을 뿐 아무런 말도 하지 못했다. 어떻게든 이 상황에서 벗어나야 한다.

난 품속에 있던 에어 건을 쥐었다. 적들이 모여 있는 지금, 난사해도 대부분의 탄환은 맞을 확률이 높다. 접근전이 된다면 난 거의 도움이 되지 못하니, 지금 적들의 수를 줄이는 방법밖에 없다!

이렇게 생각한 난 에어 건을 꺼내서는 그들을 향해 무차별 난사하기 시작했다.

푸슉—! 푸슉—!

바람 빠지는 소리와 함께 B.B탄이 그들을 향해서 날아갔고, 이 불의의 기습을 예측하지 못했는지 세 명의 천사가 바닥으로 추락했다. 하지만 그것으로 끝이었다. 아까 전의 그 천사들과는 달리, 저들은 B.B탄을 막아내고 있었다.

처음 세 명을 제외하고는 단 한 명도 B.B탄에 맞지 않았다. 그리고 내가 탄창을 갈아 끼우기 위해 사격을 멈추자 아까 외쳤던, 가운데에 있던 천사가 말했다.

"아주 재미있는 물건을 가지고 있군. 하지만 그 물건을 함부로 사용한 대가로, 이쪽도 재미있는 것을 답례로 주지. 그건……."

차차창—!

그가 운을 떼자 그의 앞에 있는 천사들이 일제히 검을 뽑아 들었고, 그는 팔짱을 끼면서 벼락같이 외쳤다.

"소멸이란 선물이다! 쳐라!"

그리고 이 처절한 전투는, 시작되었다.

"크으윽……."

"상연아!"

상연이가 고통스러운지 신음 소리를 냈고, 난 상연이를 가슴에 안고 녀석을 불렀다. 내 부름에 상연이는 희미한 목소리로 나에게 말했다.

"큭… 미안… 하다. 잠시 방심했더니… 이렇게 되는군. 크윽!"

다시 고통이 밀려오는지, 상연이는 신음 소리를 내며 심하게 경련했다. 난 아무런 도움도 주지 못하고 있었다. 내 자신이 한없이 비참하고 무력하게 느껴졌다.

"큭!"

짧은 비명 소리에 고개를 돌려보니, 해인이가 온몸에 얕고 깊은 상처를 입으면서도 계속되는 공격을 막아내고 있는 것이 보였다. 해인이도 저렇게 노력하고 있는데, 난 살기 위한 아무 노력도 하지 못하고 있다. 난 멍한 얼굴로 해인이가 싸우는 모습을 계속 바라보았다.

"제기랄! 더는 참을 수 없어! 이래도 죽고 저래도 죽을 거, 다 같이 죽자!"

"모두 물러나라! 놈은 자폭할 생각이다!"

해인이의 절규가 산에 가득 울려 퍼졌고, 곧바로 그 순백의 갑옷을 입은 천사의 외침이 이어졌다. 그리고 잠시 후 내 시야는 하얗게 물들었다.

곧 정신을 차리고 주위를 살펴보니, 천사들은 모두 하늘로 날아올라 있었다. 그리고 그 흑발 천사의 당황한 듯한 목소리가 들려왔다.

"이, 이럴 수가! 바하무트가! 어떻게 봉인을… 으아악!"

고개를 돌려 그 천사가 있던 곳을 바라보았다. 회색의 날개 두 장을 활짝 편 해인이가 어느새 그 천사의 검을 두 쪽 내버리며 갑옷을 관통해 가슴에 검을 꽂아 넣고 있었다.

"이쪽은 목숨을 걸었거든. 저승길까지 동행해 주면 고맙겠는데."

해인이는 그렇게 말하고는 검을 뽑았다. 붉은 피가 그 천사의 가슴에서 분수처럼 뿜어져 나와서 해인이의 온몸을 적셨다. 하지만 해인이는 상관하지 않는 듯, 검을 한 번 휘둘러 피를 털어내 버리고는 남아 있는 천사들을 바라보았다. 남아 있는 천사들은 자신들의 우두머리가 그렇게 허무하게 죽은 게 믿기지 않는 듯, 멍하니 그 장면을 바라보다가, 해인이가 그들을 바라보자 흠칫하며 뒤로 물러났다.

"너희도 죽어라."

해인이의 짧은 말이 끝나자마자 갑자기 공중에 떠 있던 천사들이 무언가에 온몸을 베인 듯 전신에서 피를 뿜어내며 바닥으로 떨어졌다. 그렇게 우리를 몰아붙이던 것치고는 너무도 허망한 최후였다.

해인이는 천사들을 다 처리하고는 이쪽으로 날아왔다. 난 의식 불명인 상연이를 가슴에 안고는, 온몸에 피를 뒤집어쓴 채 거의 악귀 같은 모습으로 날 내려다보는 해인이를 묵묵히 바라보았다.

"쿨럭! 컥! 크억!"

"해인아!"

갑자기 해인이가 심한 기침과 함께 입에서 피를 토해내며 바닥에 쓰러졌다. 난 당황한 표정으로 해인이에게 외쳤고, 한참 동안 기침을 하며 피를 토해내던 해인이는 날 바라보더니 희미한 미소를 지으며 말했다.

"이제 남은 건, 죽음뿐이로군."

"그게 무슨 소리야? 해인이 너나, 상연이나 일단은 살아 있잖아!"

내 말에 해인이는 입가의 미소를 더욱 진하게 하며 답했다.

"지금은 살아 있지만, 난 얼마 못 가 죽을 거다. 무리하게 미카엘의 봉인을 억누르고 힘을 끌어올린 대가지. 커억!"

해인이는 다시 입에서 피를 한 모금 토해냈다. 내가 보기에도 지금의 해인이는 위급했다.

"그런 소리 말고! 빨리 병원으로!"

"이미 늦었어."

해인이는 하늘을 바라보며 말했다. 하… 늘? 설마?

"설마, '뇌신의 단죄'!"

"그래, 뇌신의 단죄다. 정확히 20초 후, 하늘에서 떨어질 거다."

잠시 침묵이 흘렀다. 몇 초 정도 지나서 다시 해인이가 날 바라보며 말했다.

"요 몇 년간, 너와 함께 있었던 시간…….'

"무슨 말을 하려는 거야! 어서 탈출을……!"

"늦었어. 하지만 이 말만은… 하고 싶었다."

해인이의 얼굴이 진한, 진정으로 행복한 듯한 미소를 그렸다.

"즐거웠… 어."

지리산 국립공원 내부에 있는 산등성이에 거대한 푸른 빛줄기가 몇 분의 시간 간격을 두고 떨어져 내리면서 거대한 폭발을 일으켰다. 즉각 이 폭발에 대해 경찰이 수사에 나섰지만, 목격자들로부터는 얼마 전 있었던 여함단에서의 폭발과 마찬가지의 증언만을 들을 수 있었을 뿐 아무것도 알아낼 수는 없었다. 결국 이 수사는 미궁인 채로 종결되었다.

그 일이 있은 지 얼마 되지 않아서 마산에 있는 두 고등학교에 재학 중이던 세 학생의 실종 신고가 들어왔다. 경찰은 그 학생 중 한 명이 대기업 사장의 아들인 것으로 미루어볼 때 납치일 가능성이 크다고 보고 전국에 수배령을 내렸지만, 결국 이 사건 역시 미궁에 빠진 채로 종결되었고, 그 세 학생은 행방불명 처리되었다. 이 두 사건은 한동안 세간의 화제가 되었지만, 곧 몇 사람을 제외한 세인들의 머리에서 대부분 잊혀져 갔다.

FANTASY
FRONTIER
SPIRIT

무한 상상 · 공상 세계, 청어람 신무협&판타지

『신마대전』,『투마왕』의 작가 김운영
세간에 화제를 불러온 최신 기대&화제작!!

흑사자(黑獅子) / 김운영 지음

세상에는 수많은 강자가
존재한다.

『흑사자』
(黑獅子)

한 자루 검으로 거대한 마물을 능히 상대할 수 있는 소드 마스터.
마나를 자유롭게 다루어 온갖 신비한 힘을 발휘할 수 있는 대마법사.
신의 선택을 받아 기적 같은 신성력을 행하는 고위성직자.
단신(單身)으로 국가의 운명에까지 영향을 미칠 수 있는 자들도 있다.
그러나 이들도 어렸을 때에는 약했다.

인간인 이상, 태어나서 십몇 년간은 성인의 힘을 이길 수 없다.
강해진 자들은 하나같이 오랜 세월 동안 남들이 이해하기 힘든
노력과 경험을 쌓아온 자들이다.

그러나 난 달랐다. 난 어렸을 때부터 강했다.
내게는 그 어떤 수련도 경험도 필요없었다.

난… 사자다.

FANTASY
FRONTIER
SPIRIT

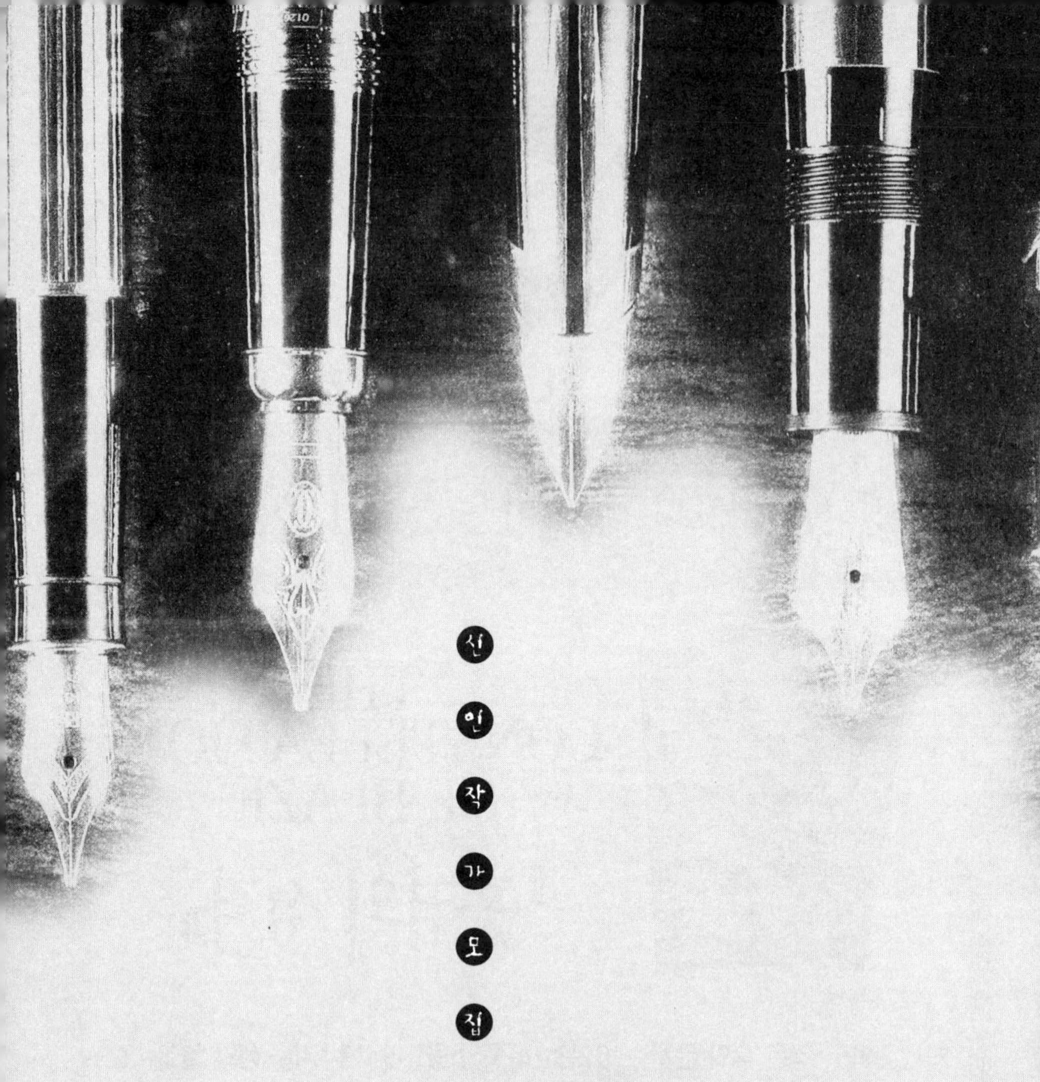

신인작가모집

시작이 반이라고 했습니다.
작가의 길에 대한 보이지 않는 벽을 과감히 깨뜨리십시오!
청어람은 작가 지망생 여러분들의
멋진 방향타가 되어드리겠습니다.

저희 도서출판 청어람에서는
소설 신인 작가분들을 모집합니다.
판타지와 무협을 사랑하시는 분들의 많은 참여를 바랍니다.
소정의 원고(A4용지 150매)를 메일이나 우편으로 보내주시면
검토 후 출판 여부를 알려드리겠습니다.

주소:경기도 부천시 원미구 심곡1동 350-1 남성B/D 3F 우편번호420-011
TEL:032-656-4452 · FAX:032-656-4453
http://www.chungeoram.com
e-mail:chungeoram@chungeoram.com